¡No me dejes sola
con papá!
¡No te preocupes, que volveré pronto! Solamente me llevará unas semanas, ¡dos meses como mucho!
¡Pero no sabe cocinar!

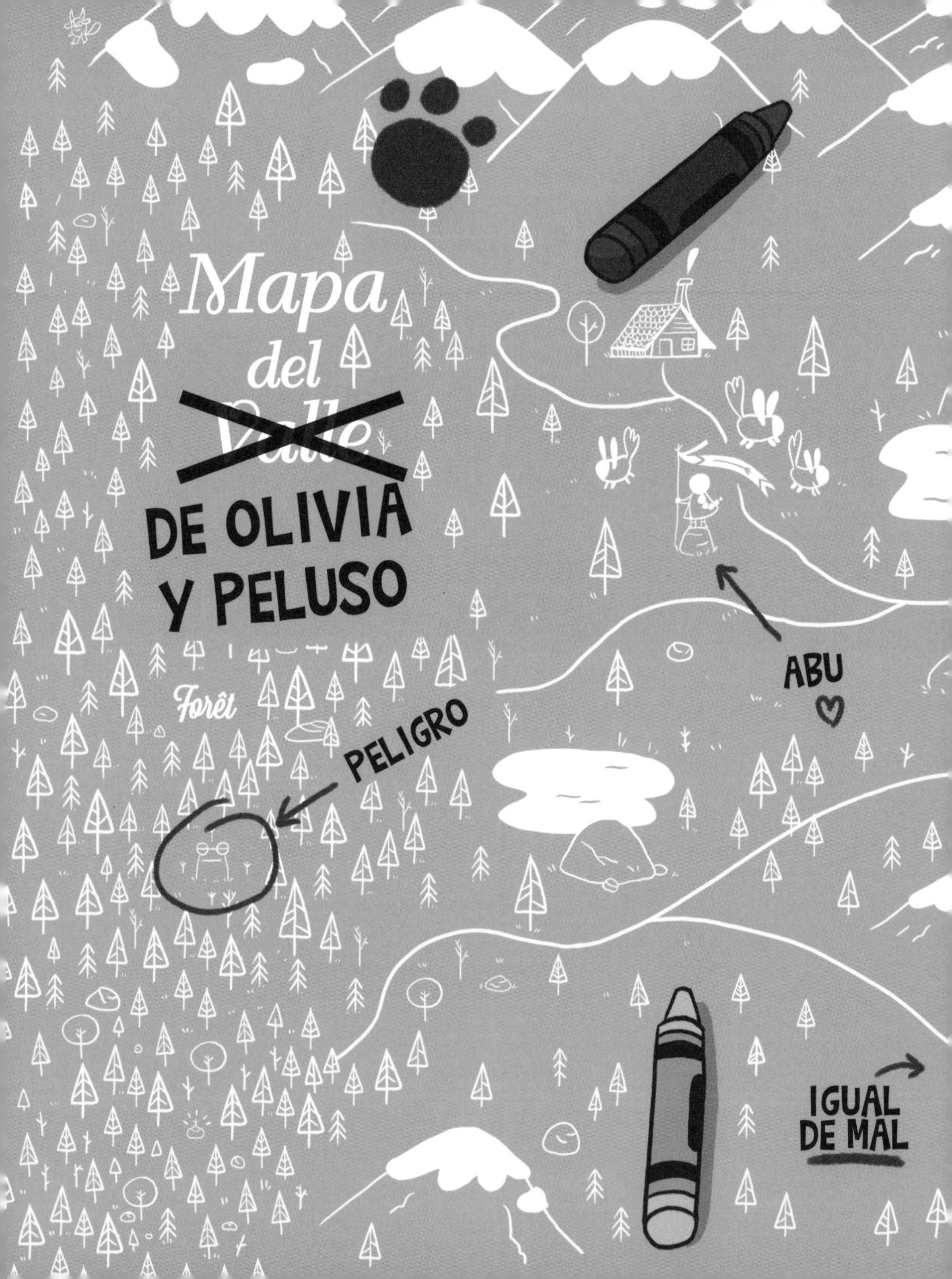

Mapa
del
~~Valle~~
DE OLIVIA
Y PELUSO
Forêt
PELIGRO
ABU
IGUAL
DE MAL

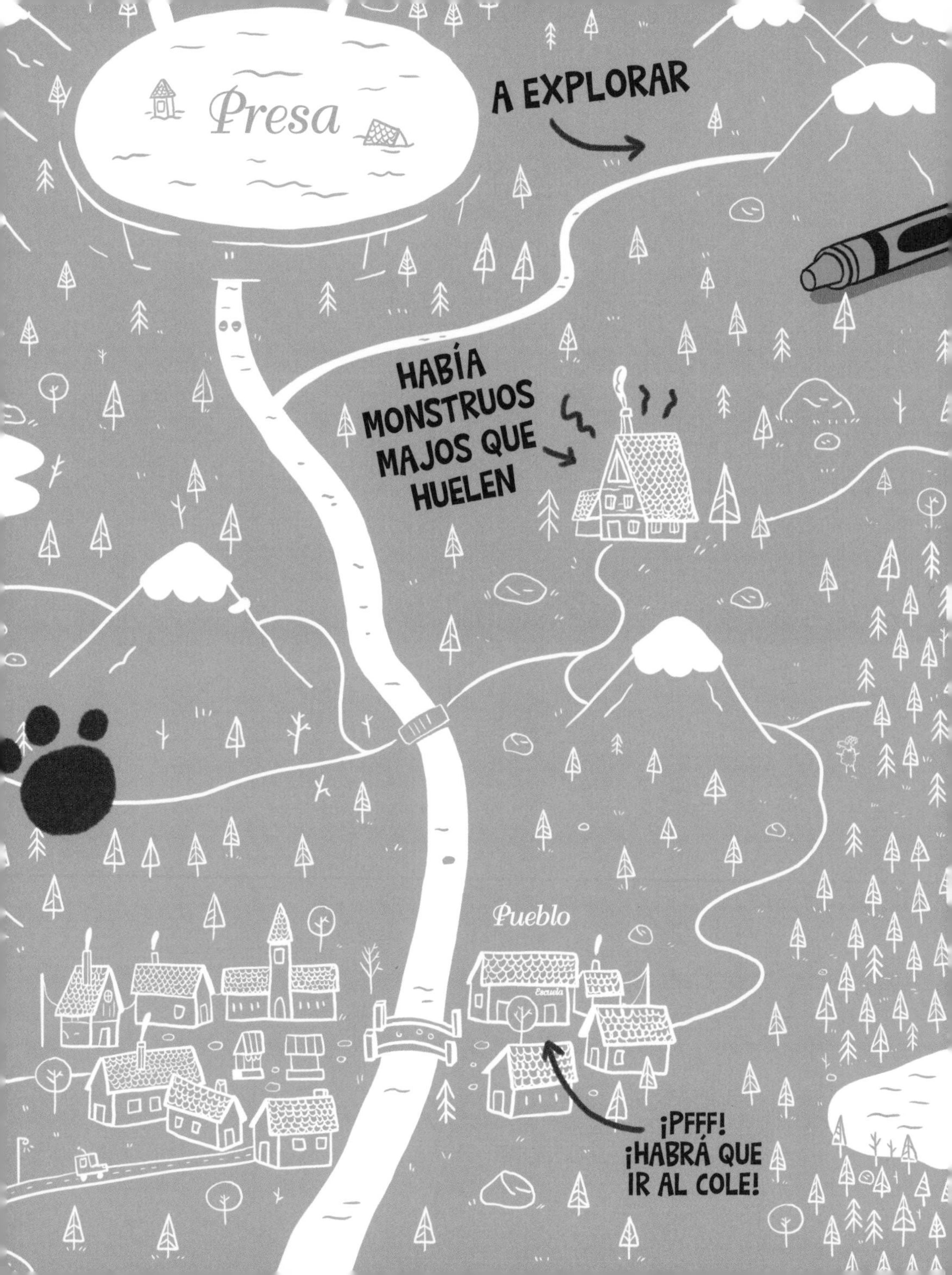
Presa
A EXPLORAR
HABÍA MONSTRUOS MAJOS QUE HUELEN
Pueblo
Escuela
¡PFFF! ¡HABRÁ QUE IR AL COLE!

Papel certificado por el Forest Stewardship Council®

Título original: *Aubépine. Le renard furax*
Primera edición: abril de 2020

© 2018, DUPUIS by Thom Pico, Karensac
www.dupuis.com
© 2020, Penguin Random House Grupo Editorial, S. A. U.
Travessera de Gràcia, 47-49. 08021 Barcelona
© 2020, Francesc Reyes Camps, por la traducción

Printed in Spain – Impreso en España

ISBN: 978-84-17921-03-3
Depósito legal: B-1.722-2020

Compuesto en Compaginem Llibres, S. L.

Impreso en Gráficas 94, S. L.
Sant Quirze del Vallès (Barcelona)

BL 2 1 0 3 3

Penguin
Random House
Grupo Editorial

KARENSAC – THOM PICO

Olivia

Y EL ZORRO FURIOSO

Idea & guión
THOM PICO

Idea & dibujo
KARENSAC

B DE BLOK

Gracias a Julien, Guillaume, Bolã, Élisa,
Laurence, Stéphane y Jonathan.

KARENSAC Y THOM PICO

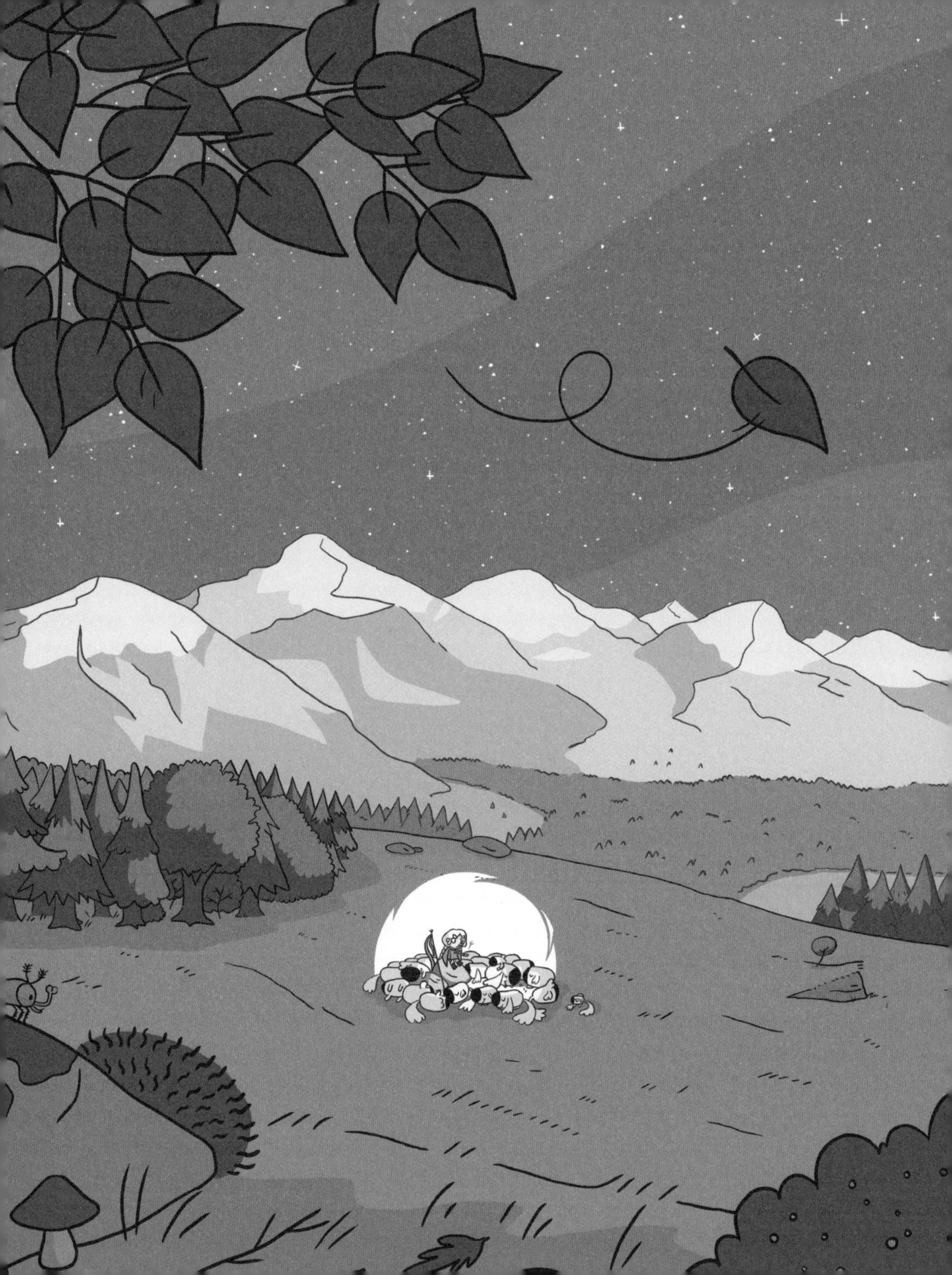

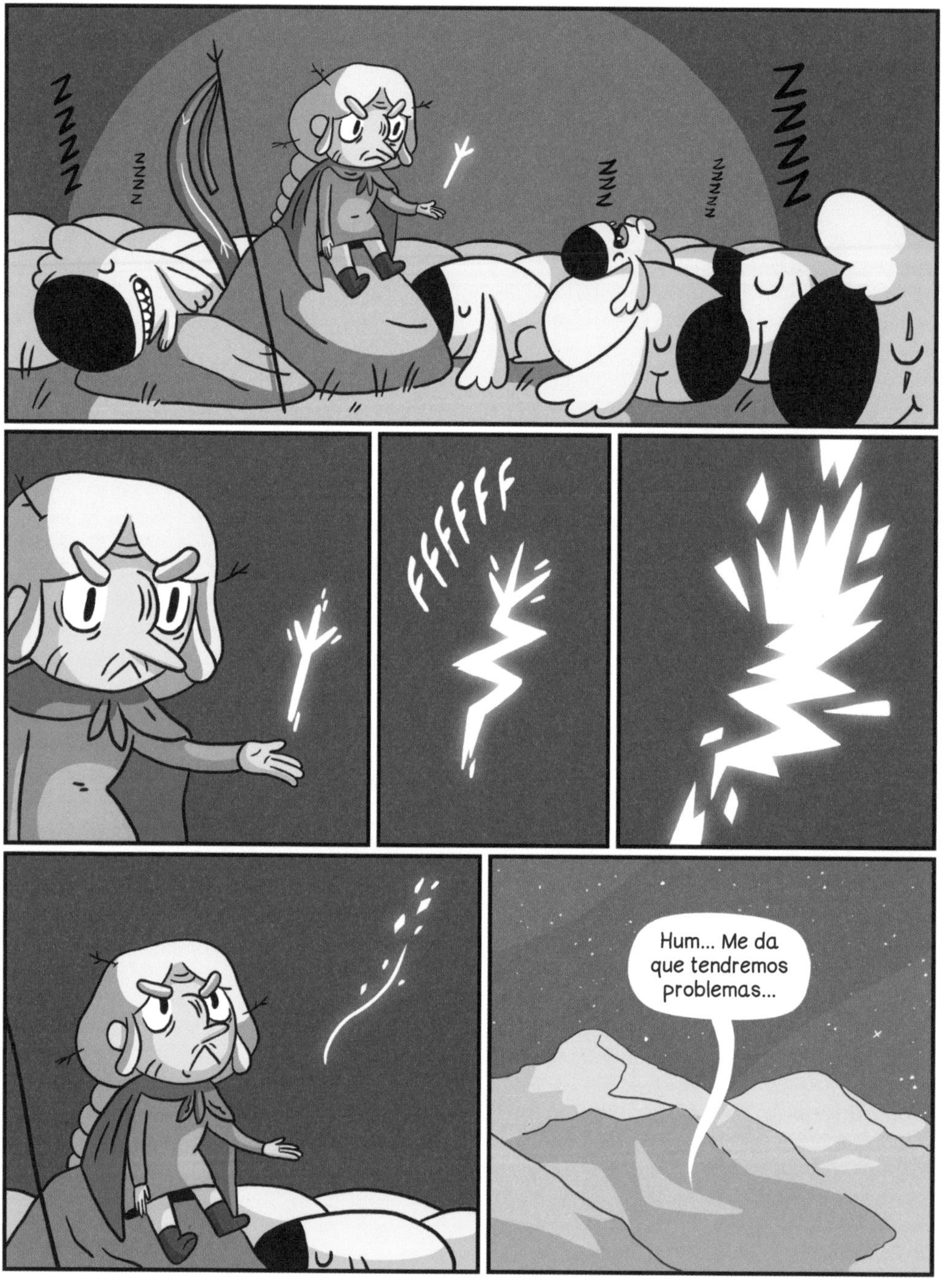
ZZZZ
ZZZZ
ZZZ
ZZZZZ
ZZZZ
FFFFFF
Hum... Me da que tendremos problemas...

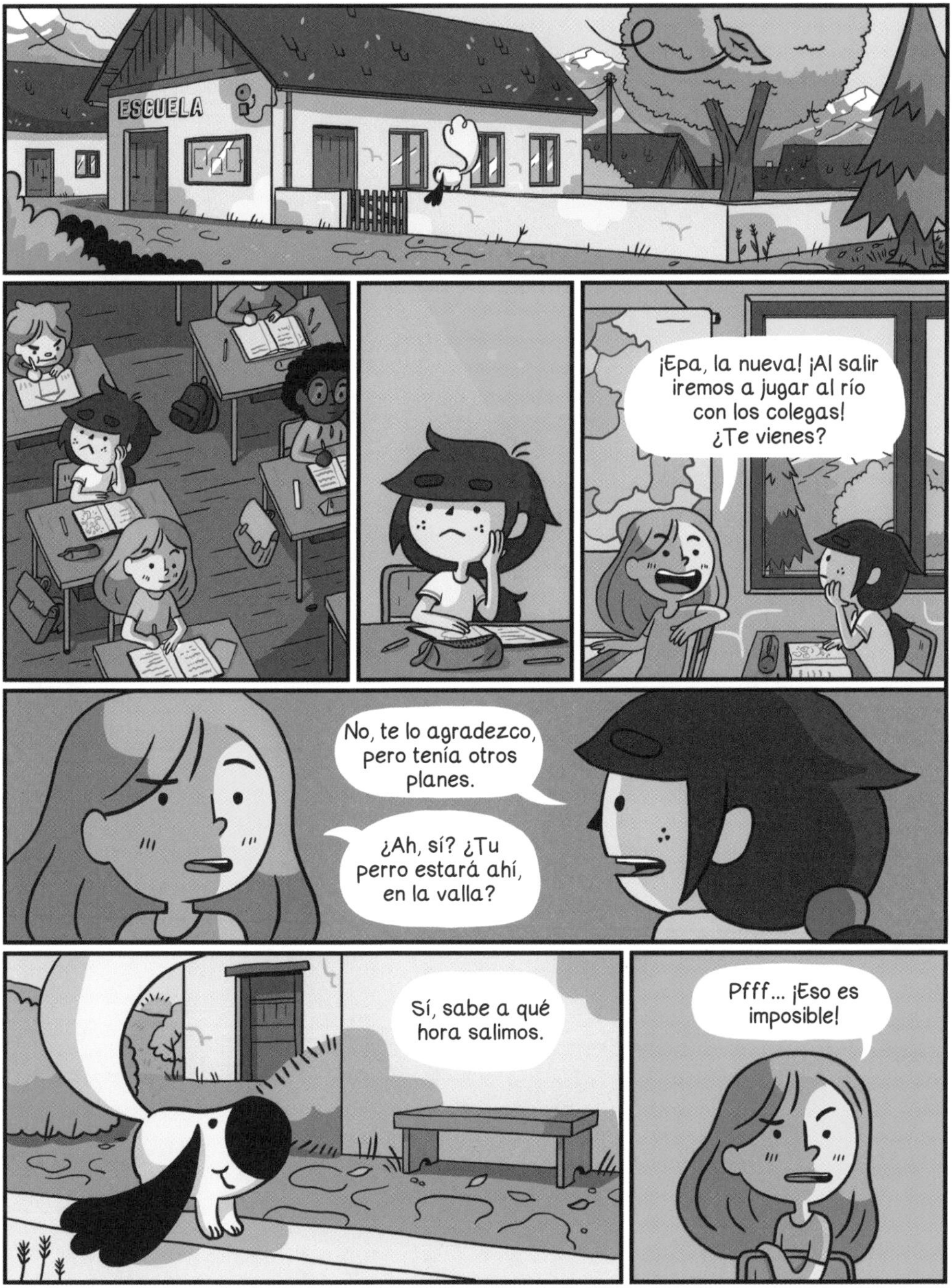
ESCUELA
¡Epa, la nueva! ¡Al salir iremos a jugar al río con los colegas! ¿Te vienes?
No, te lo agradezco, pero tenía otros planes.
¿Ah, sí? ¿Tu perro estará ahí, en la valla?
Sí, sabe a qué hora salimos.
Pfff... ¡Eso es imposible!

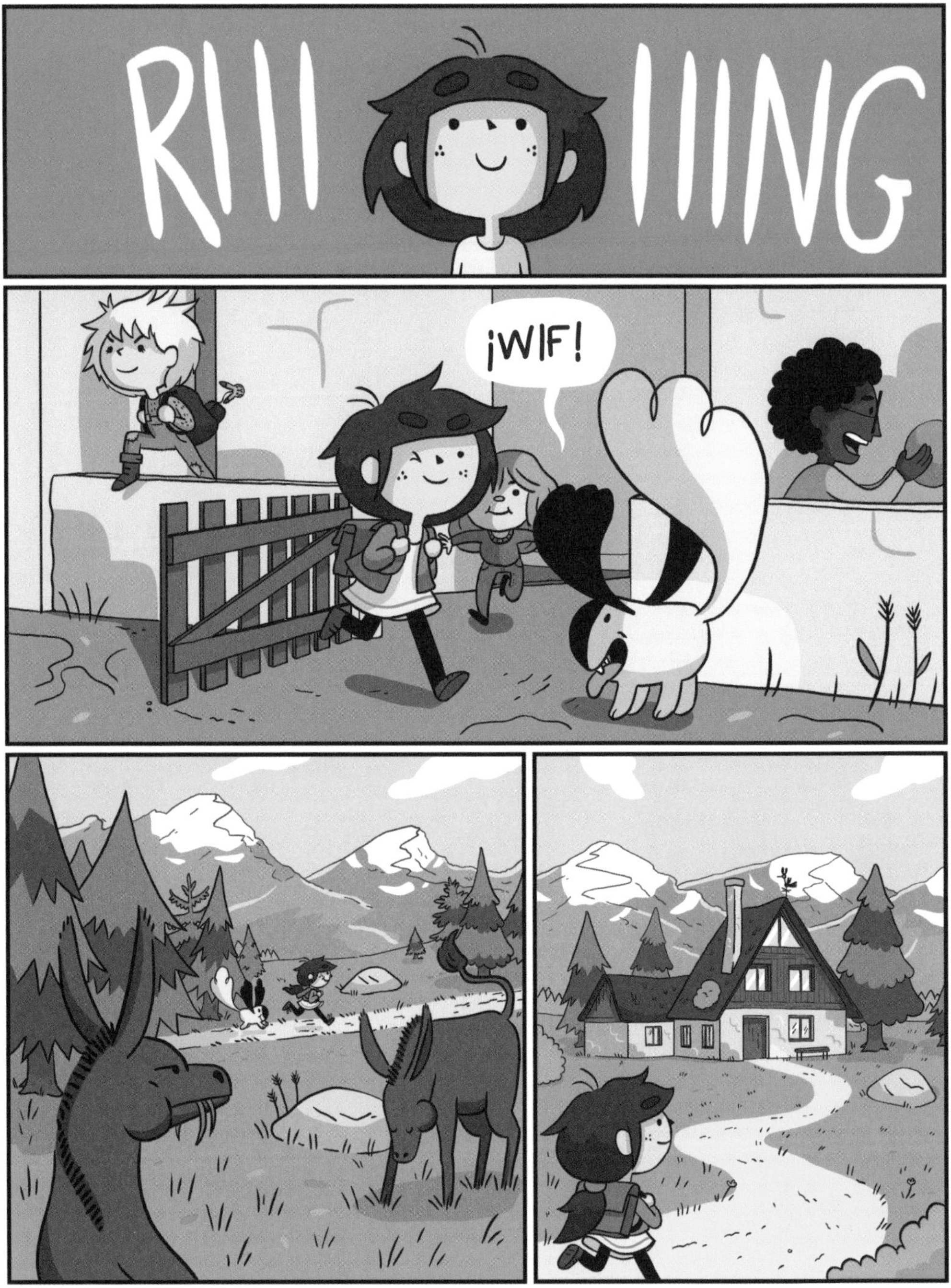
RIII IIING
¡WIF!

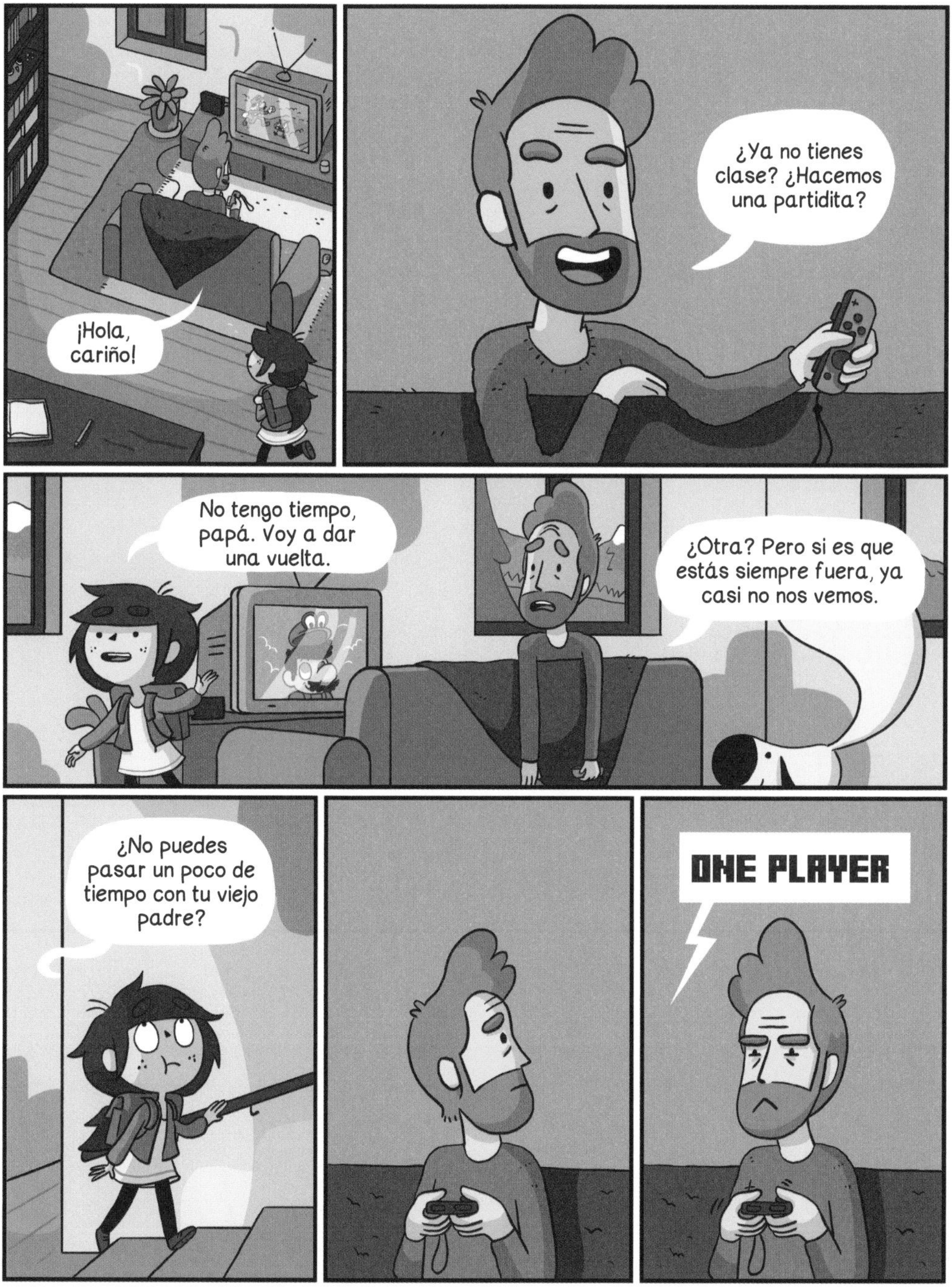
¡Hola, cariño!
¿Ya no tienes clase? ¿Hacemos una partidita?
No tengo tiempo, papá. Voy a dar una vuelta.
¿Otra? Pero si es que estás siempre fuera, ya casi no nos vemos.
¿No puedes pasar un poco de tiempo con tu viejo padre?
ONE PLAYER

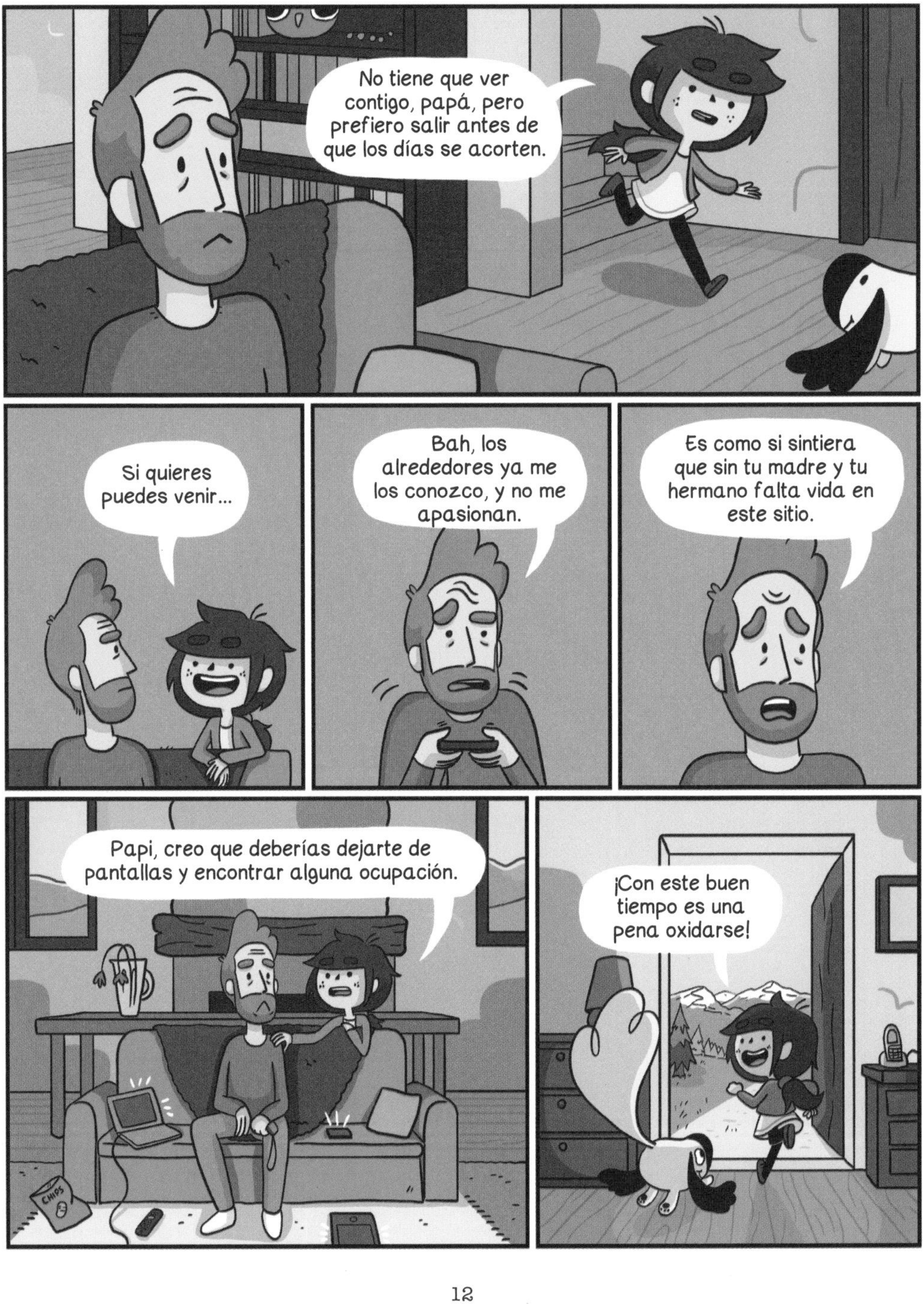
No tiene que ver contigo, papá, pero prefiero salir antes de que los días se acorten.
Si quieres puedes venir...
Bah, los alrededores ya me los conozco, y no me apasionan.
Es como si sintiera que sin tu madre y tu hermano falta vida en este sitio.
Papi, creo que deberías dejarte de pantallas y encontrar alguna ocupación.
¡Con este buen tiempo es una pena oxidarse!

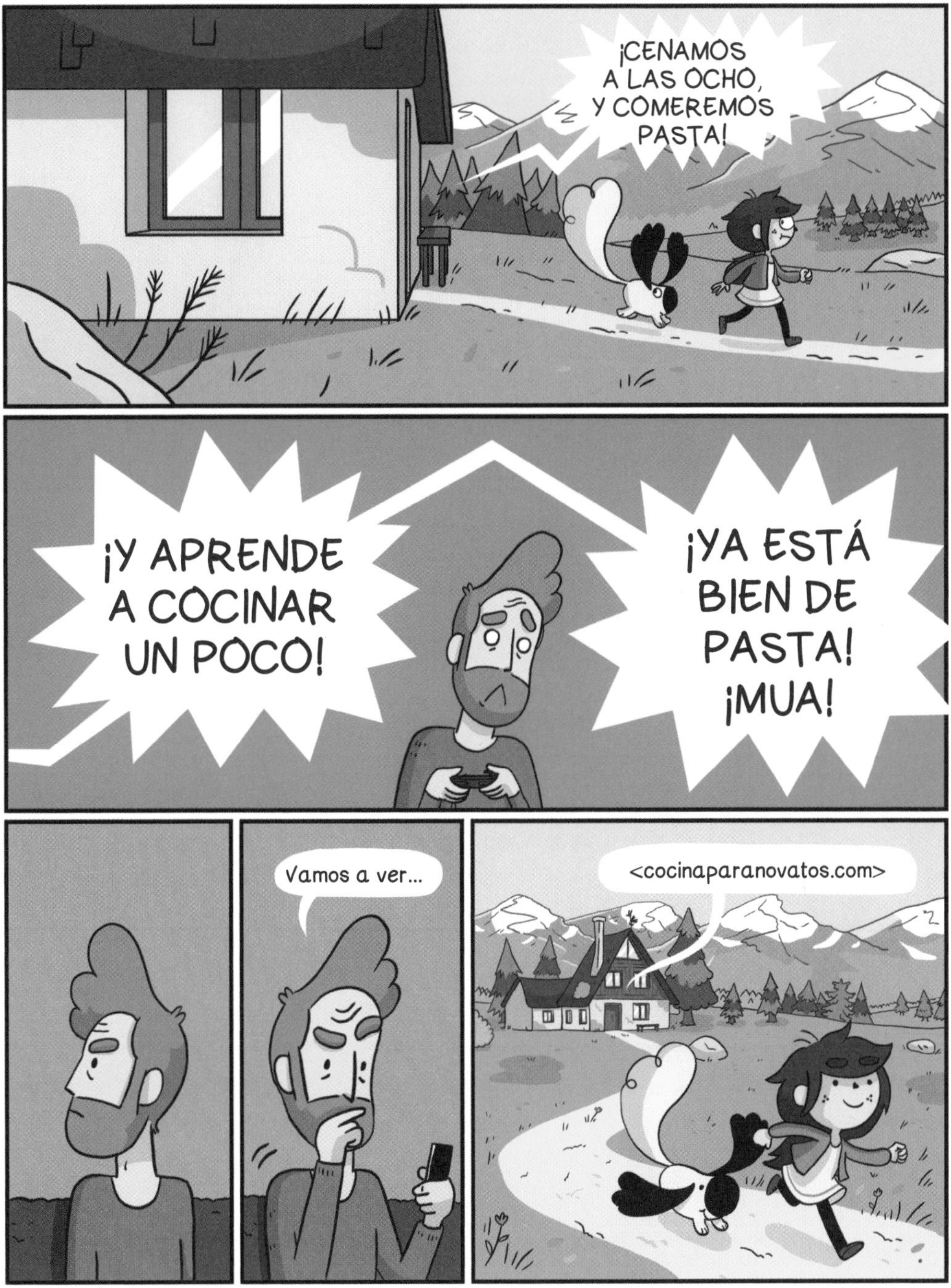
¡CENAMOS A LAS OCHO, Y COMEREMOS PASTA!
¡Y APRENDE A COCINAR UN POCO!
¡YA ESTÁ BIEN DE PASTA! ¡MUA!
Vamos a ver...
<cocinaparanovatos.com>

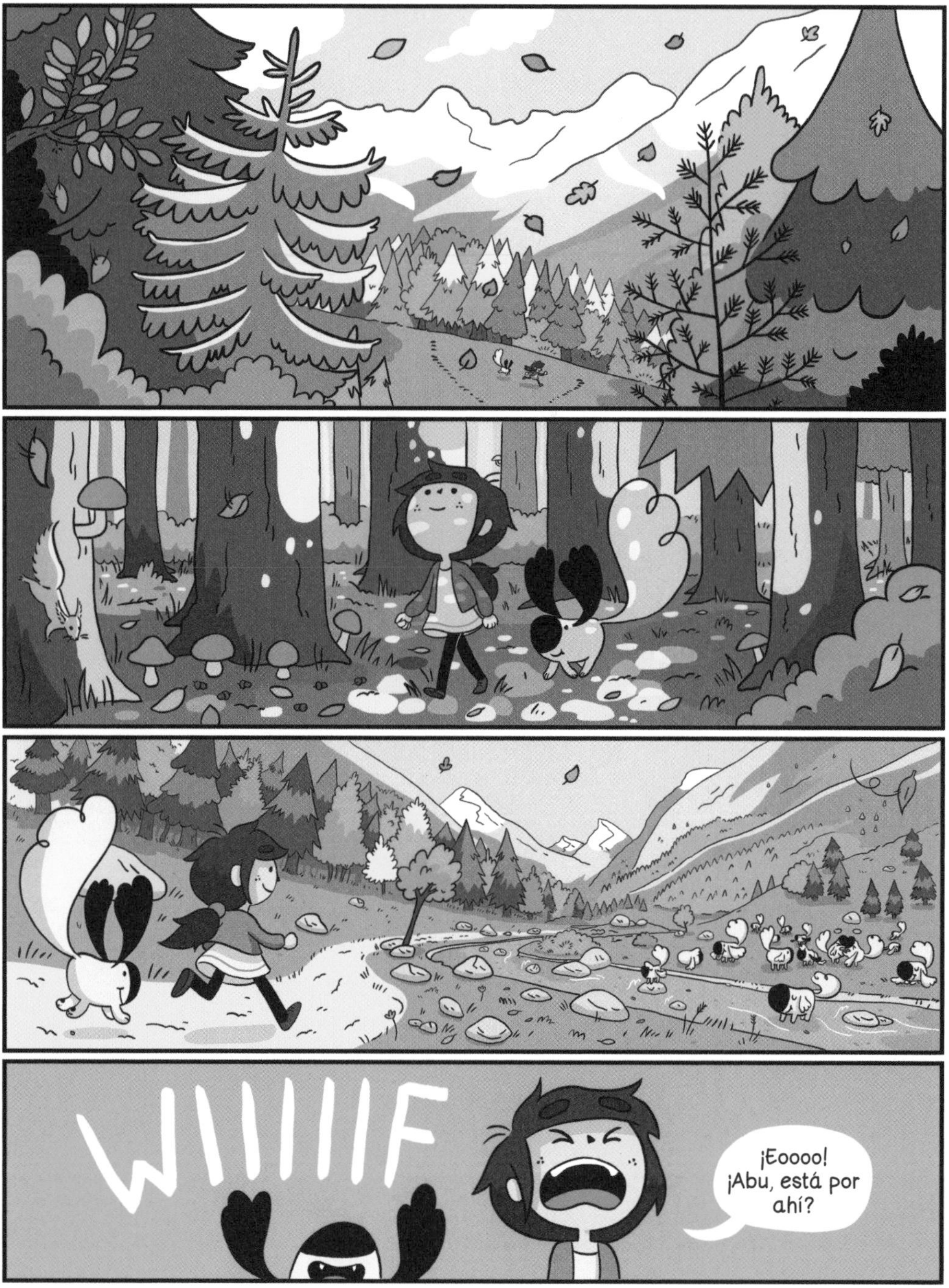
WIIIIIF
¡Eoooo! ¡Abu, está por ahí?

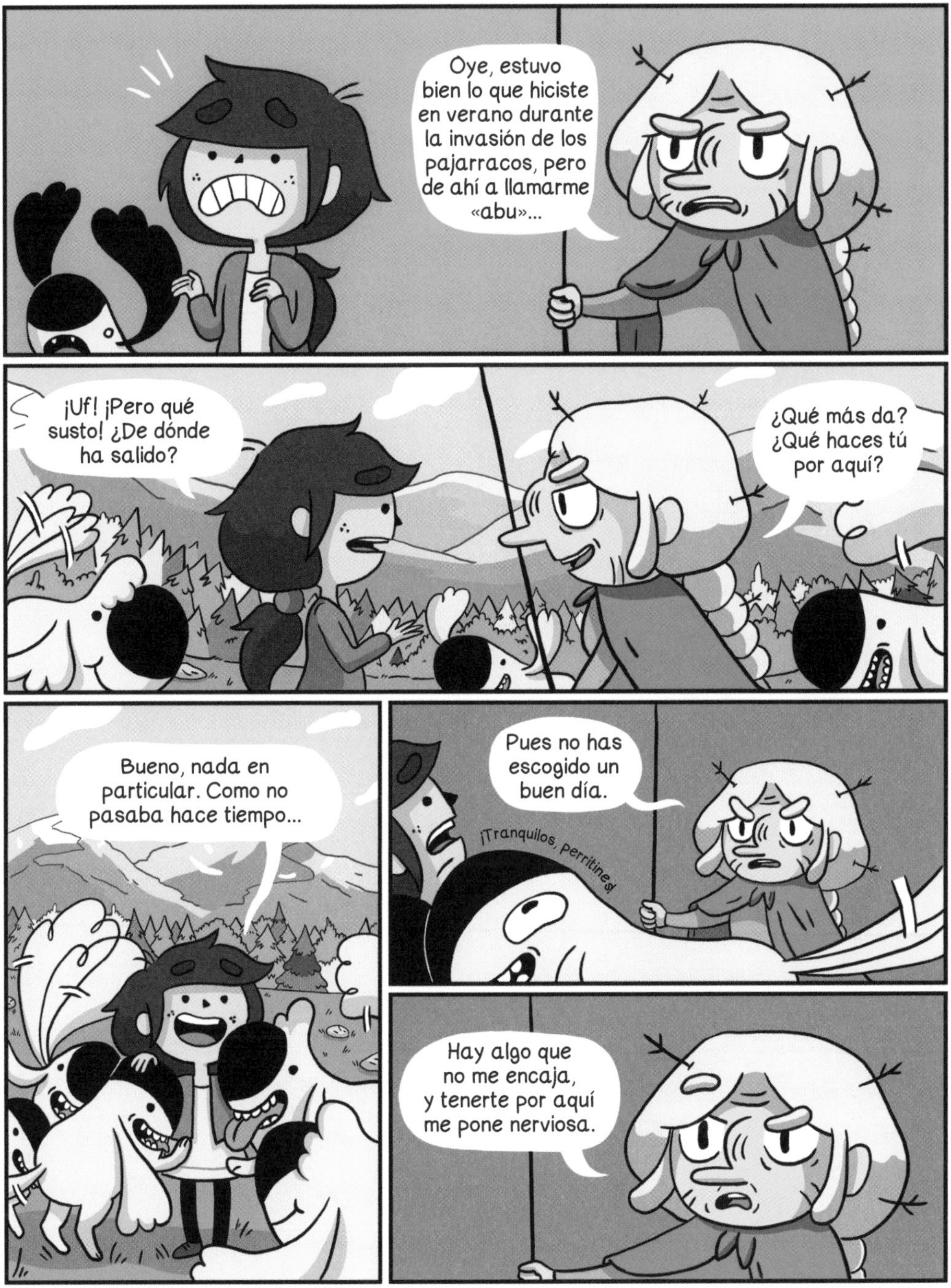
Oye, estuvo bien lo que hiciste en verano durante la invasión de los pajarracos, pero de ahí a llamarme «abu»...
¡Uf! ¡Pero qué susto! ¿De dónde ha salido?
¿Qué más da? ¿Qué haces tú por aquí?
Bueno, nada en particular. Como no pasaba hace tiempo...
Pues no has escogido un buen día.
¡Tranquilos, perritines!
Hay algo que no me encaja, y tenerte por aquí me pone nerviosa.

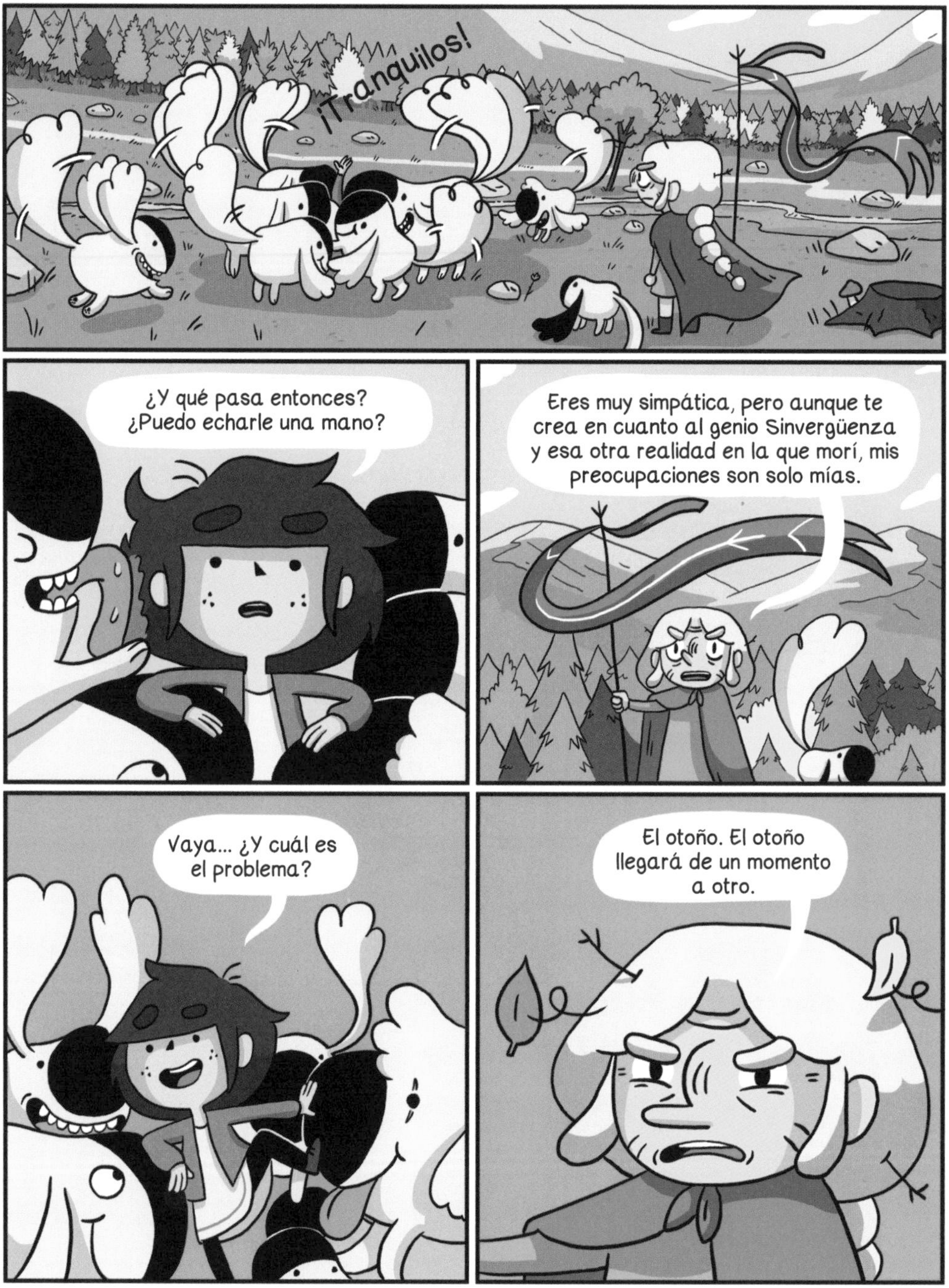
¡Tranquilos!
¿Y qué pasa entonces? ¿Puedo echarle una mano?
Eres muy simpática, pero aunque te crea en cuanto al genio Sinvergüenza y esa otra realidad en la que morí, mis preocupaciones son solo mías.
Vaya... ¿Y cuál es el problema?
El otoño. El otoño llegará de un momento a otro.

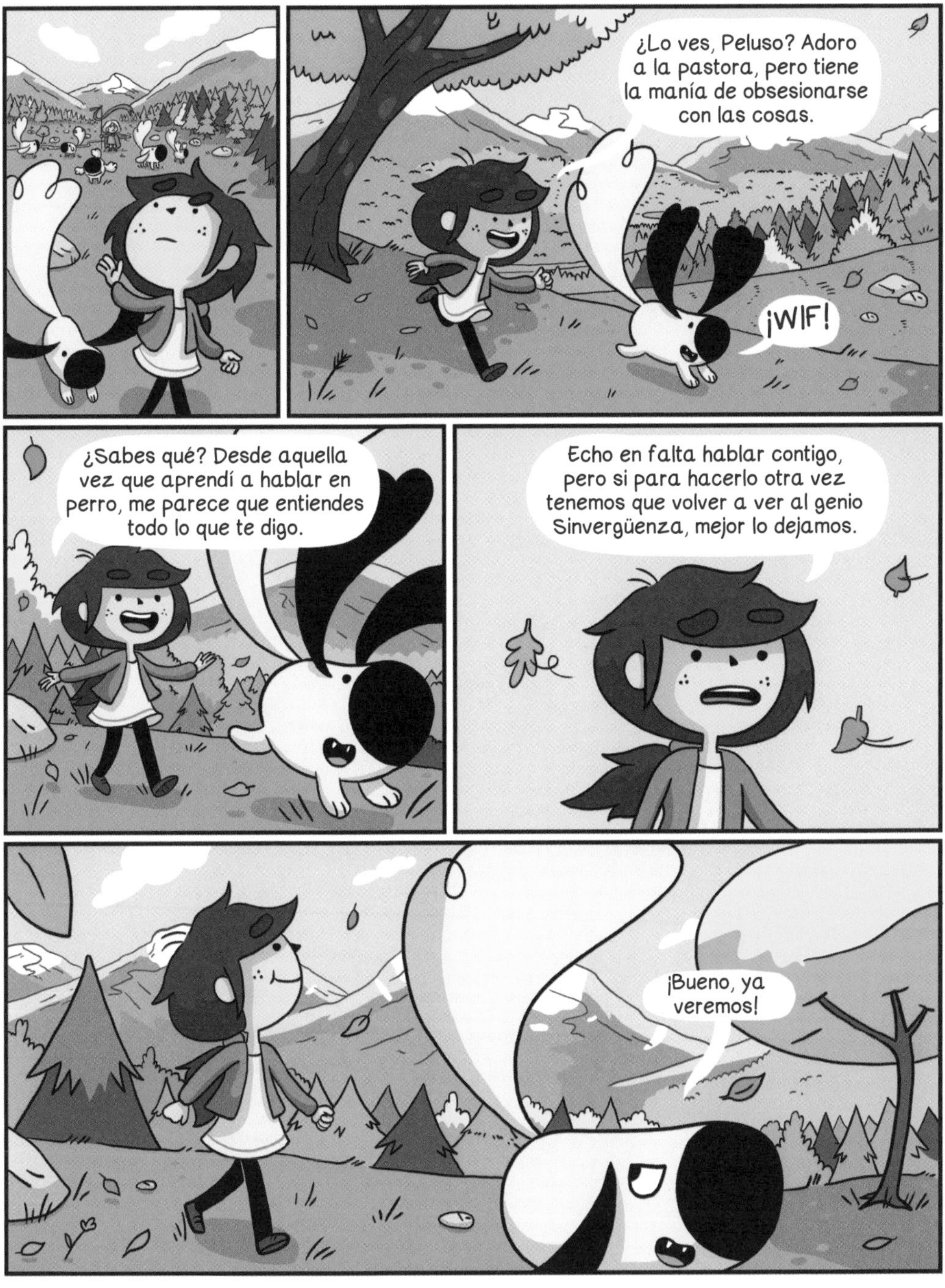
¿Lo ves, Peluso? Adoro a la pastora, pero tiene la manía de obsesionarse con las cosas.
¡WIF!
¿Sabes qué? Desde aquella vez que aprendí a hablar en perro, me parece que entiendes todo lo que te digo.
Echo en falta hablar contigo, pero si para hacerlo otra vez tenemos que volver a ver al genio Sinvergüenza, mejor lo dejamos.
¡Bueno, ya veremos!

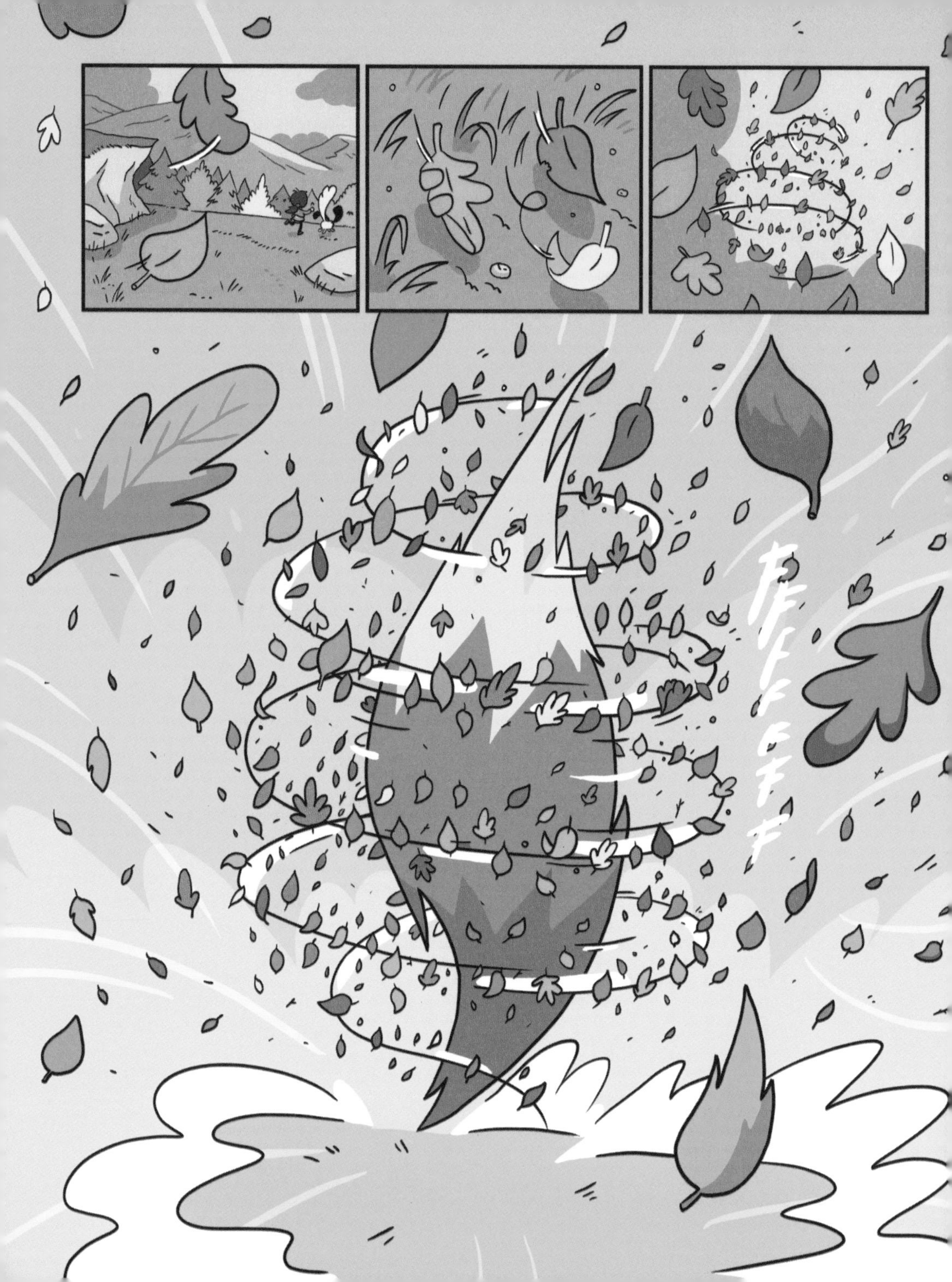

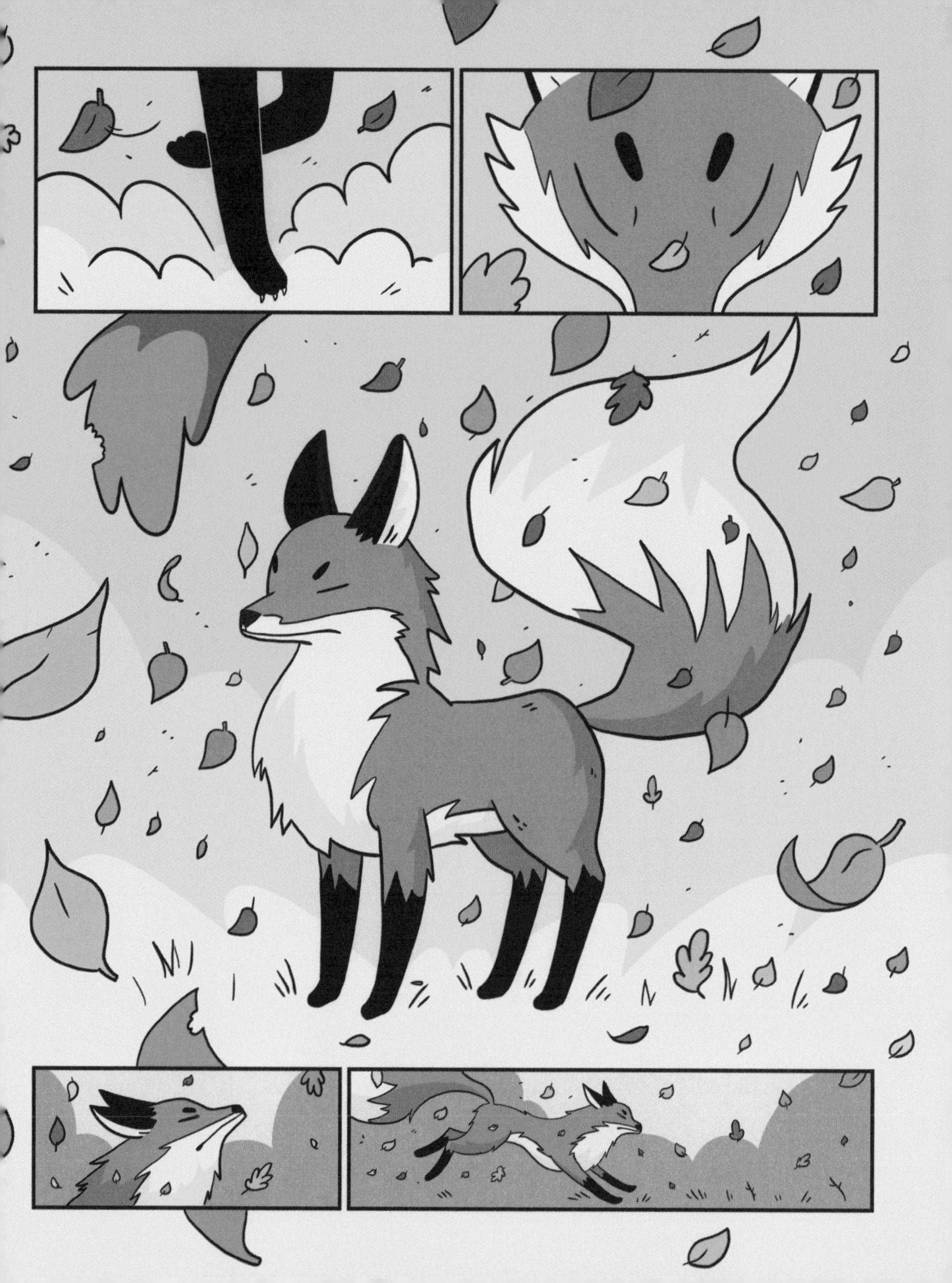

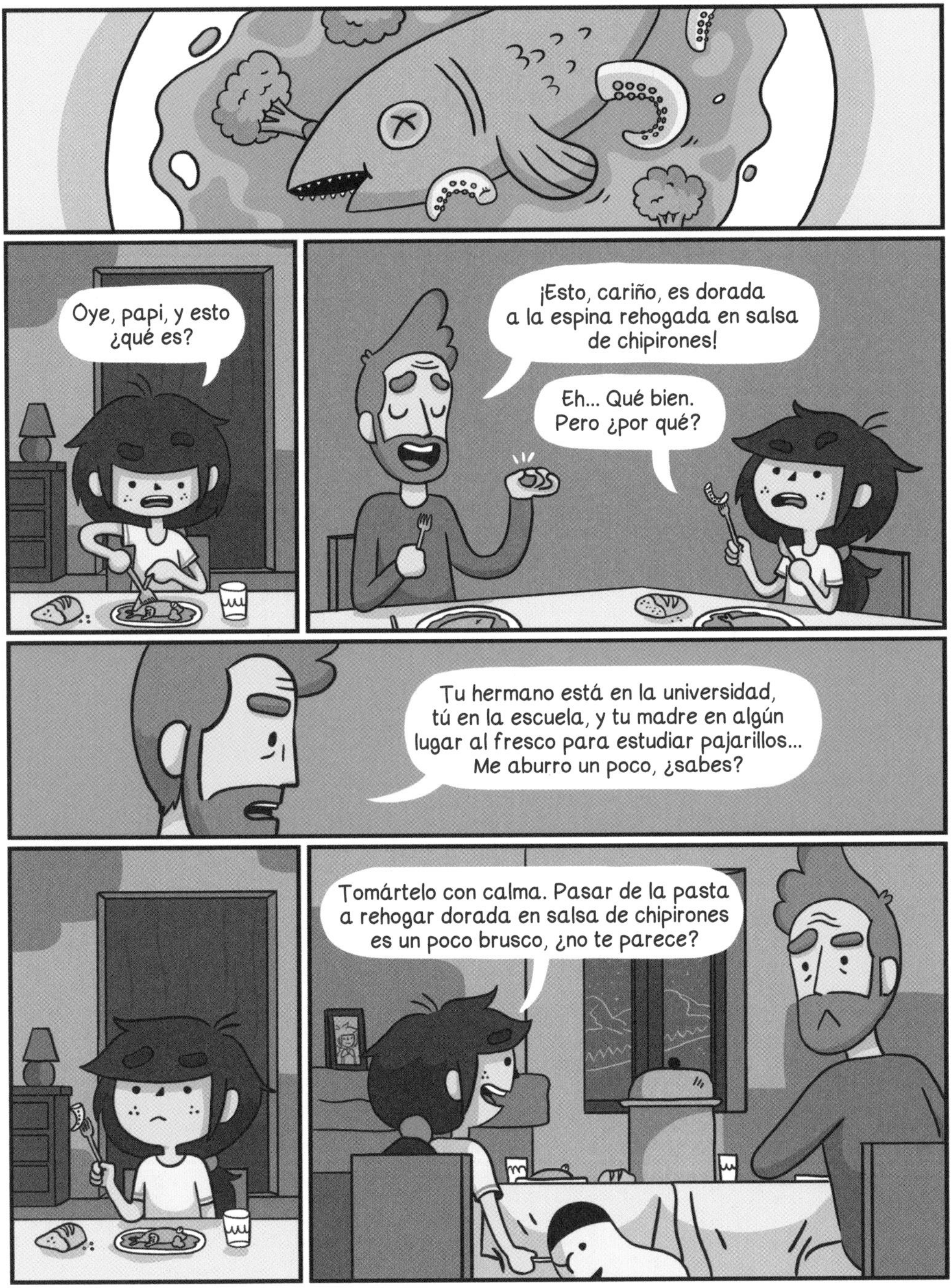
Oye, papi, y esto ¿qué es?
¡Esto, cariño, es dorada a la espina rehogada en salsa de chipirones!
Eh... Qué bien. Pero ¿por qué?
Tu hermano está en la universidad, tú en la escuela, y tu madre en algún lugar al fresco para estudiar pajarillos... Me aburro un poco, ¿sabes?
Tomártelo con calma. Pasar de la pasta a rehogar dorada en salsa de chipirones es un poco brusco, ¿no te parece?

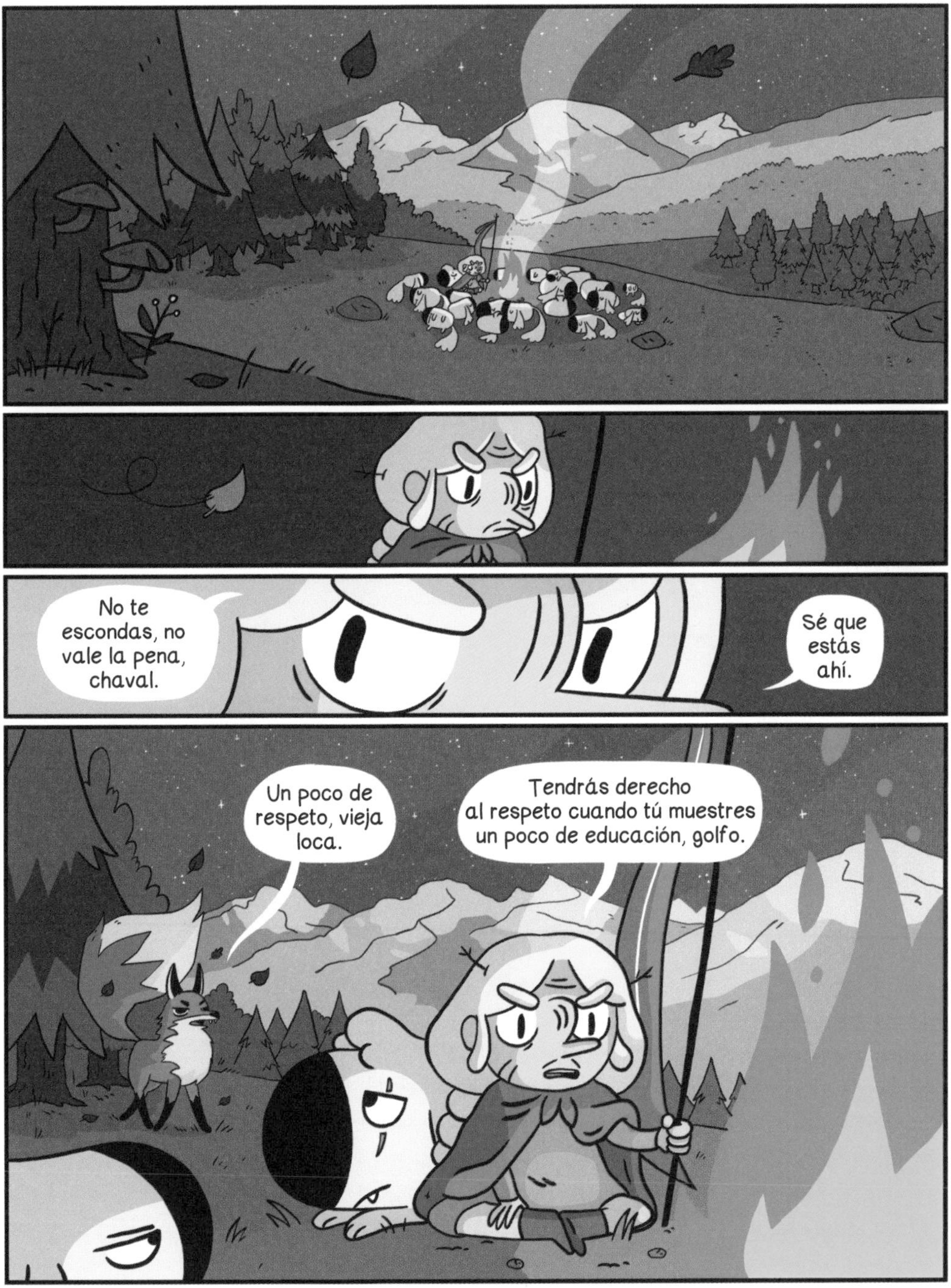
No te escondas, no vale la pena, chaval.
Sé que estás ahí.
Un poco de respeto, vieja loca.
Tendrás derecho al respeto cuando tú muestres un poco de educación, golfo.

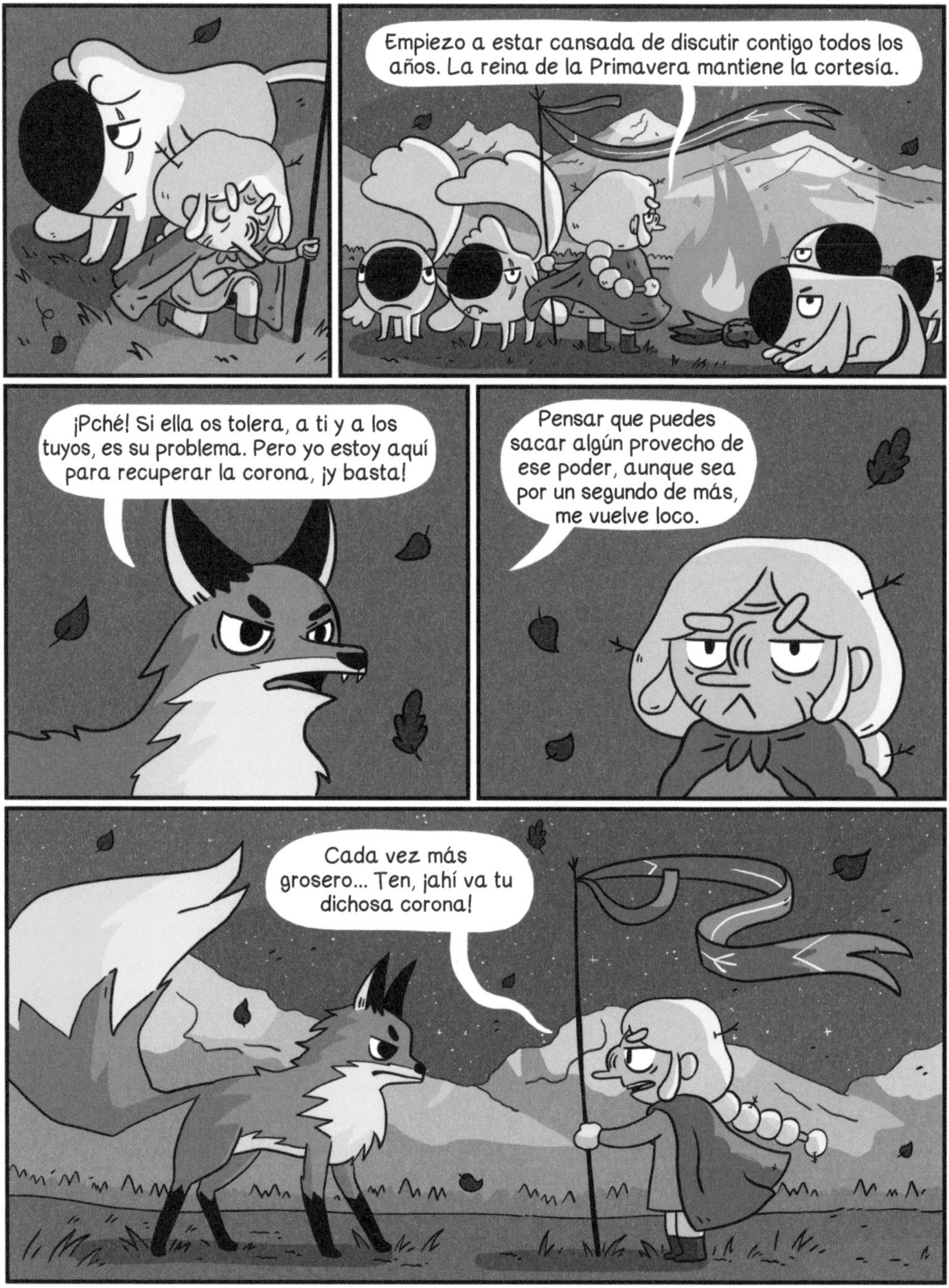
Empiezo a estar cansada de discutir contigo todos los años. La reina de la Primavera mantiene la cortesía.
¡Pché! Si ella os tolera, a ti y a los tuyos, es su problema. Pero yo estoy aquí para recuperar la corona, ¡y basta!
Pensar que puedes sacar algún provecho de ese poder, aunque sea por un segundo de más, me vuelve loco.
Cada vez más grosero... Ten, ¡ahí va tu dichosa corona!

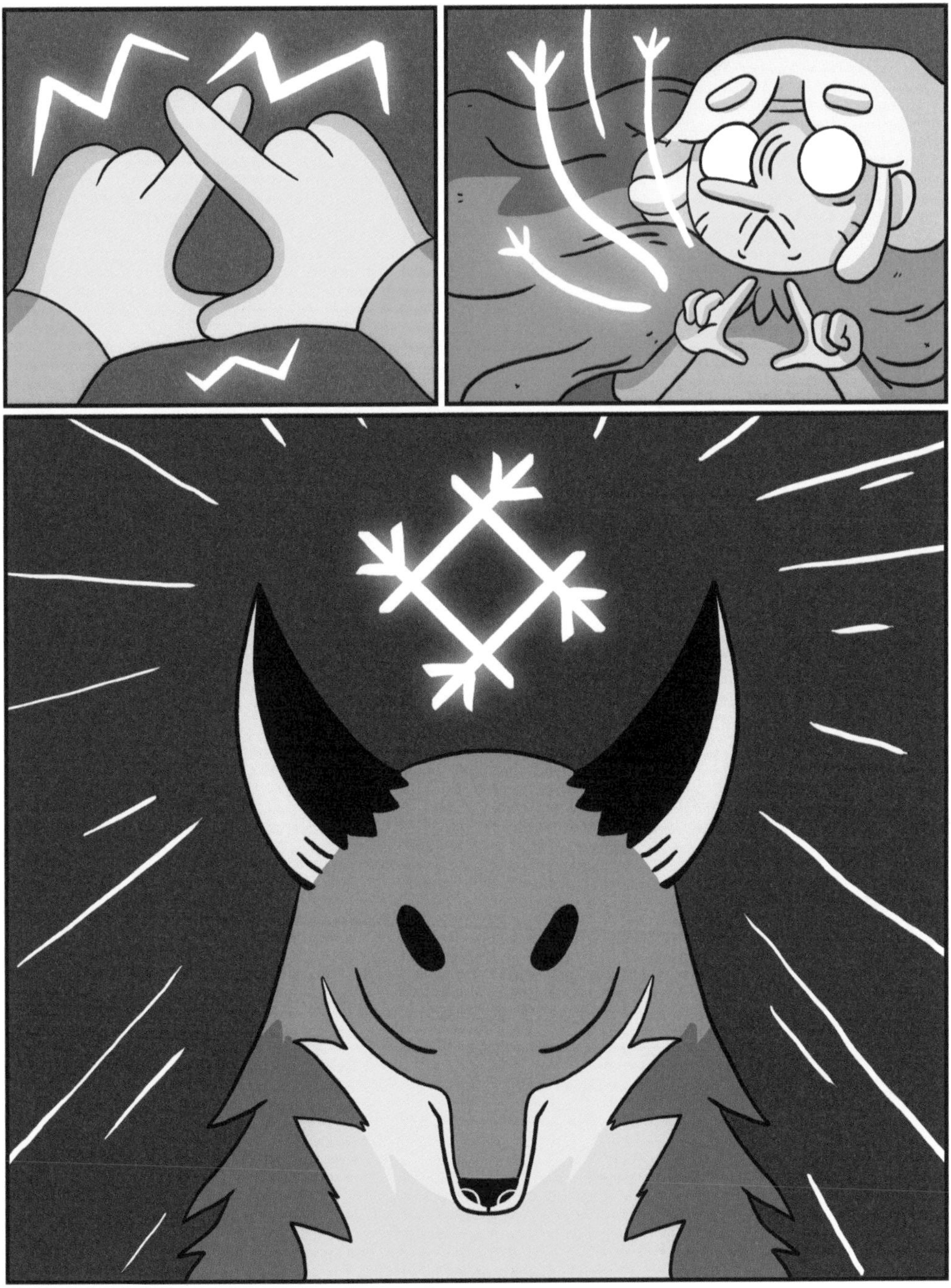

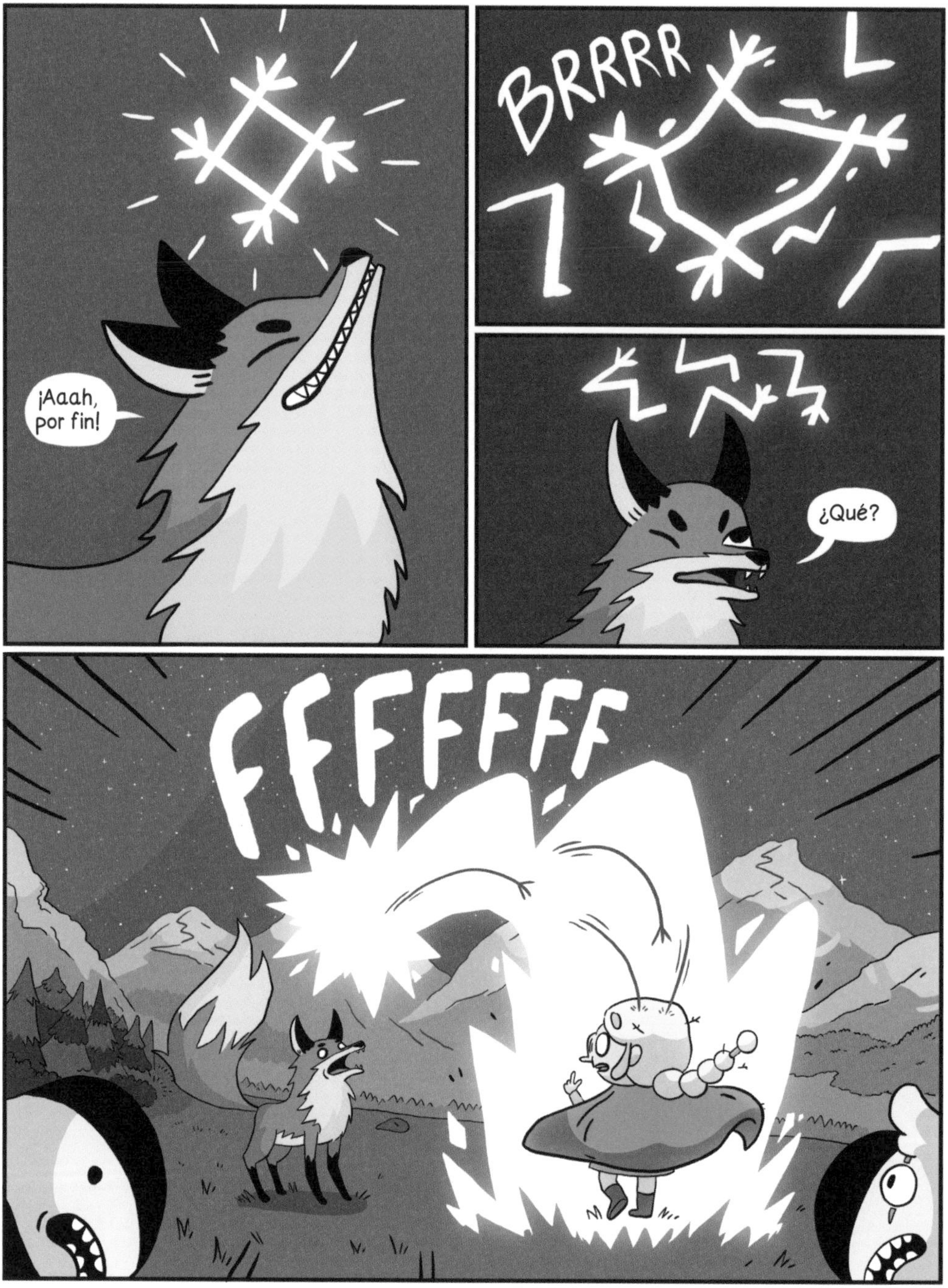
¡Aaah, por fin!
BRRRR
¿Qué?
FFFFFF

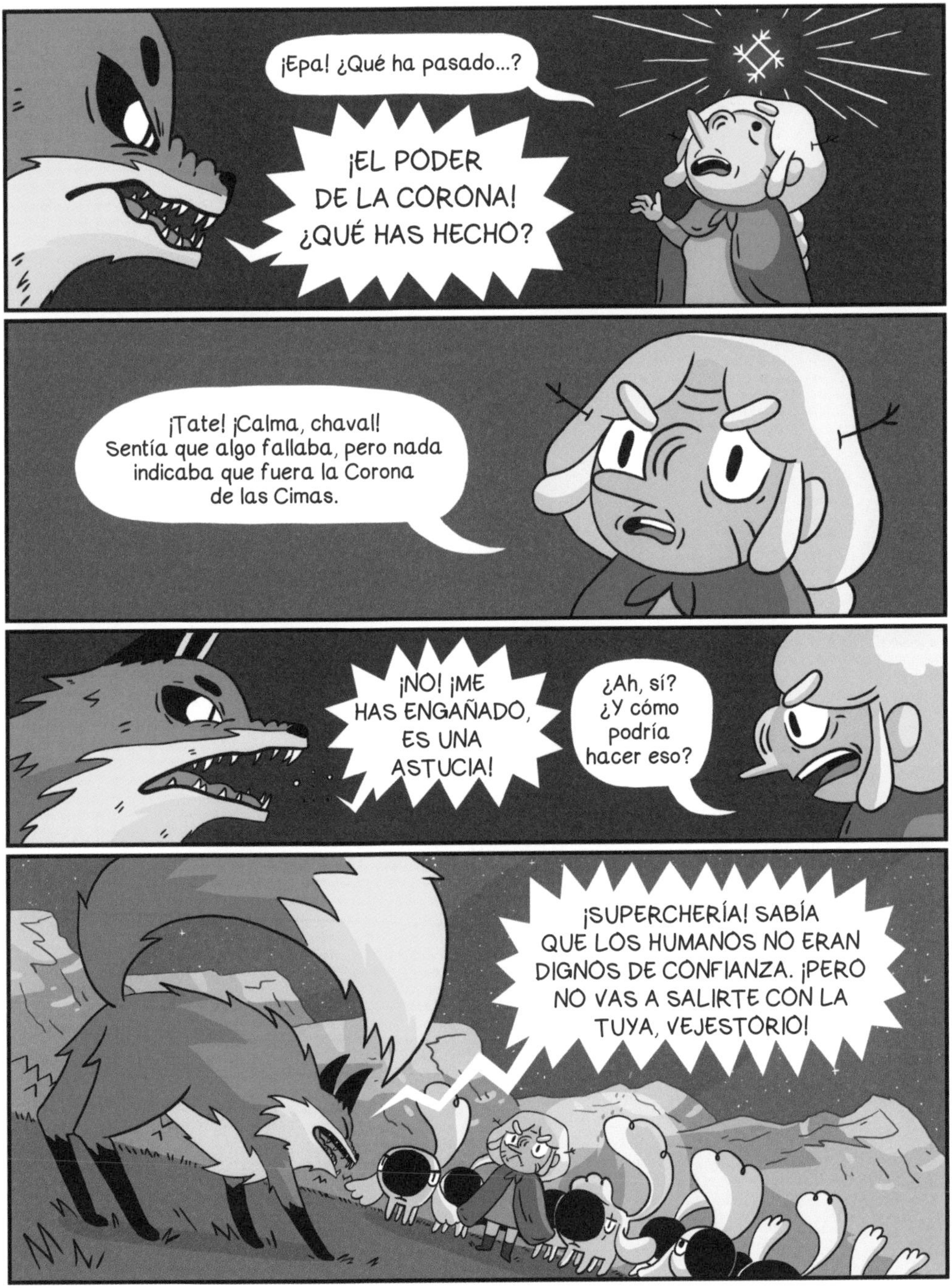
¡Epa! ¿Qué ha pasado...?
¡EL PODER DE LA CORONA! ¿QUÉ HAS HECHO?
¡Tate! ¡Calma, chaval! Sentía que algo fallaba, pero nada indicaba que fuera la Corona de las Cimas.
¡NO! ¡ME HAS ENGAÑADO, ES UNA ASTUCIA!
¿Ah, sí? ¿Y cómo podría hacer eso?
¡SUPERCHERÍA! SABÍA QUE LOS HUMANOS NO ERAN DIGNOS DE CONFIANZA. ¡PERO NO VAS A SALIRTE CON LA TUYA, VEJESTORIO!

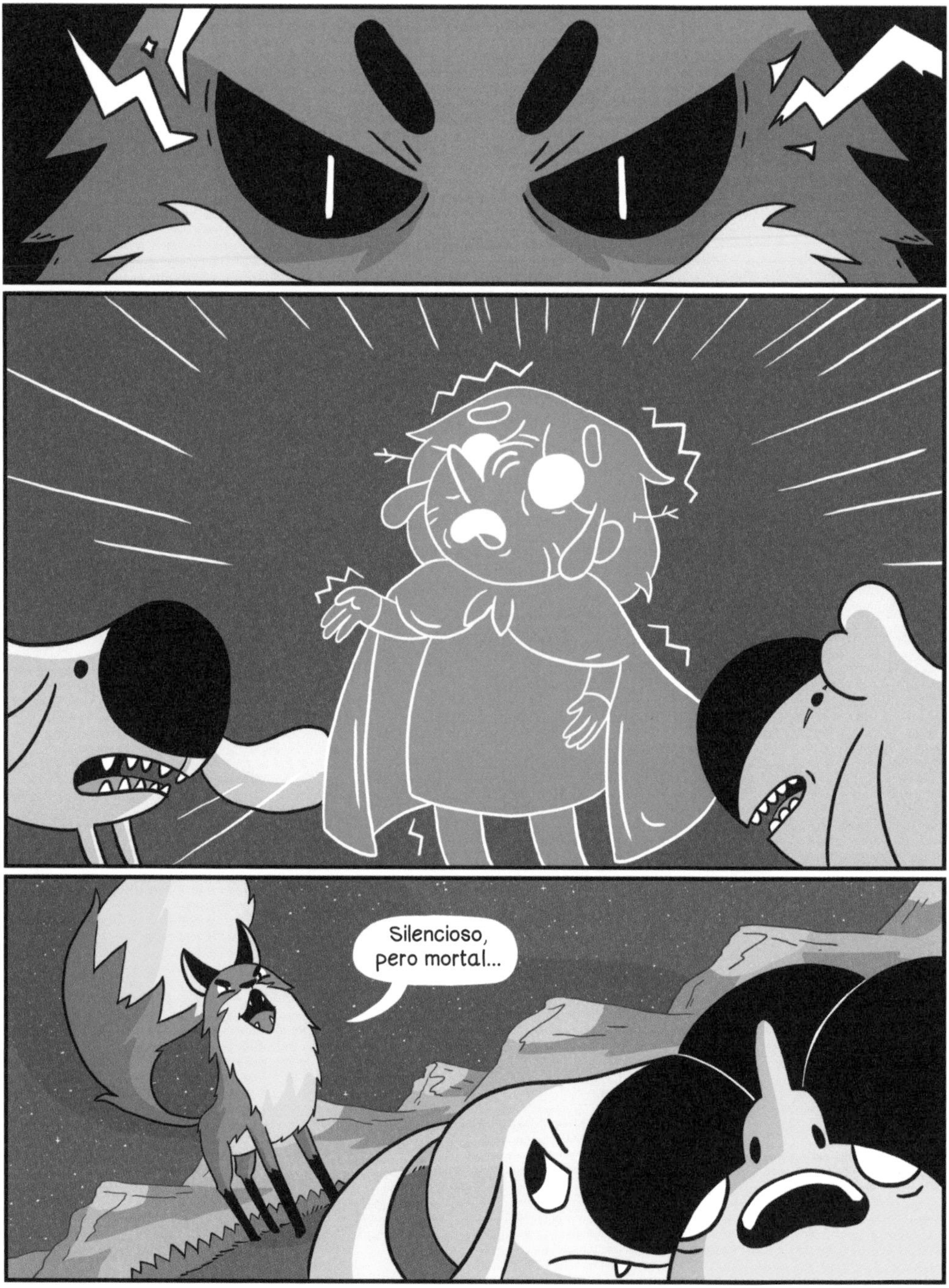
Silencioso, pero mortal...

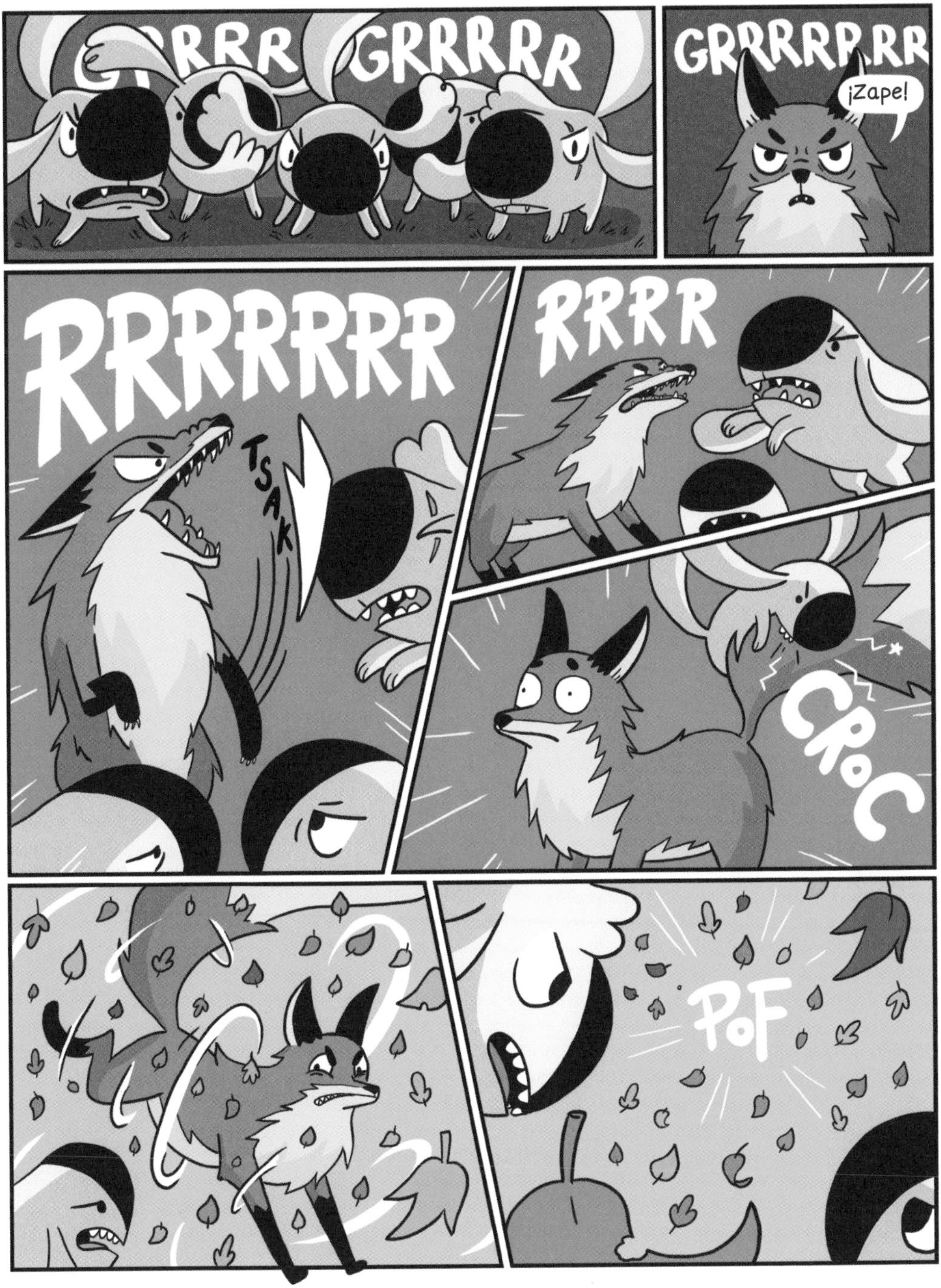
GRRRR GRRRRR
GRRRRRRR
¡Zape!
RRRRRRR
TSAK
RRRR
CRoC
PoF

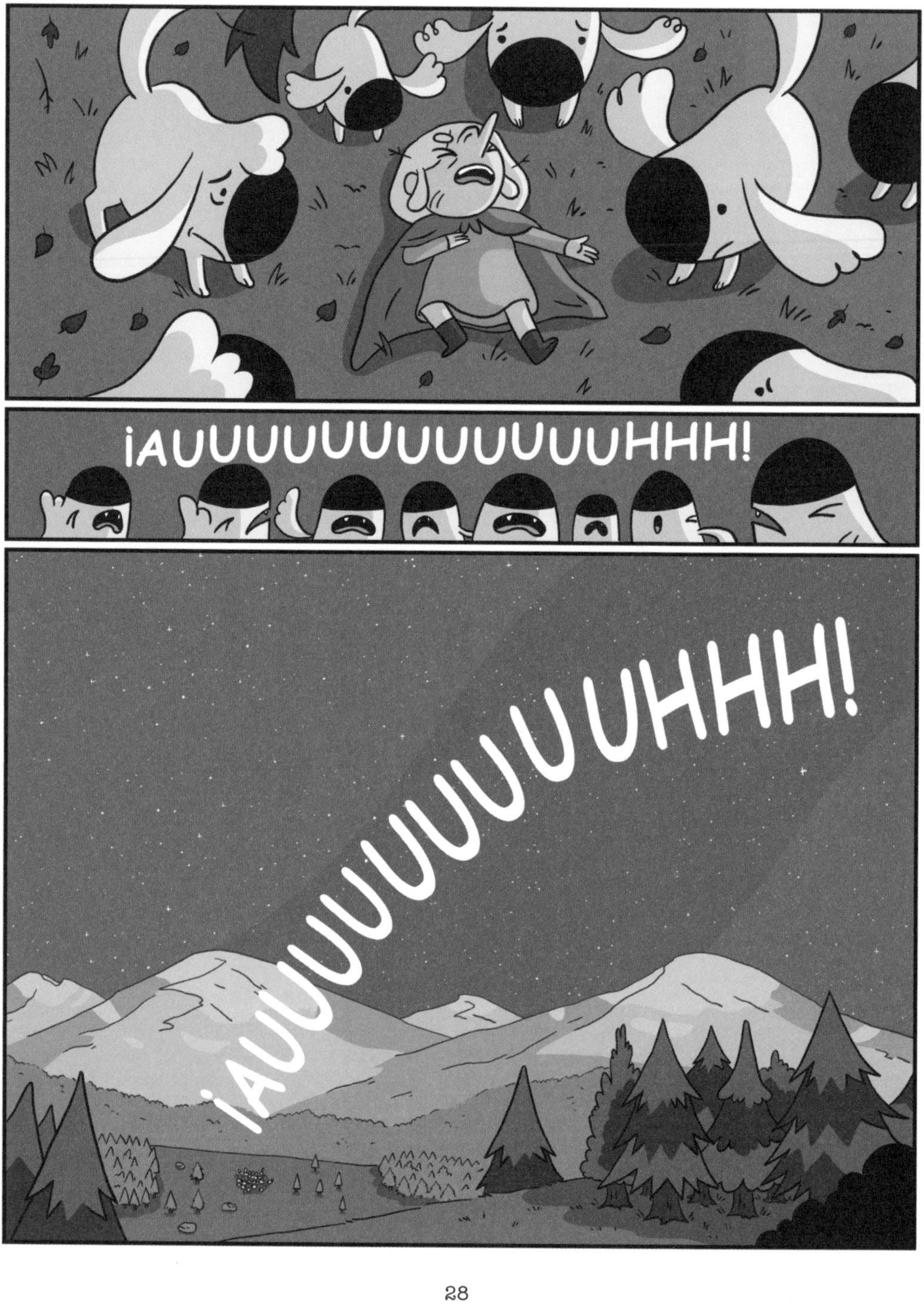
¡AUUUUUUUUUUUUHHH!
¡AUUUUUUUUUUHHH!

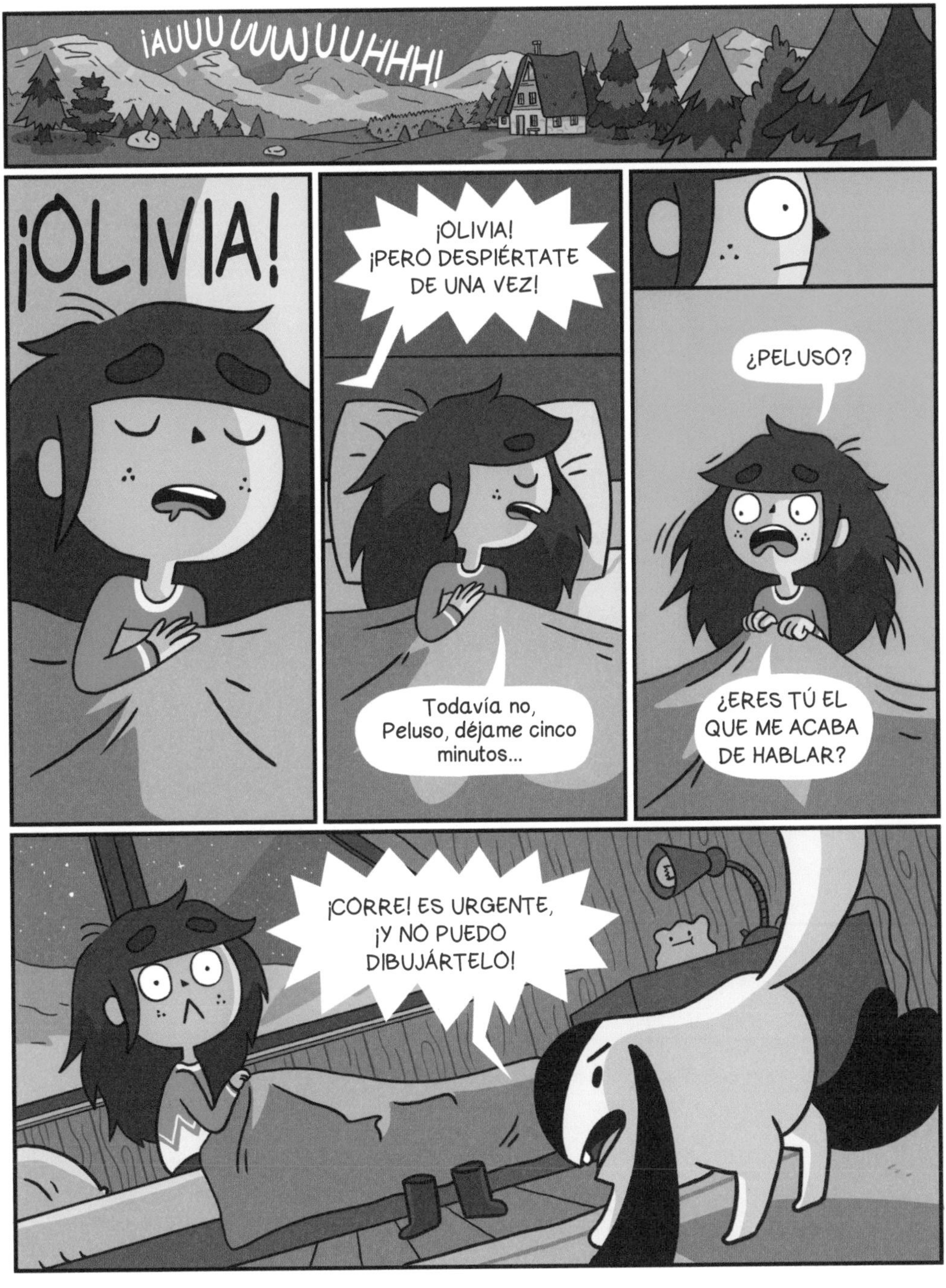
¡AUUU UUW UUHHH!
¡OLIVIA!
¡OLIVIA! ¡PERO DESPIÉRTATE DE UNA VEZ!
Todavía no, Peluso, déjame cinco minutos...
¿PELUSO?
¿ERES TÚ EL QUE ME ACABA DE HABLAR?
¡CORRE! ES URGENTE, ¡Y NO PUEDO DIBUJÁRTELO!

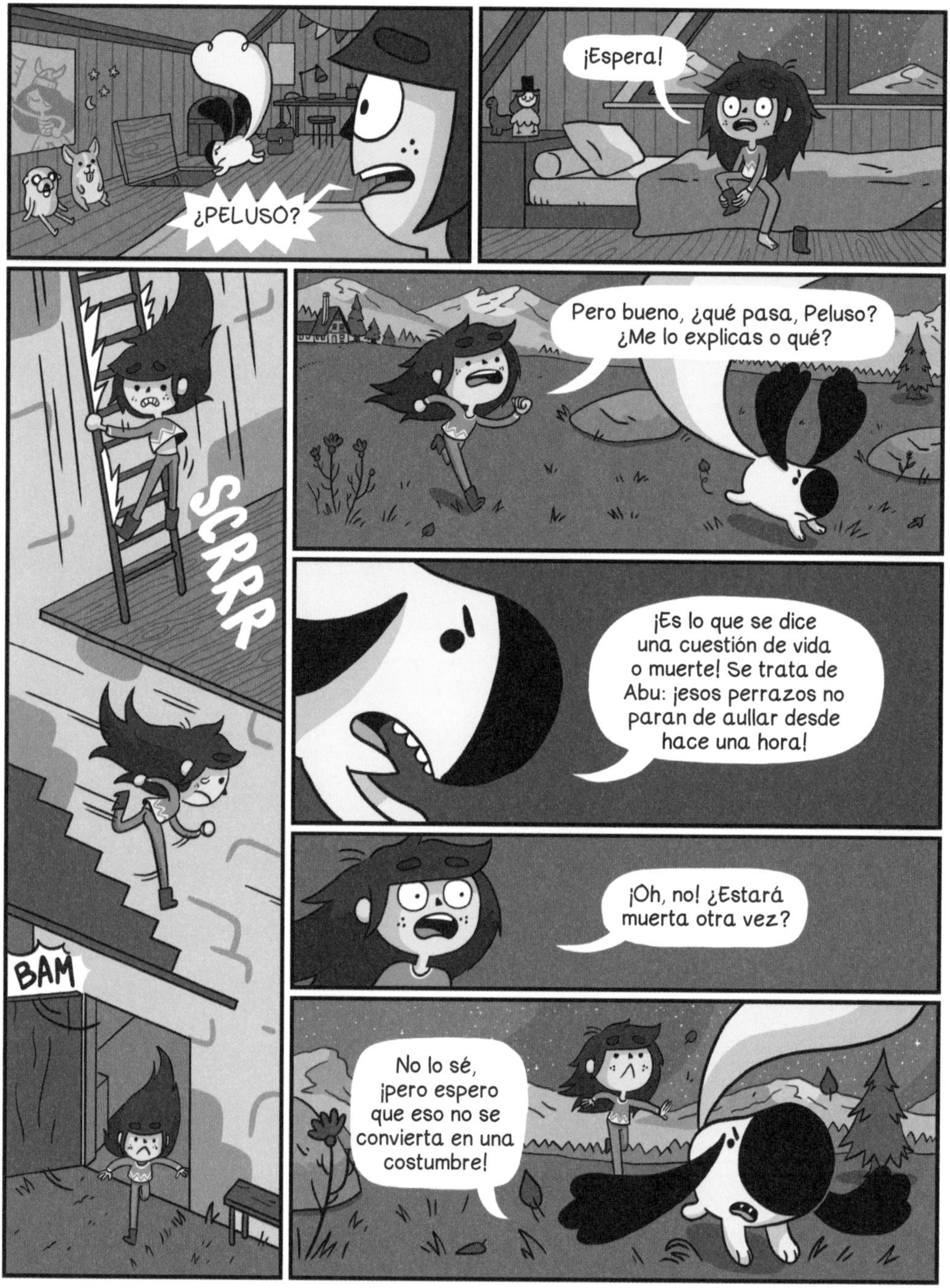
¿PELUSO?
¡Espera!
SCRRR
BAM
Pero bueno, ¿qué pasa, Peluso? ¿Me lo explicas o qué?
¡Es lo que se dice una cuestión de vida o muerte! Se trata de Abu: ¡esos perrazos no paran de aullar desde hace una hora!
¡Oh, no! ¿Estará muerta otra vez?
No lo sé, ¡pero espero que eso no se convierta en una costumbre!

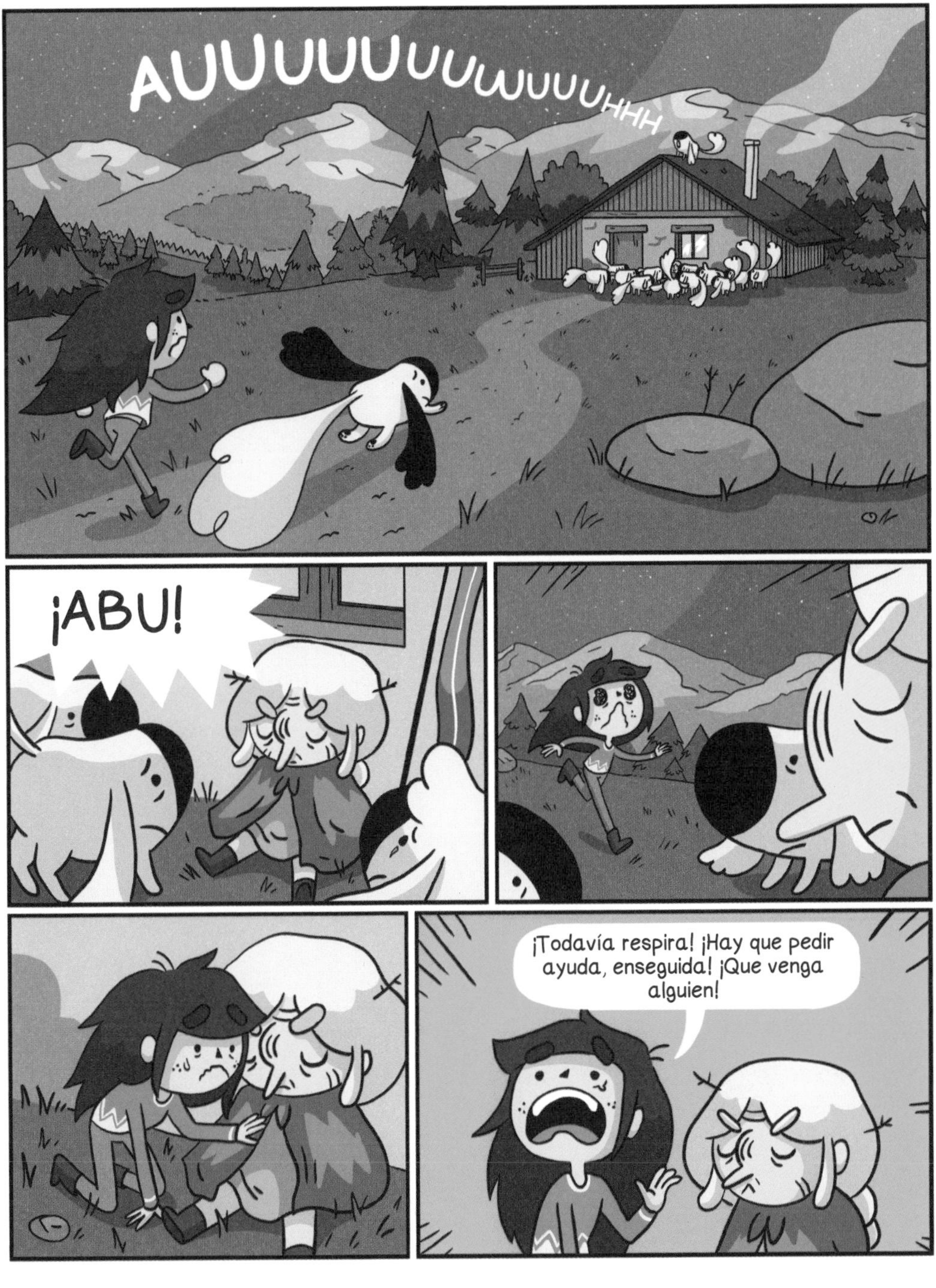
AUUUUUUUWUUUUHHH
¡ABU!
¡Todavía respira! ¡Hay que pedir ayuda, enseguida! ¡Que venga alguien!

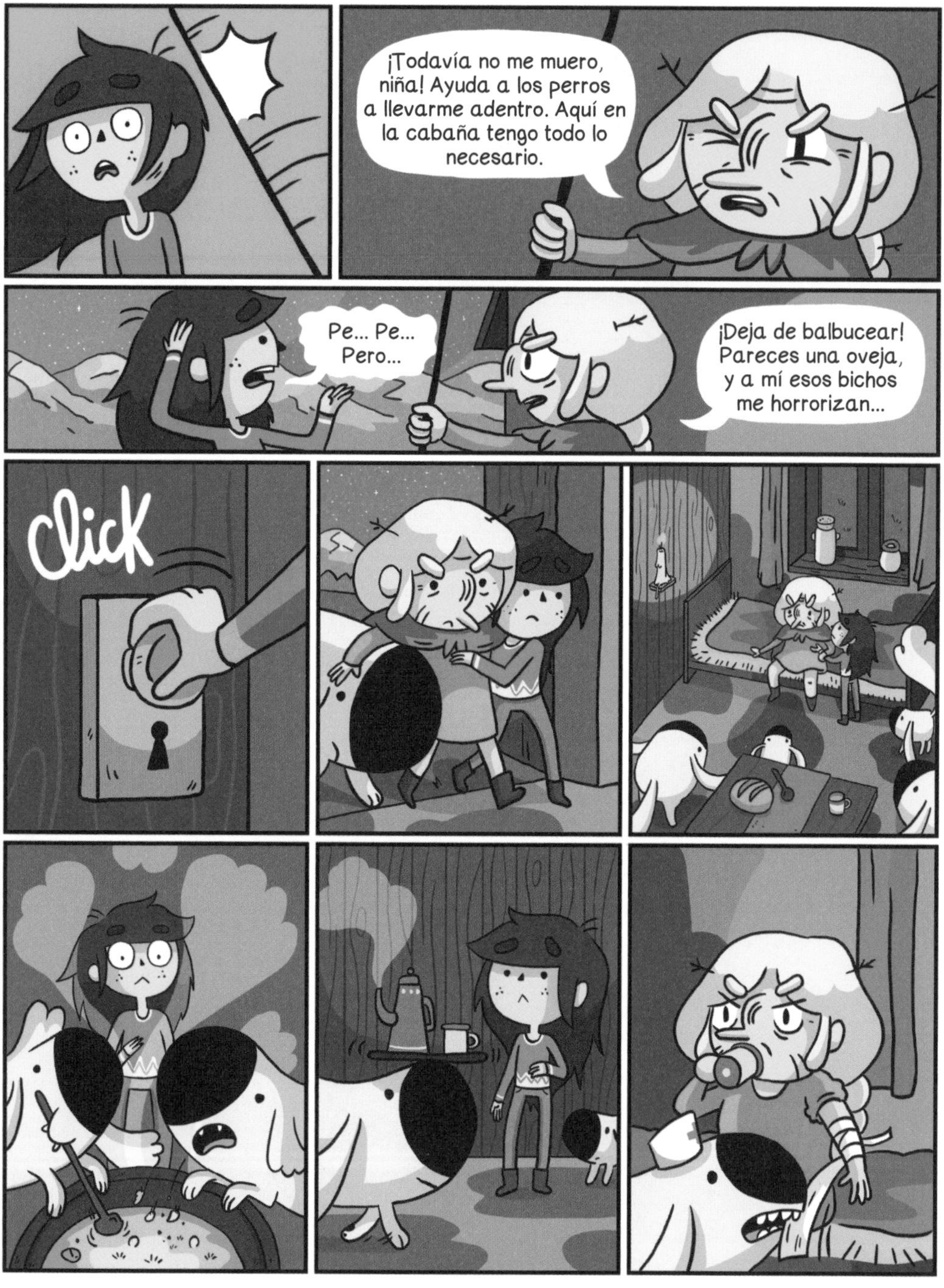
¡Todavía no me muero, niña! Ayuda a los perros a llevarme adentro. Aquí en la cabaña tengo todo lo necesario.
Pe... Pe... Pero...
¡Deja de balbucear! Pareces una oveja, y a mí esos bichos me horrorizan...
Click

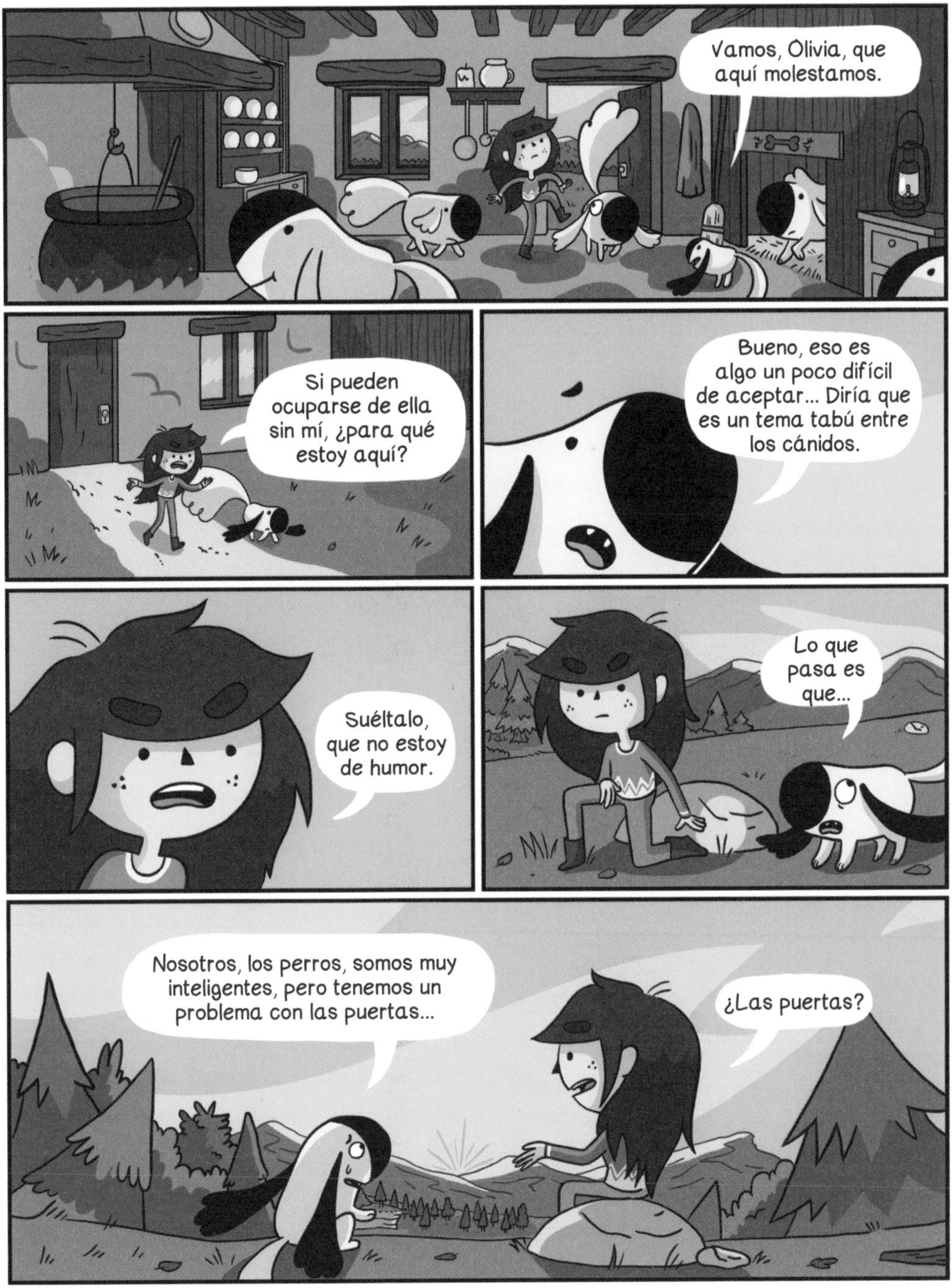

Vamos, Olivia, que aquí molestamos.
Si pueden ocuparse de ella sin mí, ¿para qué estoy aquí?
Bueno, eso es algo un poco difícil de aceptar... Diría que es un tema tabú entre los cánidos.
Suéltalo, que no estoy de humor.
Lo que pasa es que...
Nosotros, los perros, somos muy inteligentes, pero tenemos un problema con las puertas...
¿Las puertas?

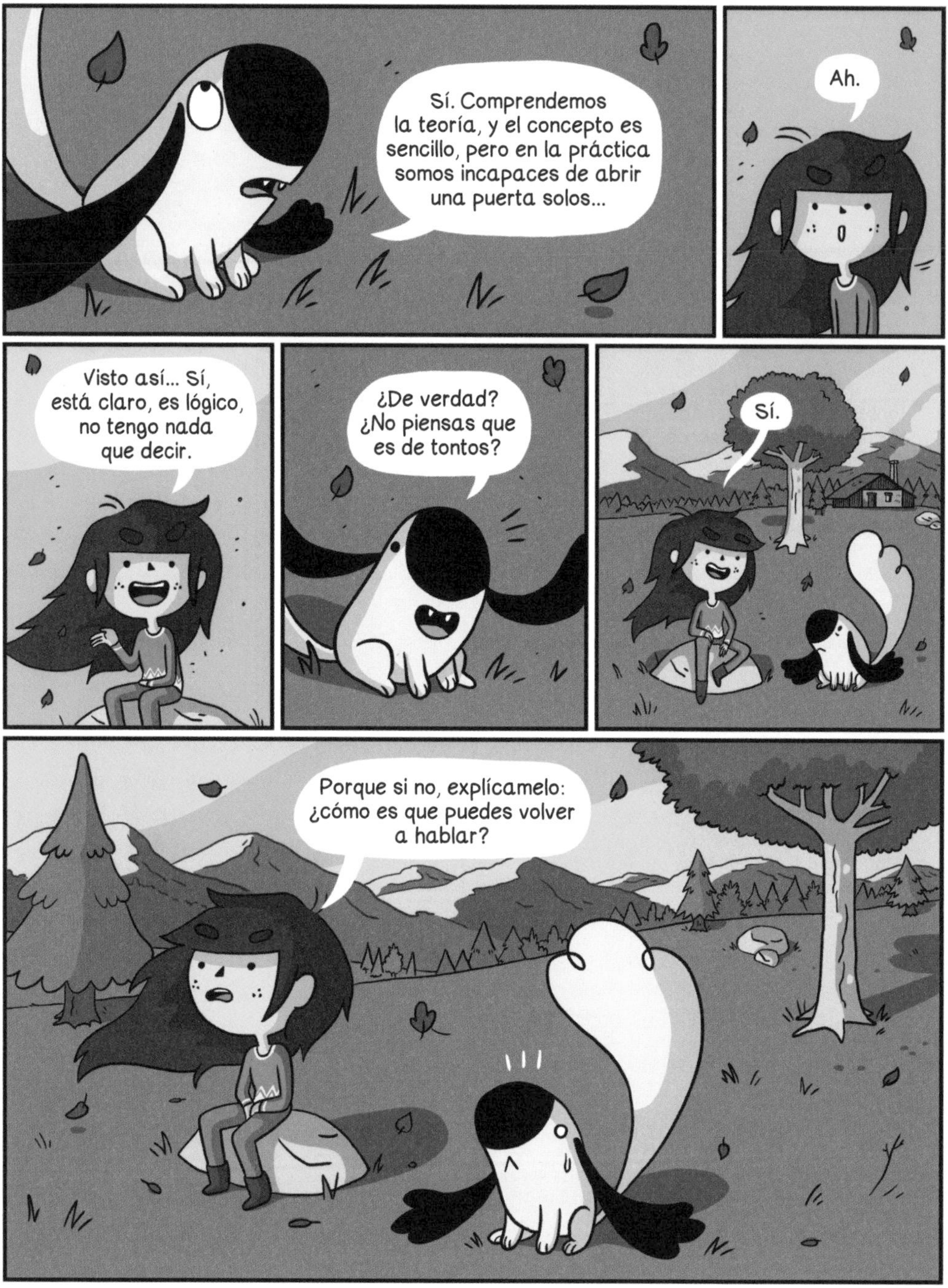
Sí. Comprendemos la teoría, y el concepto es sencillo, pero en la práctica somos incapaces de abrir una puerta solos...
Ah.
Visto así... Sí, está claro, es lógico, no tengo nada que decir.
¿De verdad? ¿No piensas que es de tontos?
Sí.
Porque si no, explícamelo: ¿cómo es que puedes volver a hablar?

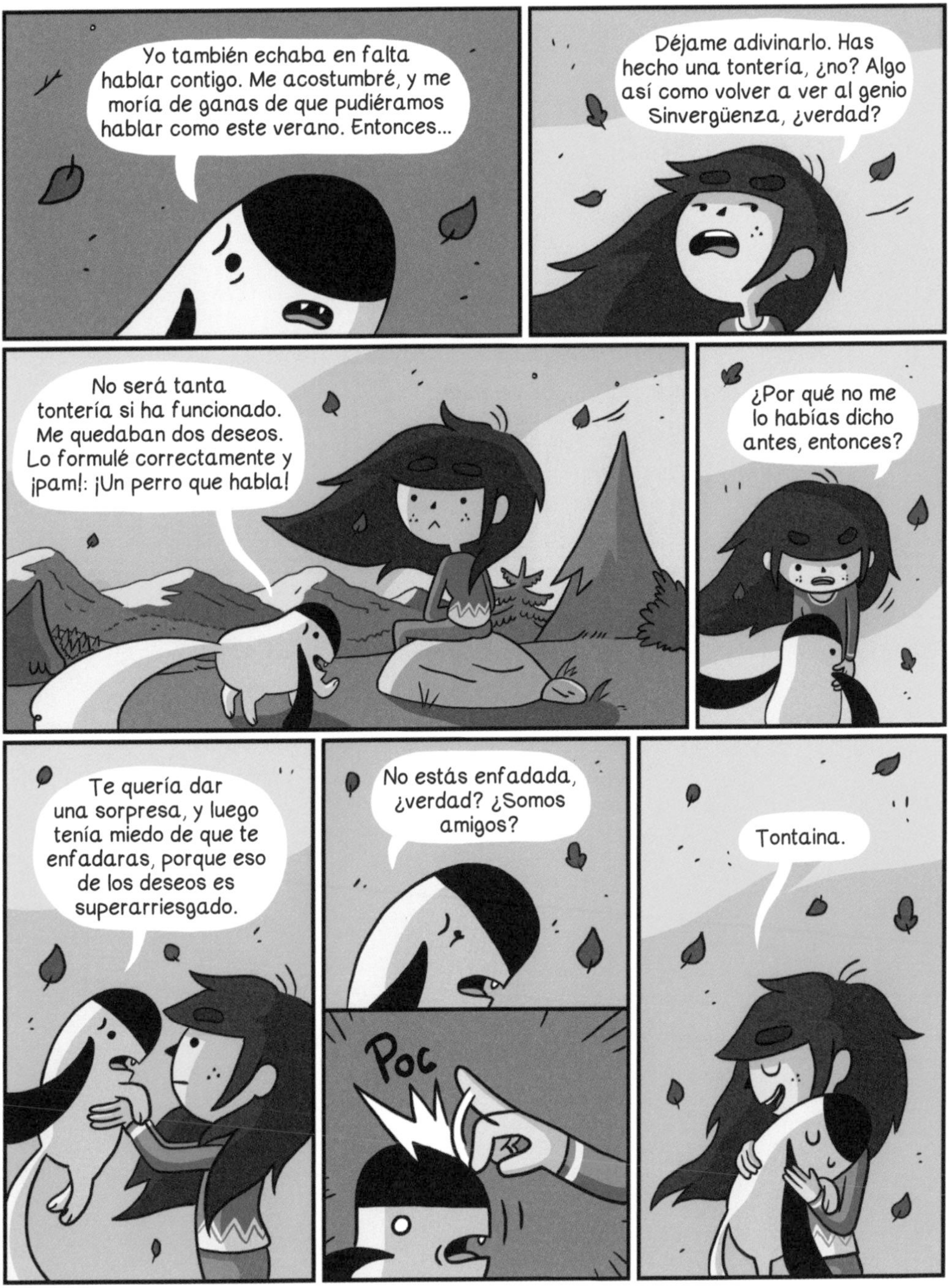
Yo también echaba en falta hablar contigo. Me acostumbré, y me moría de ganas de que pudiéramos hablar como este verano. Entonces...
Déjame adivinarlo. Has hecho una tontería, ¿no? Algo así como volver a ver al genio Sinvergüenza, ¿verdad?
No será tanta tontería si ha funcionado. Me quedaban dos deseos. Lo formulé correctamente y ¡pam!: ¡Un perro que habla!
¿Por qué no me lo habías dicho antes, entonces?
Te quería dar una sorpresa, y luego tenía miedo de que te enfadaras, porque eso de los deseos es superarriesgado.
No estás enfadada, ¿verdad? ¿Somos amigos?
Poc
Tontaina.

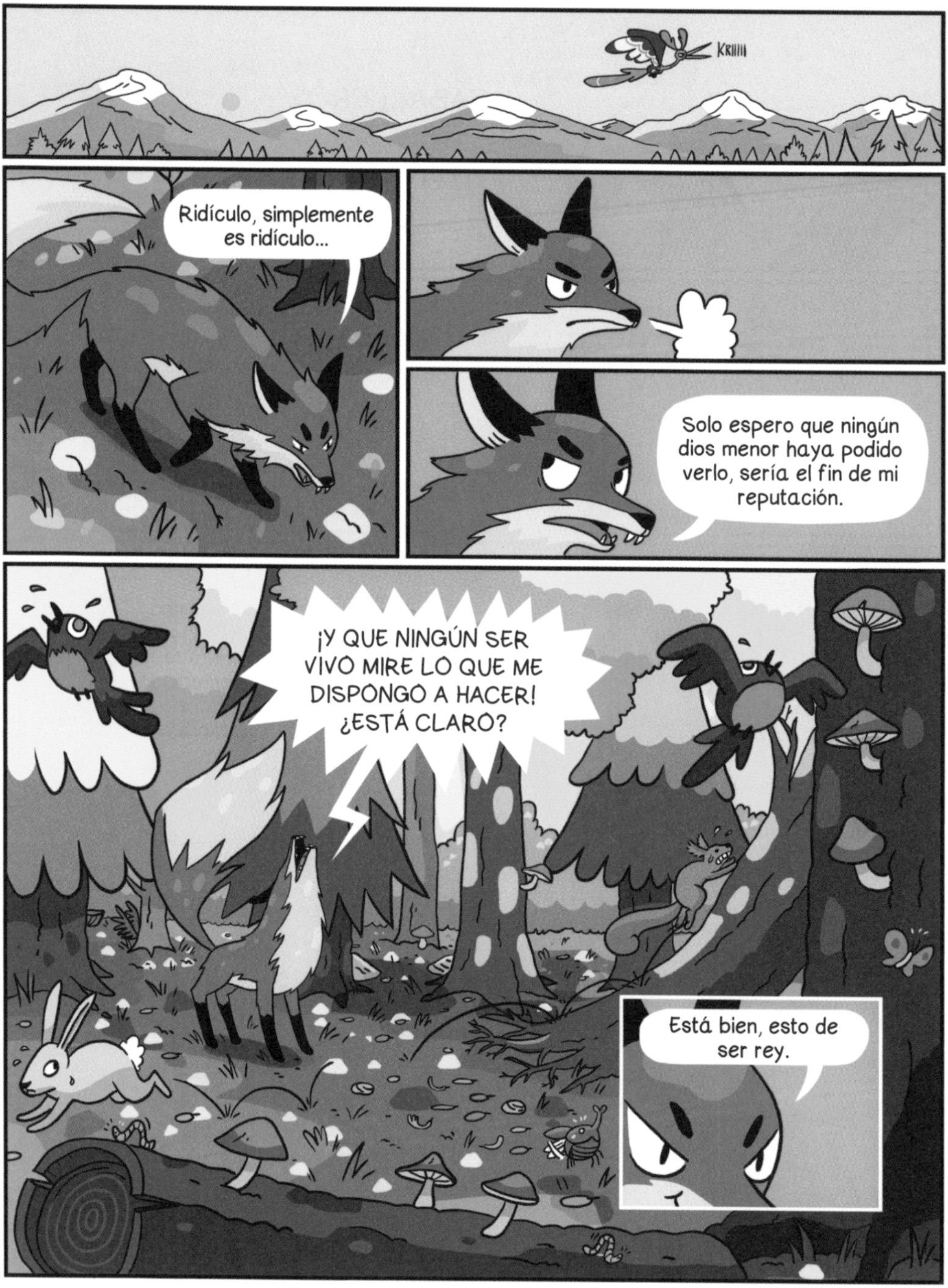
KRIIIII
Ridículo, simplemente es ridículo...
Solo espero que ningún dios menor haya podido verlo, sería el fin de mi reputación.
¡Y QUE NINGÚN SER VIVO MIRE LO QUE ME DISPONGO A HACER! ¿ESTÁ CLARO?
Está bien, esto de ser rey.

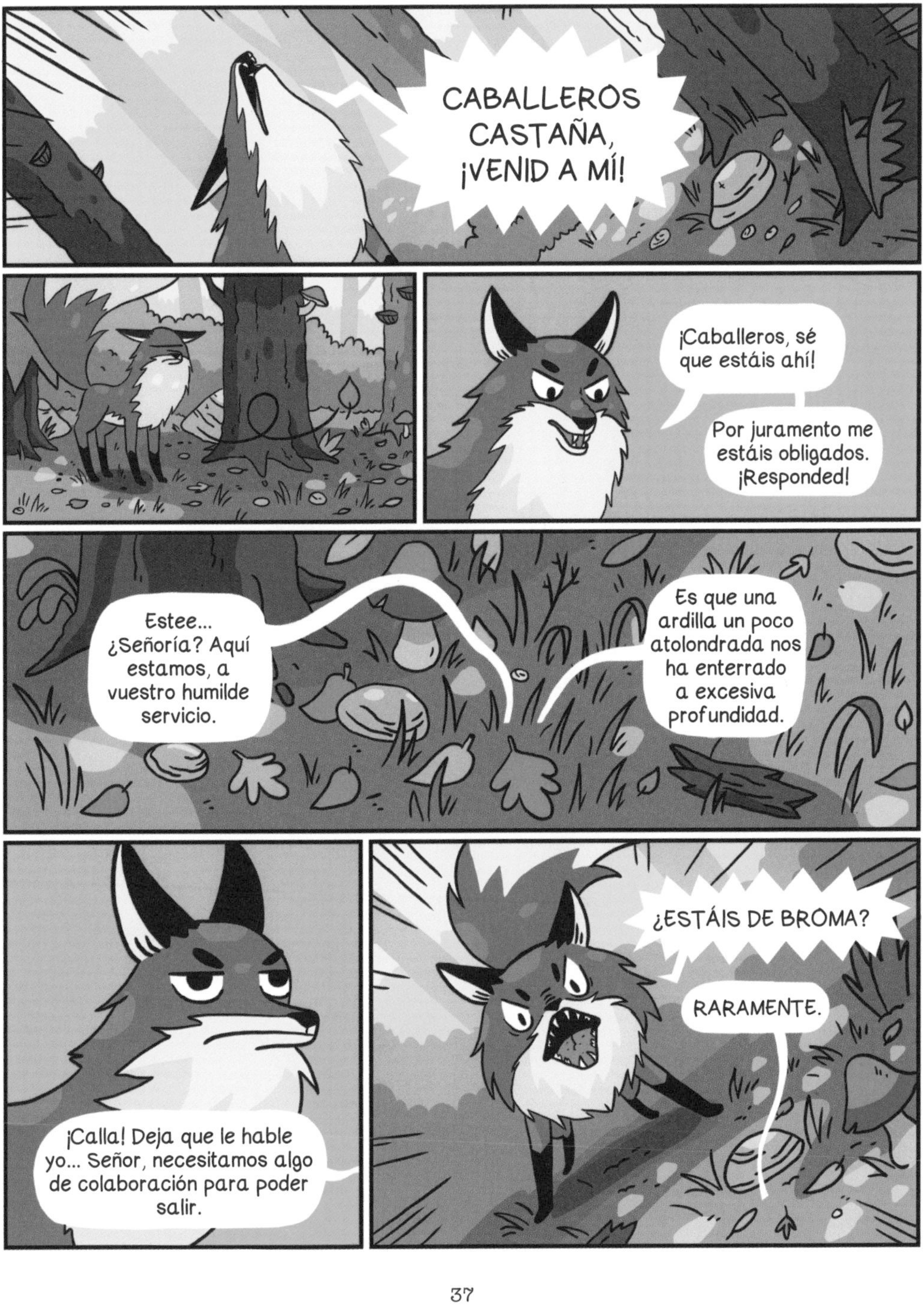
CABALLEROS CASTAÑA, ¡VENID A MÍ!
¡Caballeros, sé que estáis ahí!
Por juramento me estáis obligados. ¡Responded!
Estee... ¿Señoría? Aquí estamos, a vuestro humilde servicio.
Es que una ardilla un poco atolondrada nos ha enterrado a excesiva profundidad.
¡Calla! Deja que le hable yo... Señor, necesitamos algo de colaboración para poder salir.
¿ESTÁIS DE BROMA?
RARAMENTE.

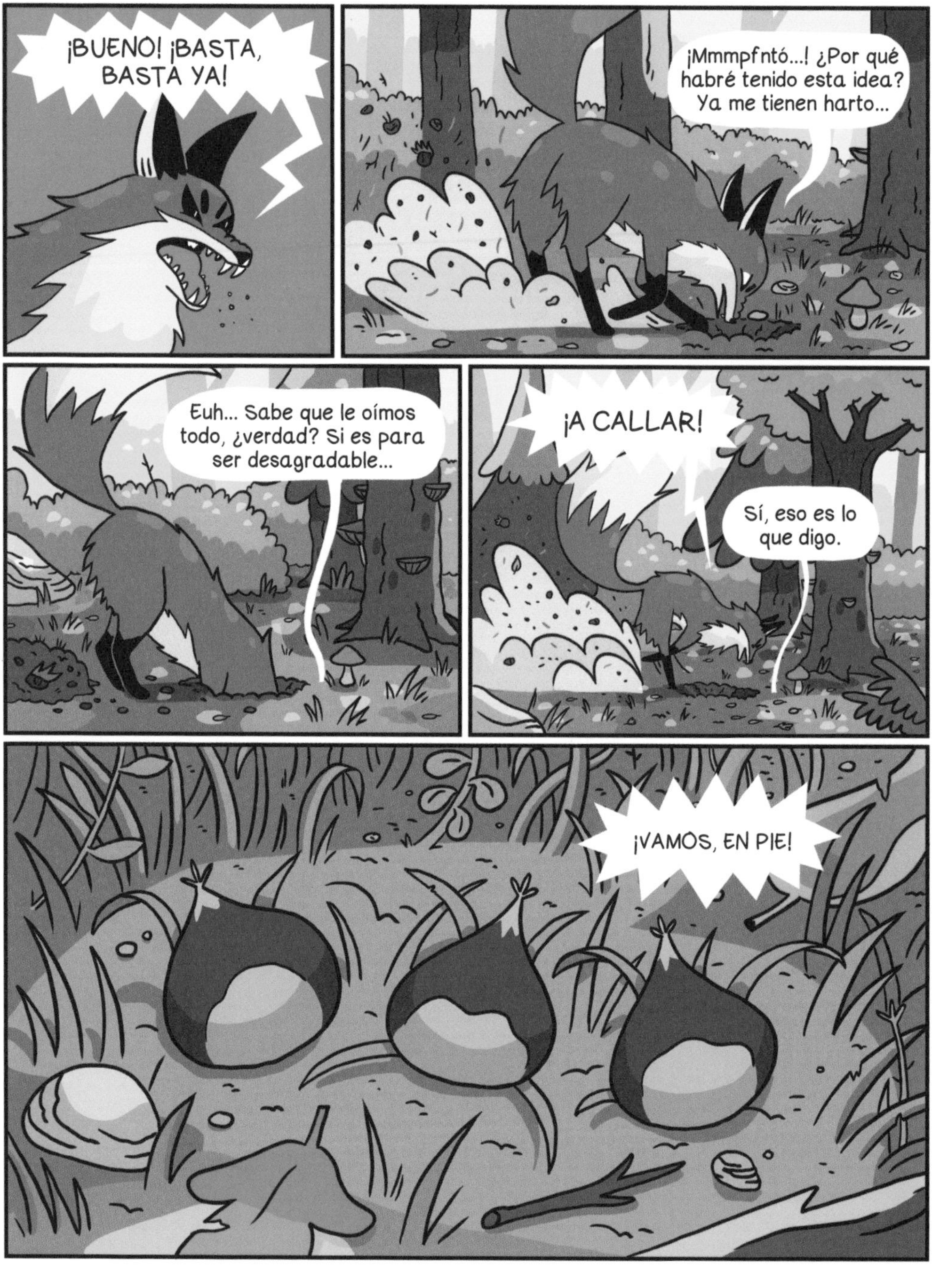
¡BUENO! ¡BASTA, BASTA YA!
¡Mmmpfntó...! ¿Por qué habré tenido esta idea? Ya me tienen harto...
Euh... Sabe que le oímos todo, ¿verdad? Si es para ser desagradable...
¡A CALLAR!
Sí, eso es lo que digo.
¡VAMOS, EN PIE!

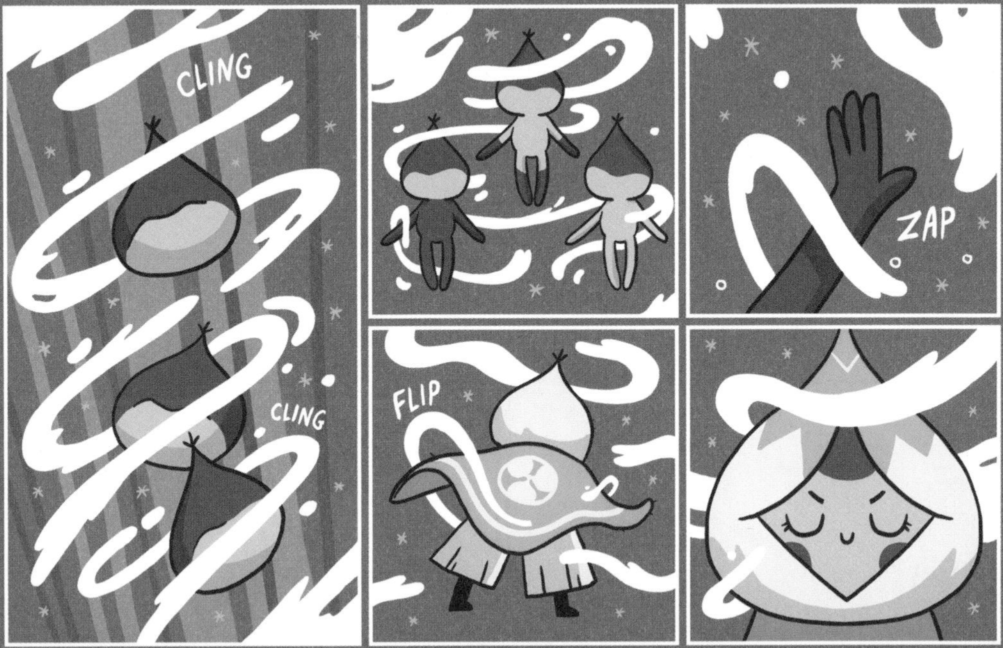
CLING
CLING
ZAP
FLIP

Los CABALLEROS CASTAÑA

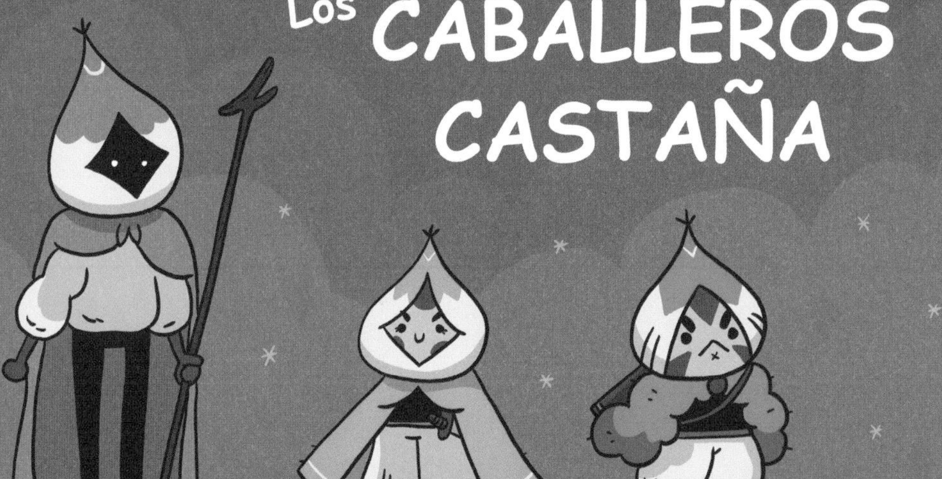
AKÉN
FOJA
BOGA

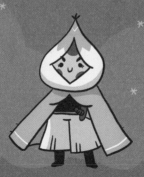

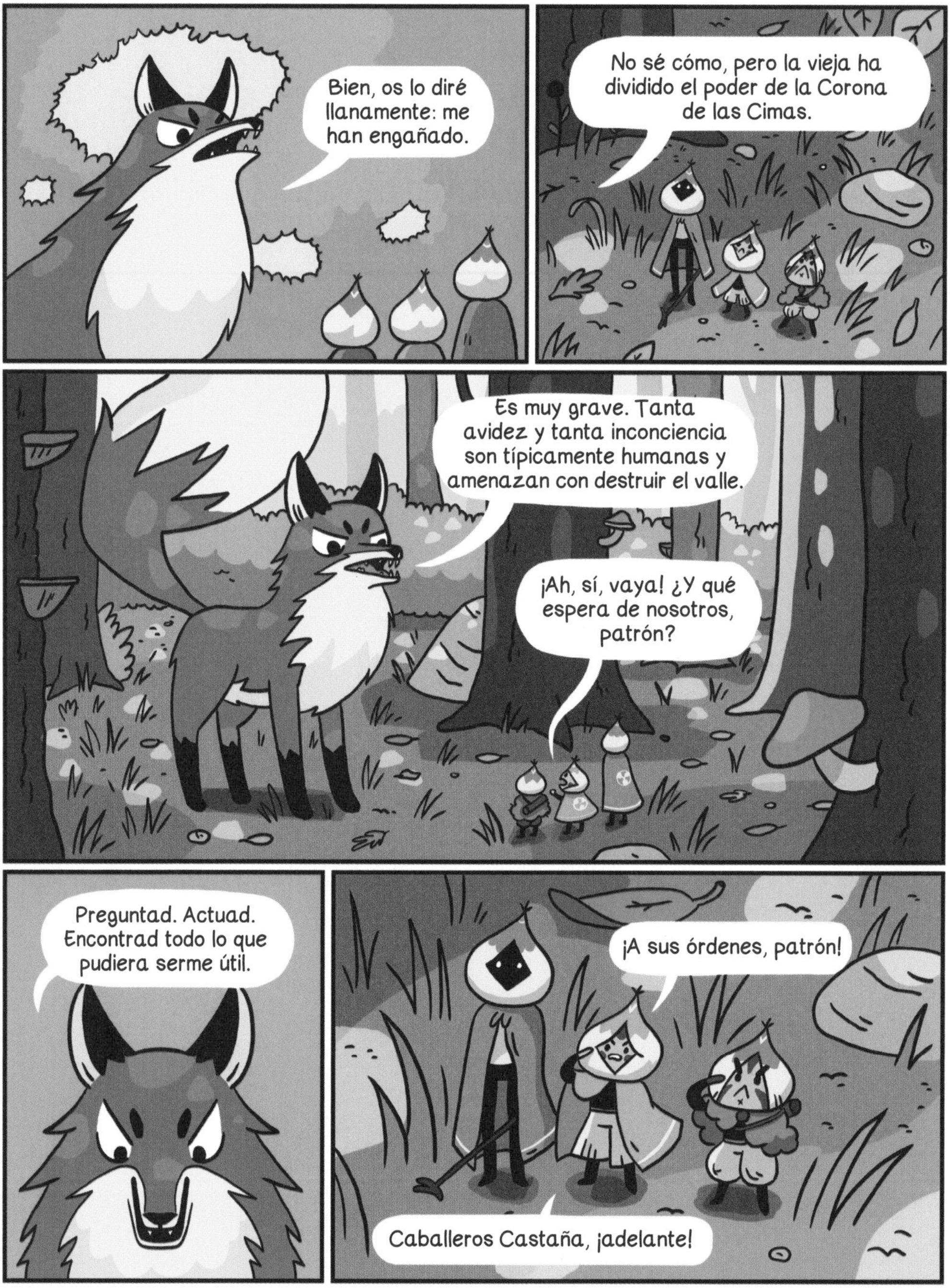
Bien, os lo diré llanamente: me han engañado.
No sé cómo, pero la vieja ha dividido el poder de la Corona de las Cimas.
Es muy grave. Tanta avidez y tanta inconciencia son típicamente humanas y amenazan con destruir el valle.
¡Ah, sí, vaya! ¿Y qué espera de nosotros, patrón?
Preguntad. Actuad. Encontrad todo lo que pudiera serme útil.
¡A sus órdenes, patrón!
Caballeros Castaña, ¡adelante!

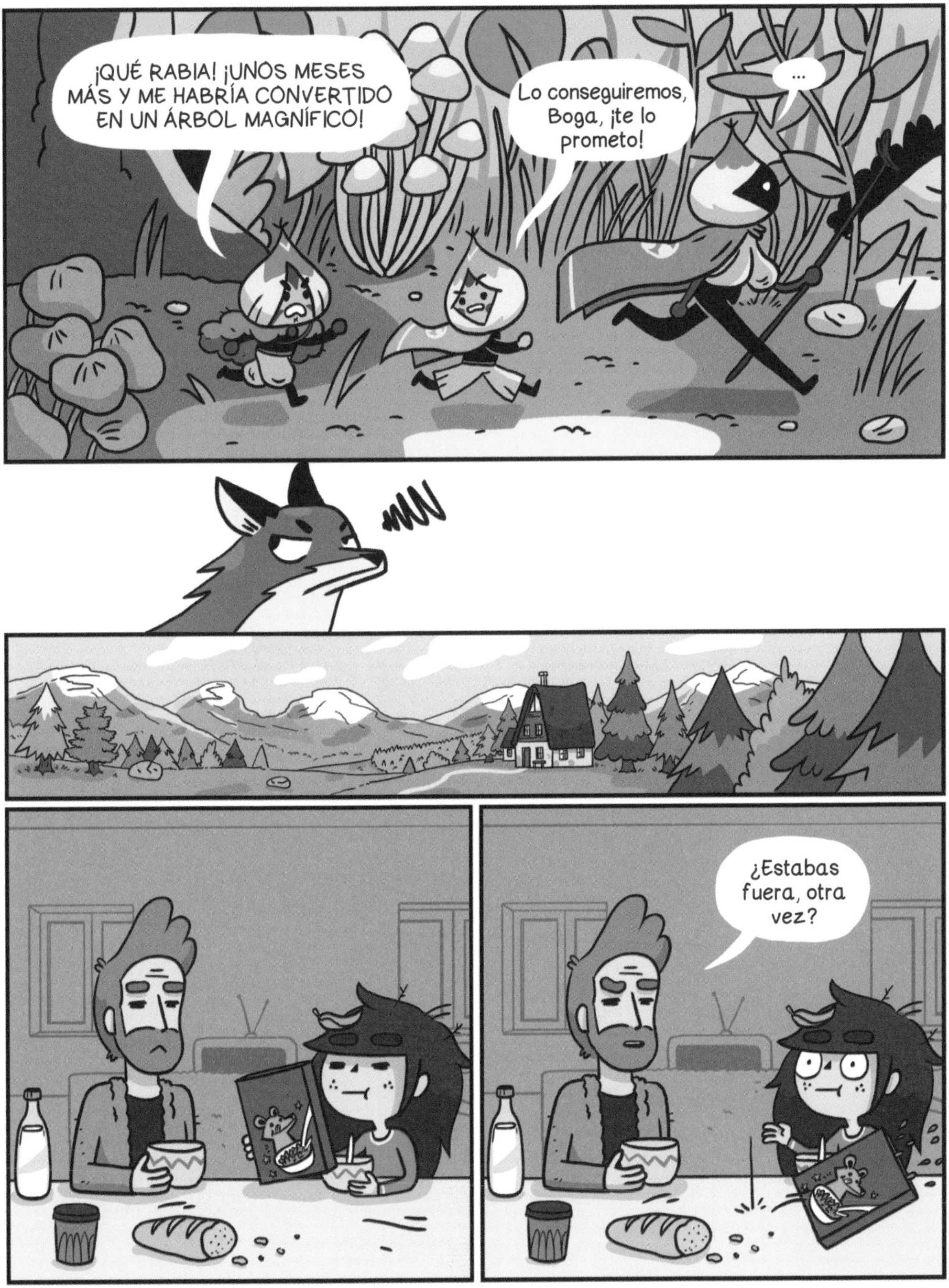
¡QUÉ RABIA! ¡UNOS MESES MÁS Y ME HABRÍA CONVERTIDO EN UN ÁRBOL MAGNÍFICO!
Lo conseguiremos, Boga, ¡te lo prometo!
...
¿Estabas fuera, otra vez?

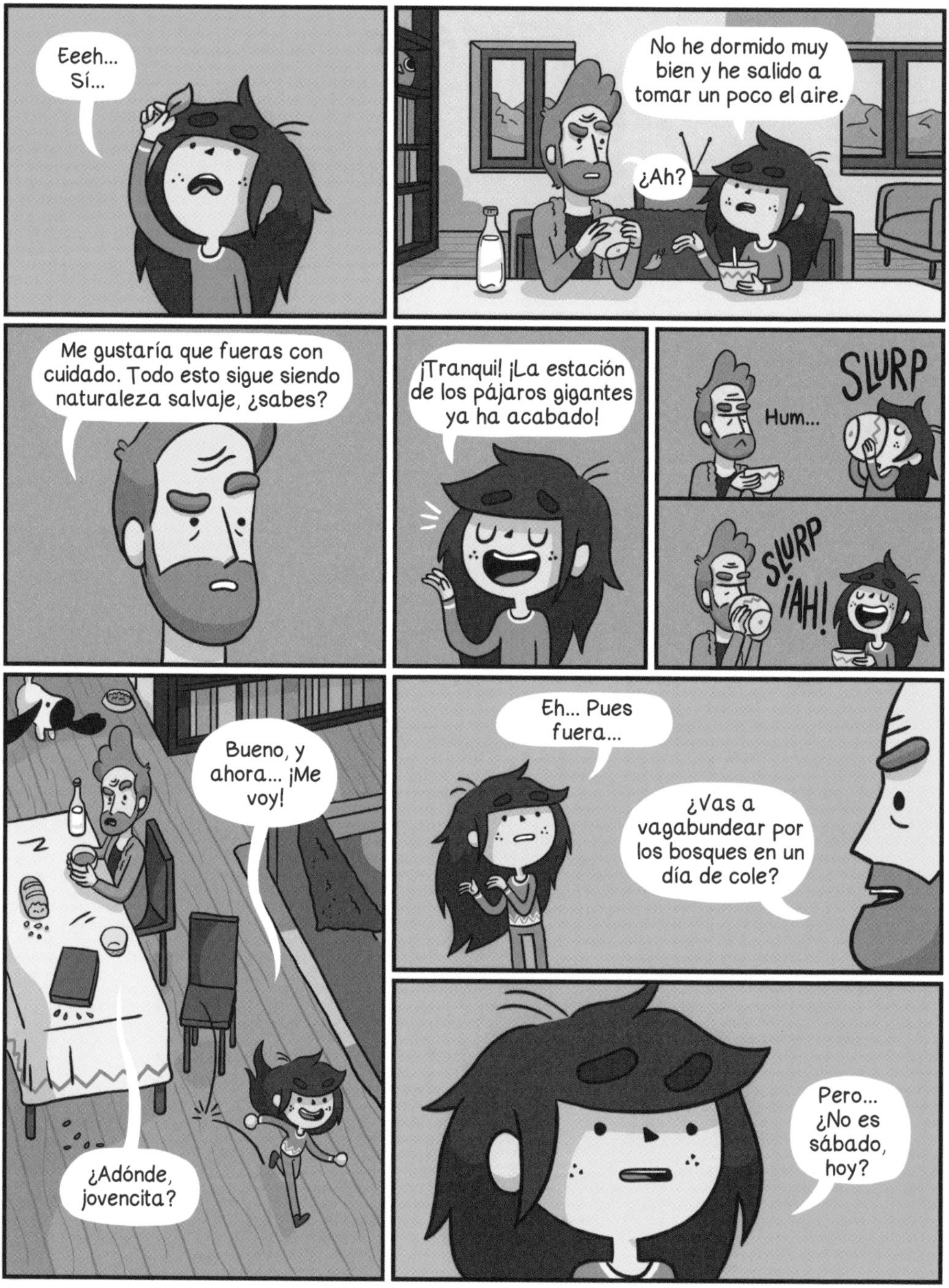
Eeeh...
Sí...
No he dormido muy bien y he salido a tomar un poco el aire.
¿Ah?
Me gustaría que fueras con cuidado. Todo esto sigue siendo naturaleza salvaje, ¿sabes?
¡Tranqui! ¡La estación de los pájaros gigantes ya ha acabado!
SLURP
Hum...
SLURP
¡AH!
Bueno, y ahora... ¡Me voy!
¿Adónde, jovencita?
Eh... Pues fuera...
¿Vas a vagabundear por los bosques en un día de cole?
Pero... ¿No es sábado, hoy?

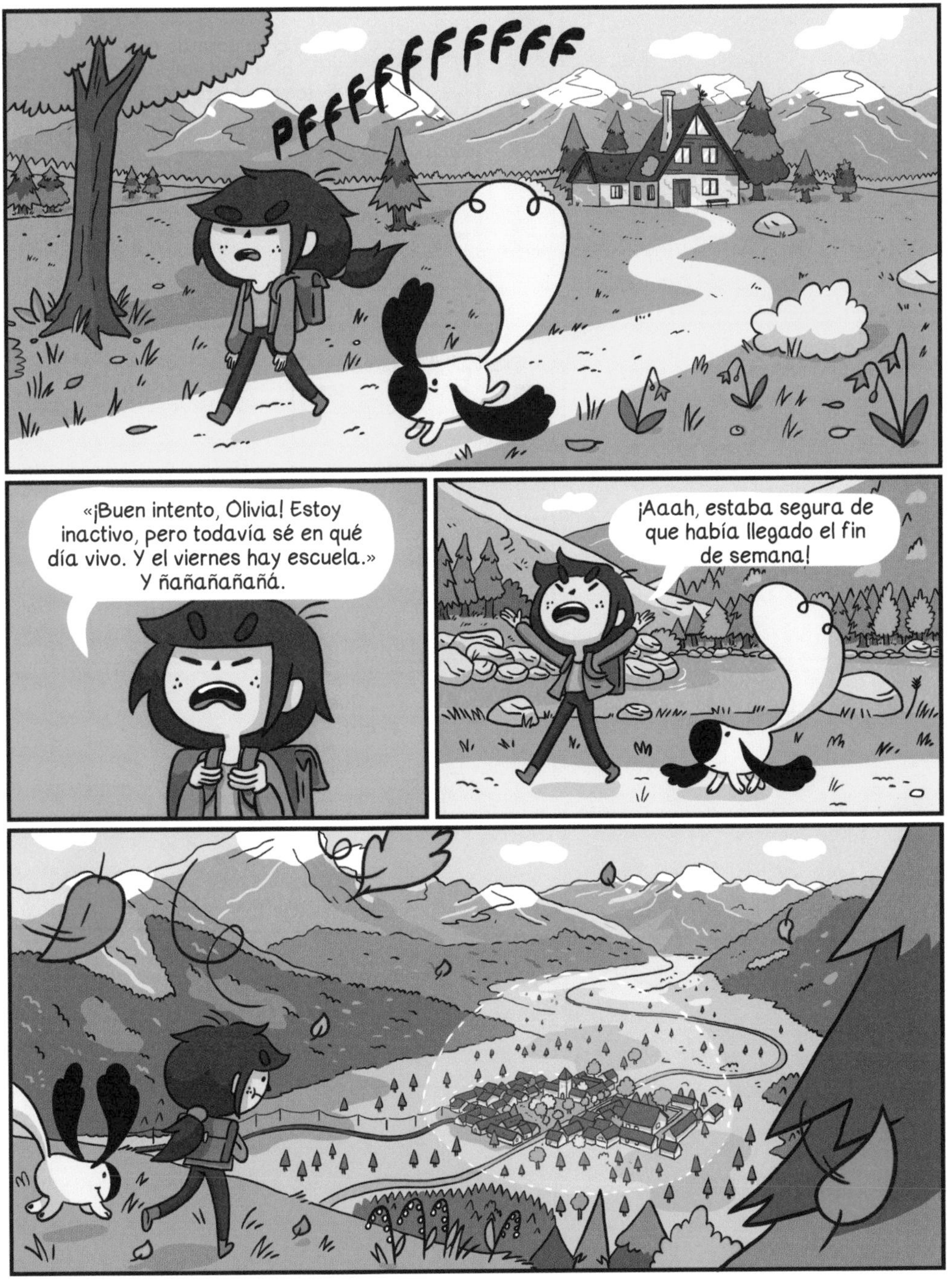
PFFFFFFFFFFF
«¡Buen intento, Olivia! Estoy inactivo, pero todavía sé en qué día vivo. Y el viernes hay escuela.» Y ñañañañañá.
¡Aaah, estaba segura de que había llegado el fin de semana!

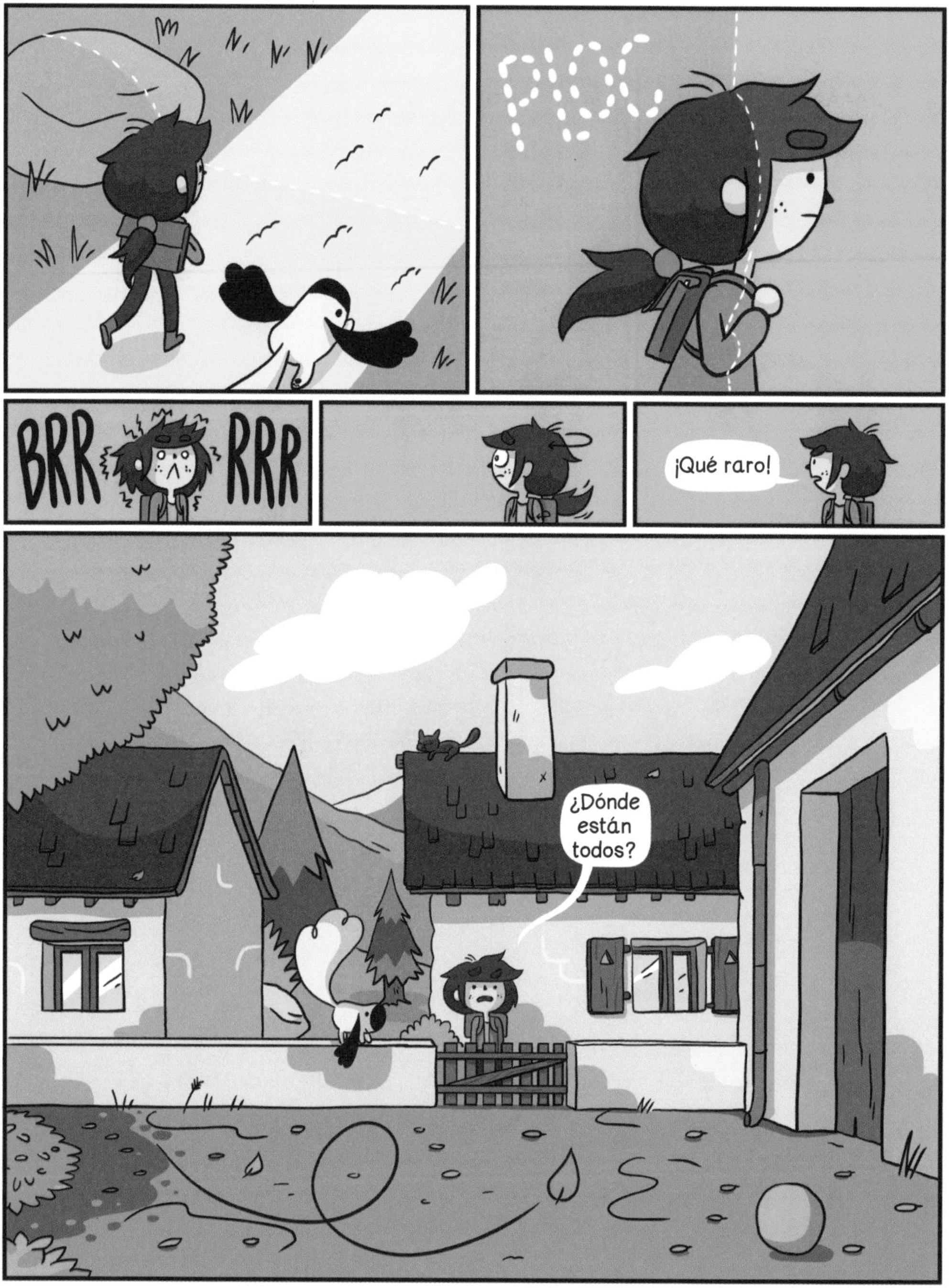
PLOC
BRR RRR
¡Qué raro!
¿Dónde están todos?

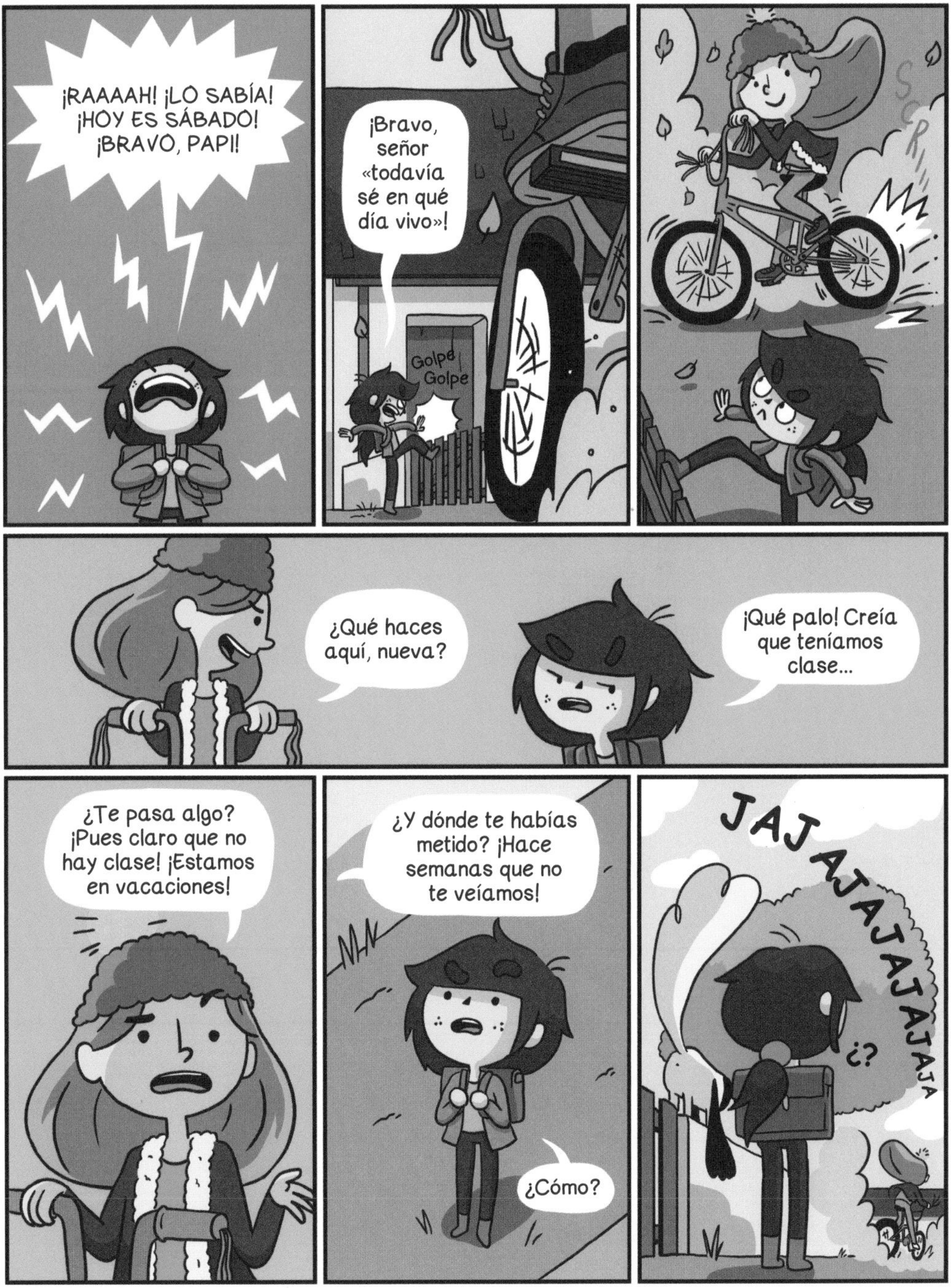

¡RAAAAH! ¡LO SABÍA! ¡HOY ES SÁBADO! ¡BRAVO, PAPI!
¡Bravo, señor «todavía sé en qué día vivo»!
Golpe
Golpe
SCRI
¿Qué haces aquí, nueva?
¡Qué palo! Creía que teníamos clase...
¿Te pasa algo? ¡Pues claro que no hay clase! ¡Estamos en vacaciones!
¿Y dónde te habías metido? ¡Hace semanas que no te veíamos!
¿Cómo?
JAJAJAJAJAJAJAJAJA
¿?

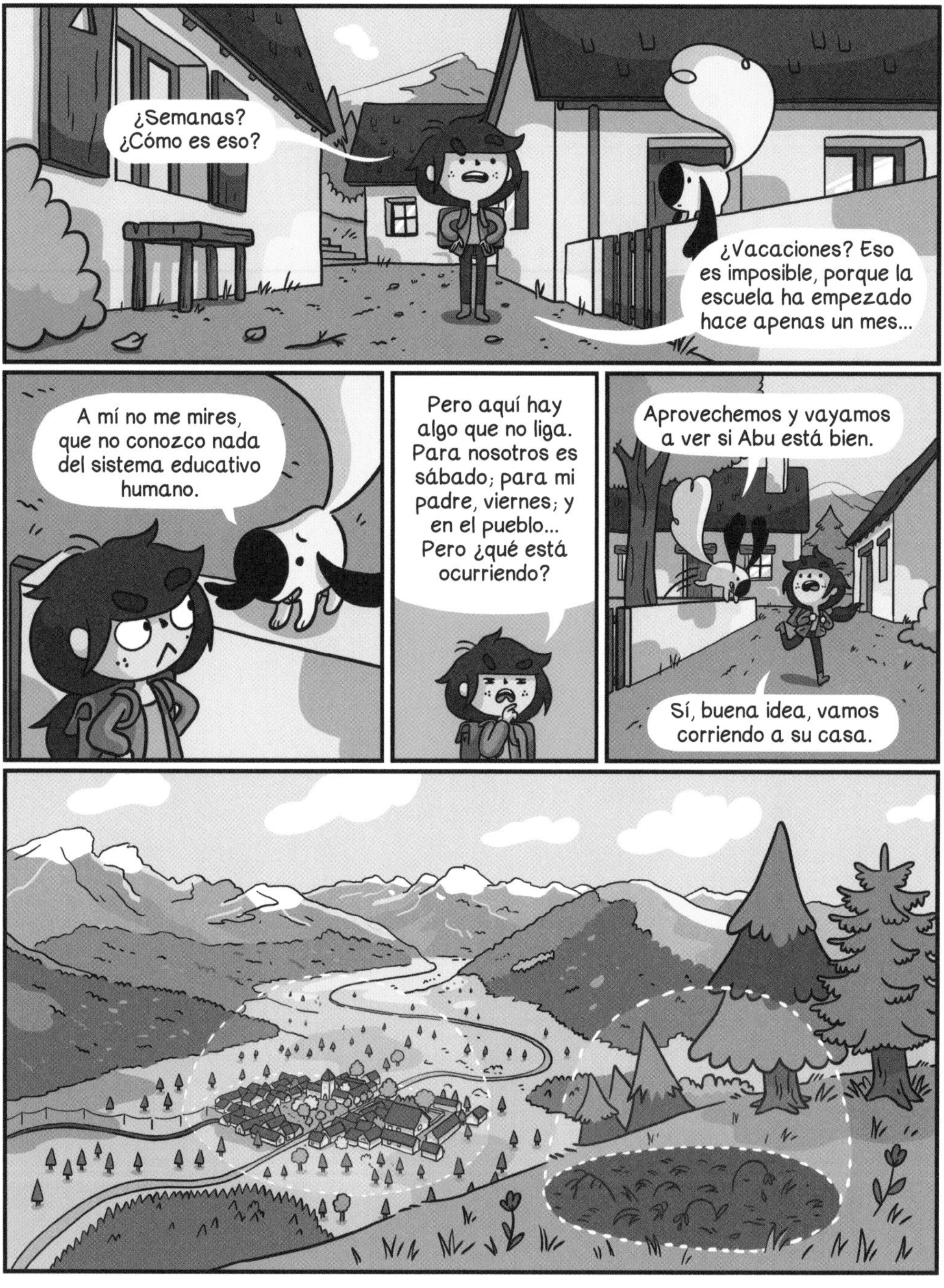
¿Semanas? ¿Cómo es eso?
¿Vacaciones? Eso es imposible, porque la escuela ha empezado hace apenas un mes...
A mí no me mires, que no conozco nada del sistema educativo humano.
Pero aquí hay algo que no liga. Para nosotros es sábado; para mi padre, viernes; y en el pueblo... Pero ¿qué está ocurriendo?
Aprovechemos y vayamos a ver si Abu está bien.
Sí, buena idea, vamos corriendo a su casa.

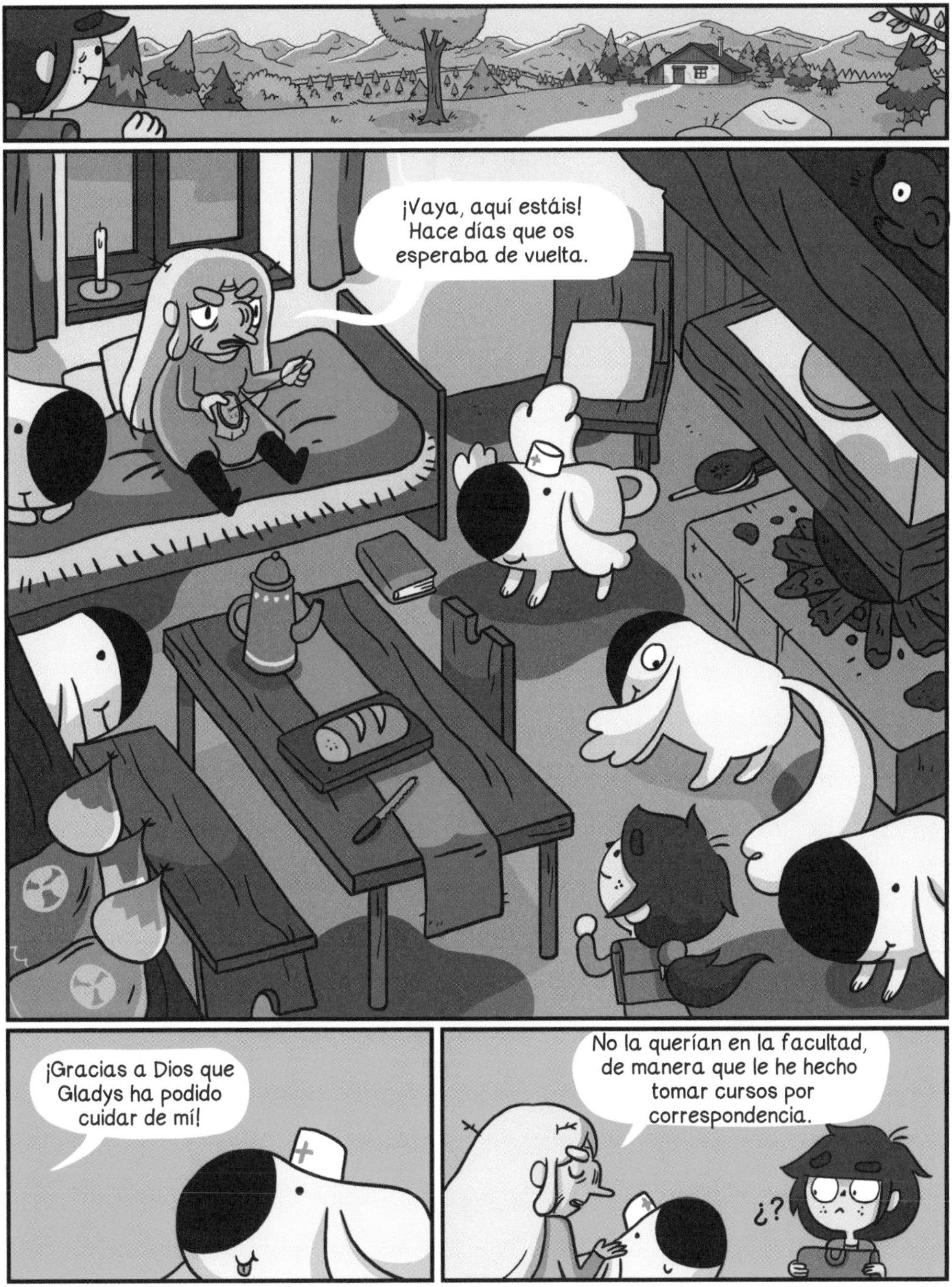
¡Vaya, aquí estáis! Hace días que os esperaba de vuelta.
¡Gracias a Dios que Gladys ha podido cuidar de mí!
No la querían en la facultad, de manera que le he hecho tomar cursos por correspondencia.
¿?

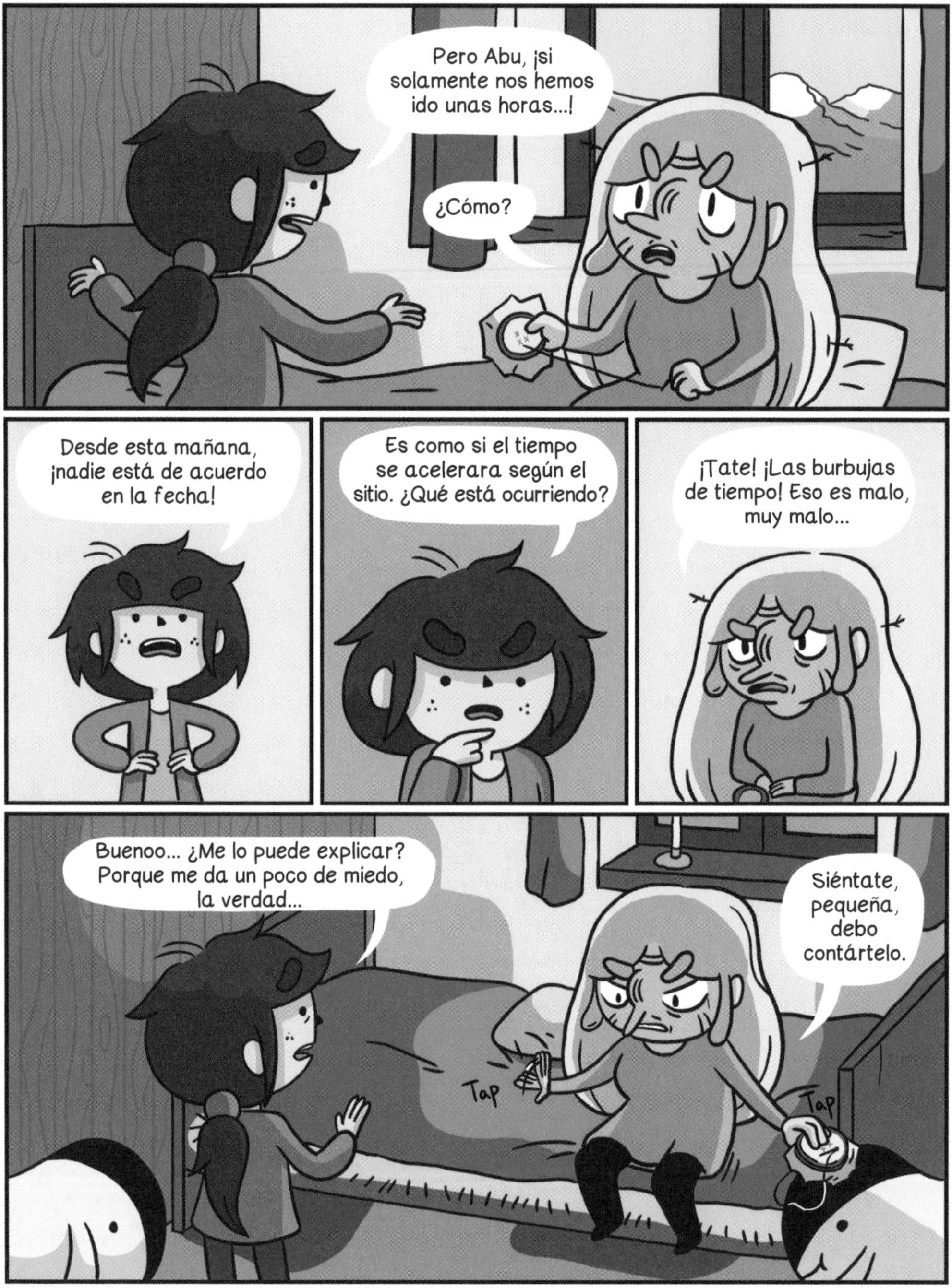
Pero Abu, ¡si solamente nos hemos ido unas horas...!
¿Cómo?
Desde esta mañana, ¡nadie está de acuerdo en la fecha!
Es como si el tiempo se acelerara según el sitio. ¿Qué está ocurriendo?
¡Tate! ¡Las burbujas de tiempo! Eso es malo, muy malo...
Buenoo... ¿Me lo puede explicar? Porque me da un poco de miedo, la verdad...
Siéntate, pequeña, debo contártelo.
Tap
Tap

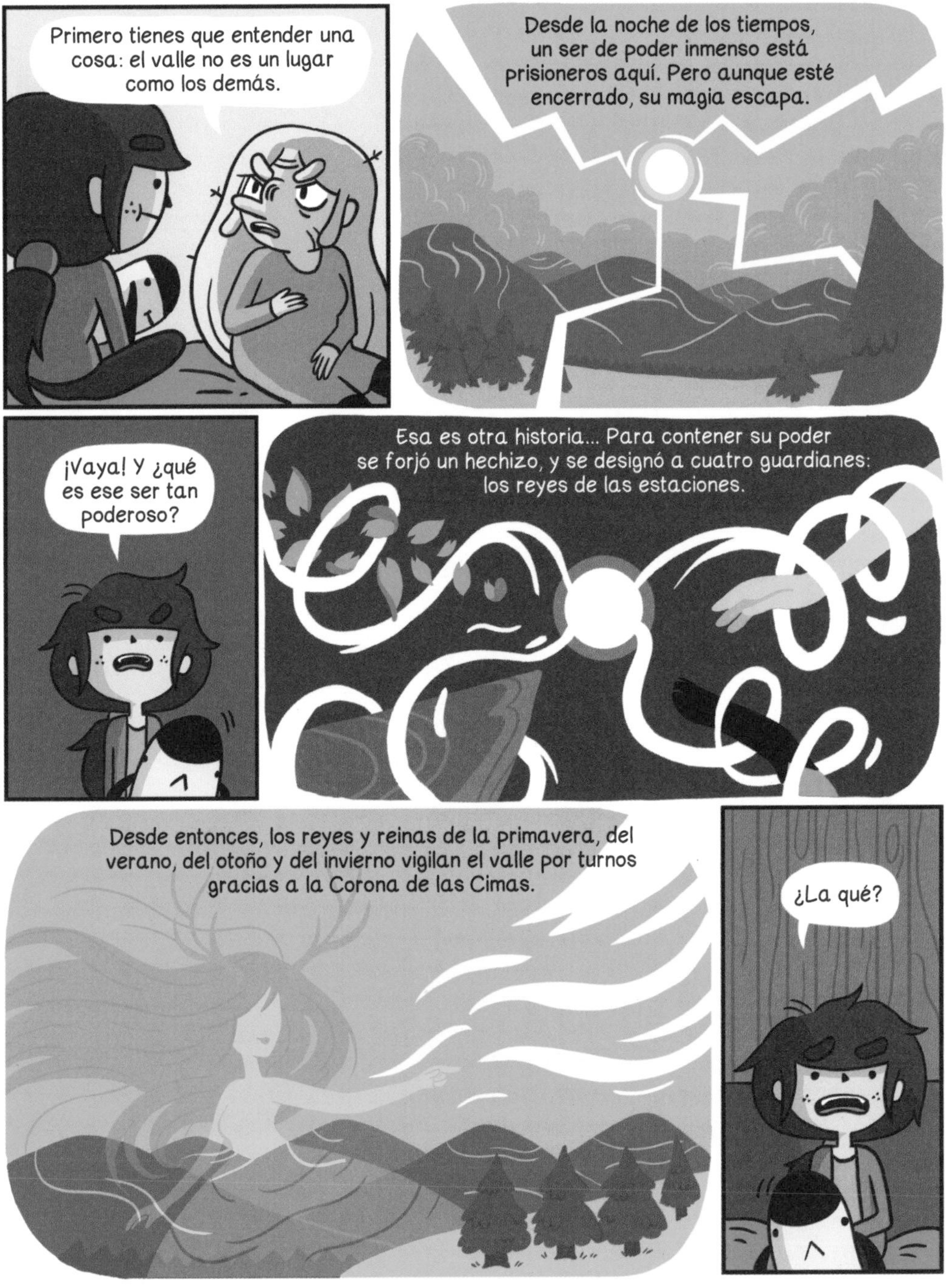

Primero tienes que entender una cosa: el valle no es un lugar como los demás.
Desde la noche de los tiempos, un ser de poder inmenso está prisioneros aquí. Pero aunque esté encerrado, su magia escapa.
¡Vaya! Y ¿qué es ese ser tan poderoso?
Esa es otra historia... Para contener su poder se forjó un hechizo, y se designó a cuatro guardianes: los reyes de las estaciones.
Desde entonces, los reyes y reinas de la primavera, del verano, del otoño y del invierno vigilan el valle por turnos gracias a la Corona de las Cimas.
¿La qué?

¡La Corona de las Cimas!

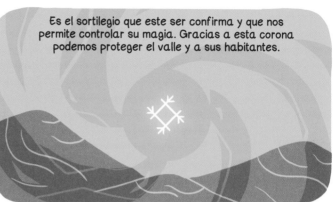

Es el sortilegio que este ser confirma y que nos permite controlar su magia. Gracias a esta corona podemos proteger el valle y a sus habitantes.

Espere, espere... ¿«Nos» permite, dice? Es como si usted fuera...

JE JE

¡Es que lo soy, soy la reina del Verano!

Pero, pero... ¿Cómo?

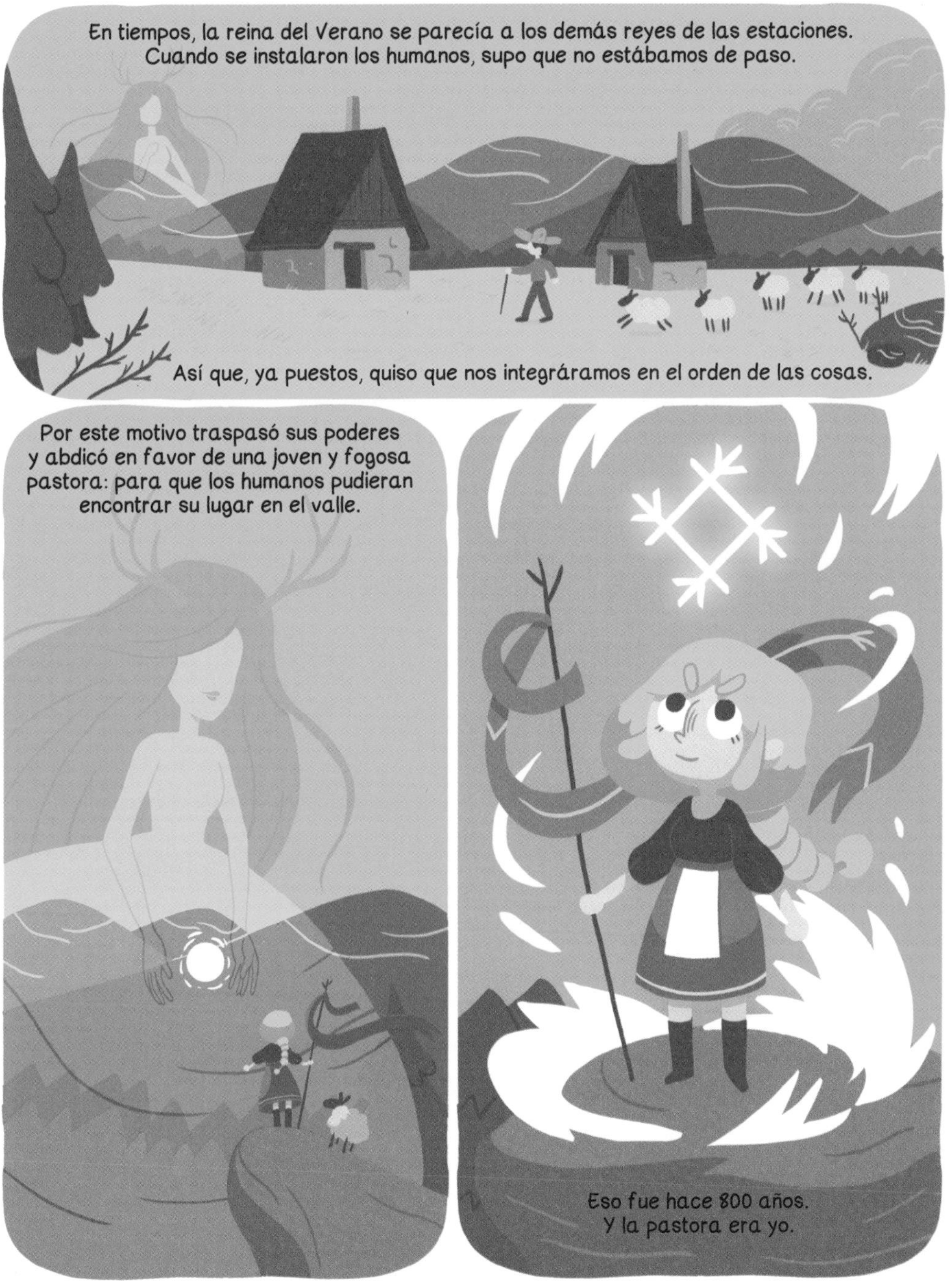
En tiempos, la reina del Verano se parecía a los demás reyes de las estaciones.
Cuando se instalaron los humanos, supo que no estábamos de paso.
Así que, ya puestos, quiso que nos integráramos en el orden de las cosas.
Por este motivo traspasó sus poderes y abdicó en favor de una joven y fogosa pastora: para que los humanos pudieran encontrar su lugar en el valle.
Eso fue hace 800 años.
Y la pastora era yo.

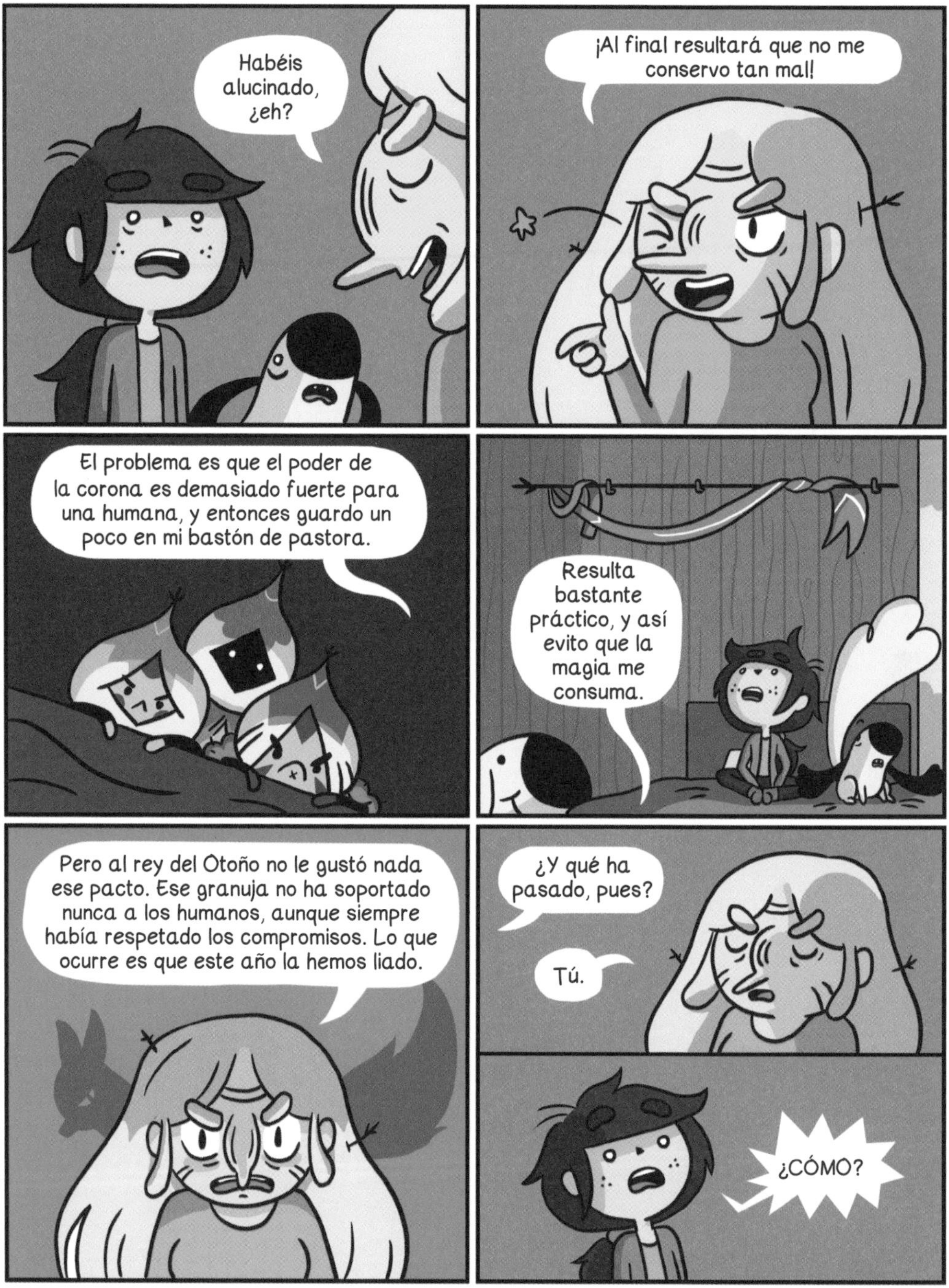
Habéis alucinado, ¿eh?
¡Al final resultará que no me conservo tan mal!
El problema es que el poder de la corona es demasiado fuerte para una humana, y entonces guardo un poco en mi bastón de pastora.
Resulta bastante práctico, y así evito que la magia me consuma.
Pero al rey del Otoño no le gustó nada ese pacto. Ese granuja no ha soportado nunca a los humanos, aunque siempre había respetado los compromisos. Lo que ocurre es que este año la hemos liado.
¿Y qué ha pasado, pues?
Tú.
¿CÓMO?

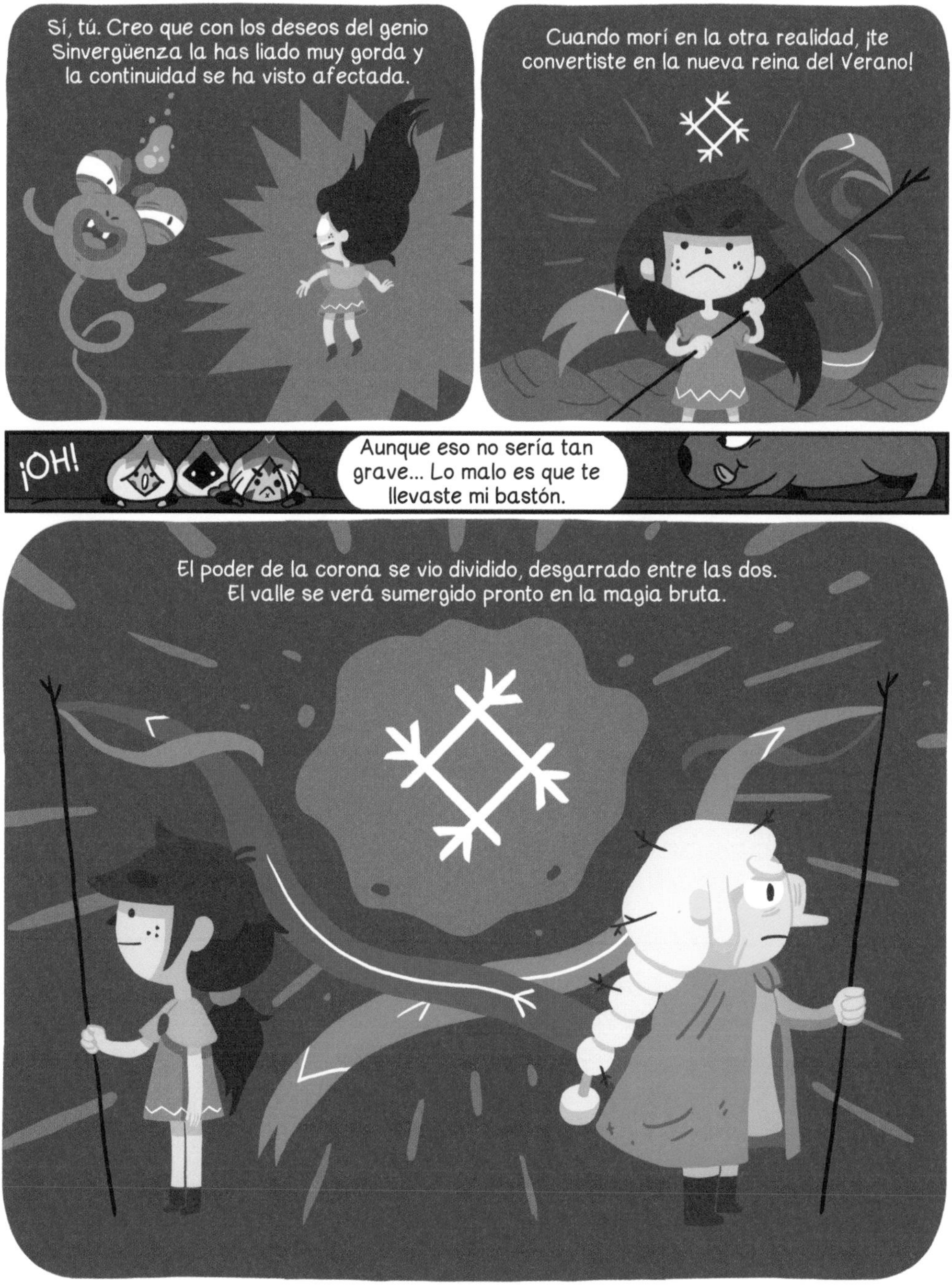
Sí, tú. Creo que con los deseos del genio Sinvergüenza la has liado muy gorda y la continuidad se ha visto afectada.
Cuando morí en la otra realidad, ¡te convertiste en la nueva reina del Verano!
¡OH!
Aunque eso no sería tan grave... Lo malo es que te llevaste mi bastón.
El poder de la corona se vio dividido, desgarrado entre las dos. El valle se verá sumergido pronto en la magia bruta.

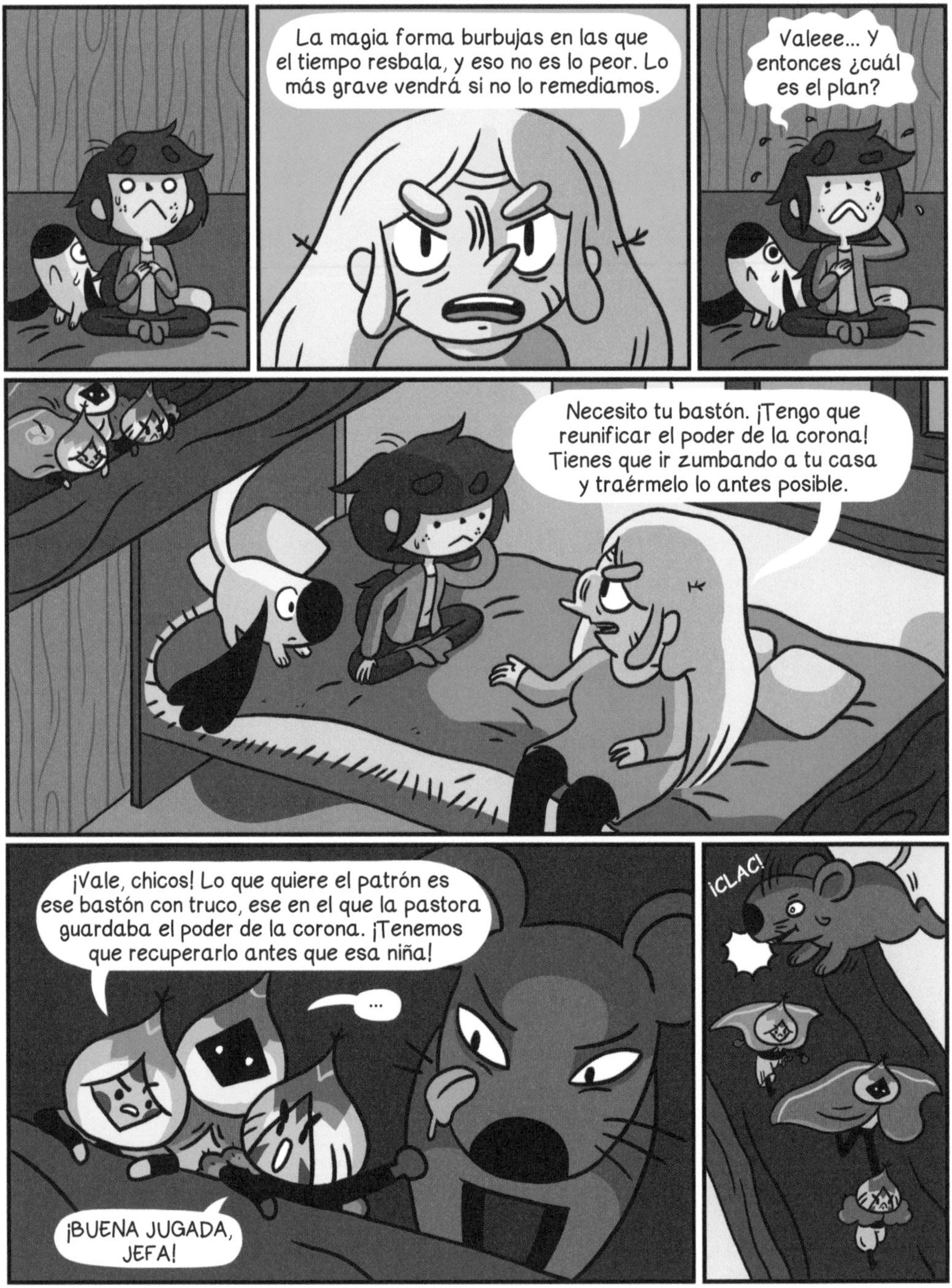
La magia forma burbujas en las que el tiempo resbala, y eso no es lo peor. Lo más grave vendrá si no lo remediamos.
Valeee... Y entonces ¿cuál es el plan?
Necesito tu bastón. ¡Tengo que reunificar el poder de la corona! Tienes que ir zumbando a tu casa y traérmelo lo antes posible.
¡Vale, chicos! Lo que quiere el patrón es ese bastón con truco, ese en el que la pastora guardaba el poder de la corona. ¡Tenemos que recuperarlo antes que esa niña!
...
¡BUENA JUGADA, JEFA!
¡CLAC!

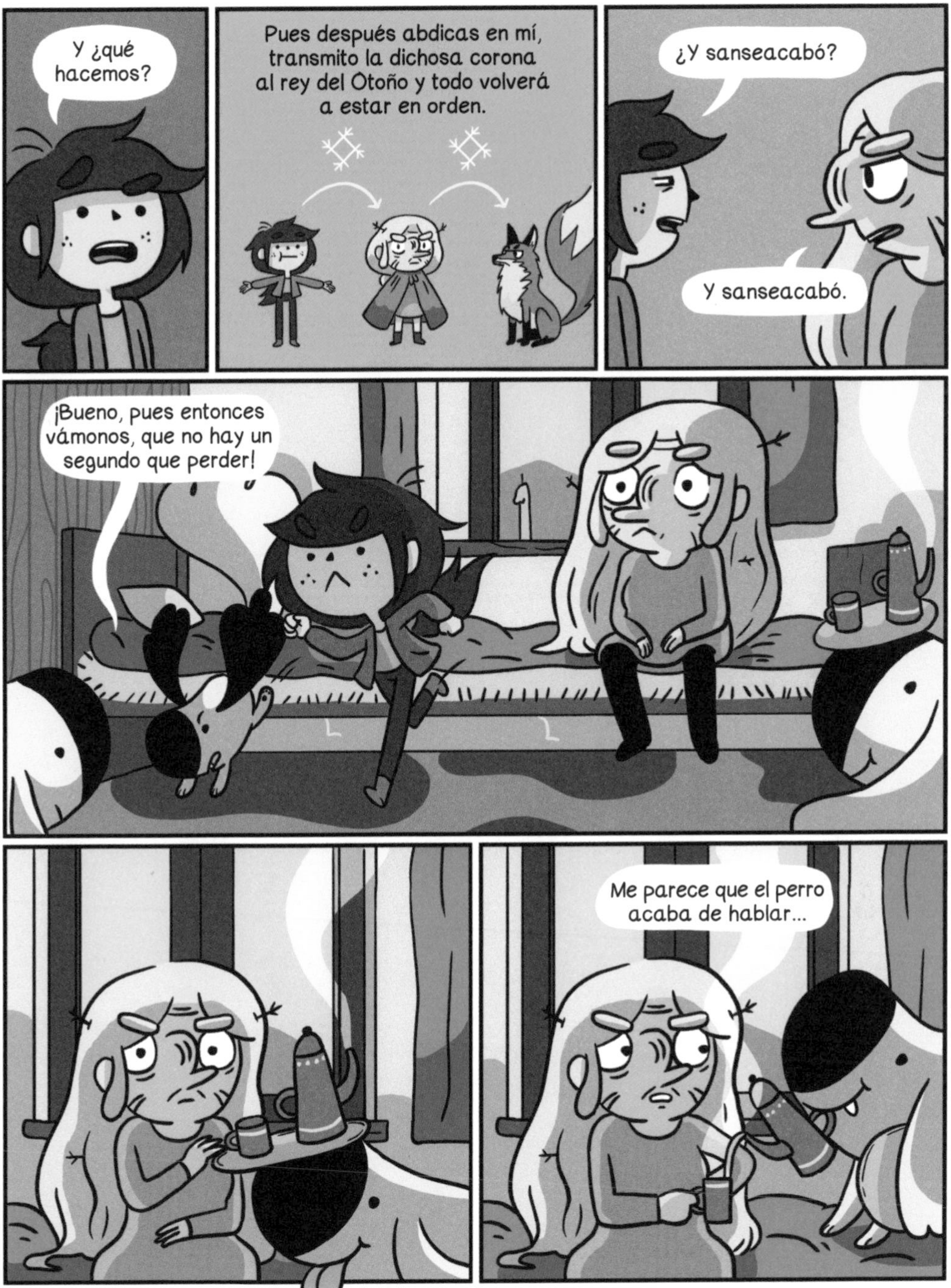
Y ¿qué hacemos?
Pues después abdicas en mí, transmito la dichosa corona al rey del Otoño y todo volverá a estar en orden.
¿Y sanseacabó?
Y sanseacabó.
¡Bueno, pues entonces vámonos, que no hay un segundo que perder!
Me parece que el perro acaba de hablar...

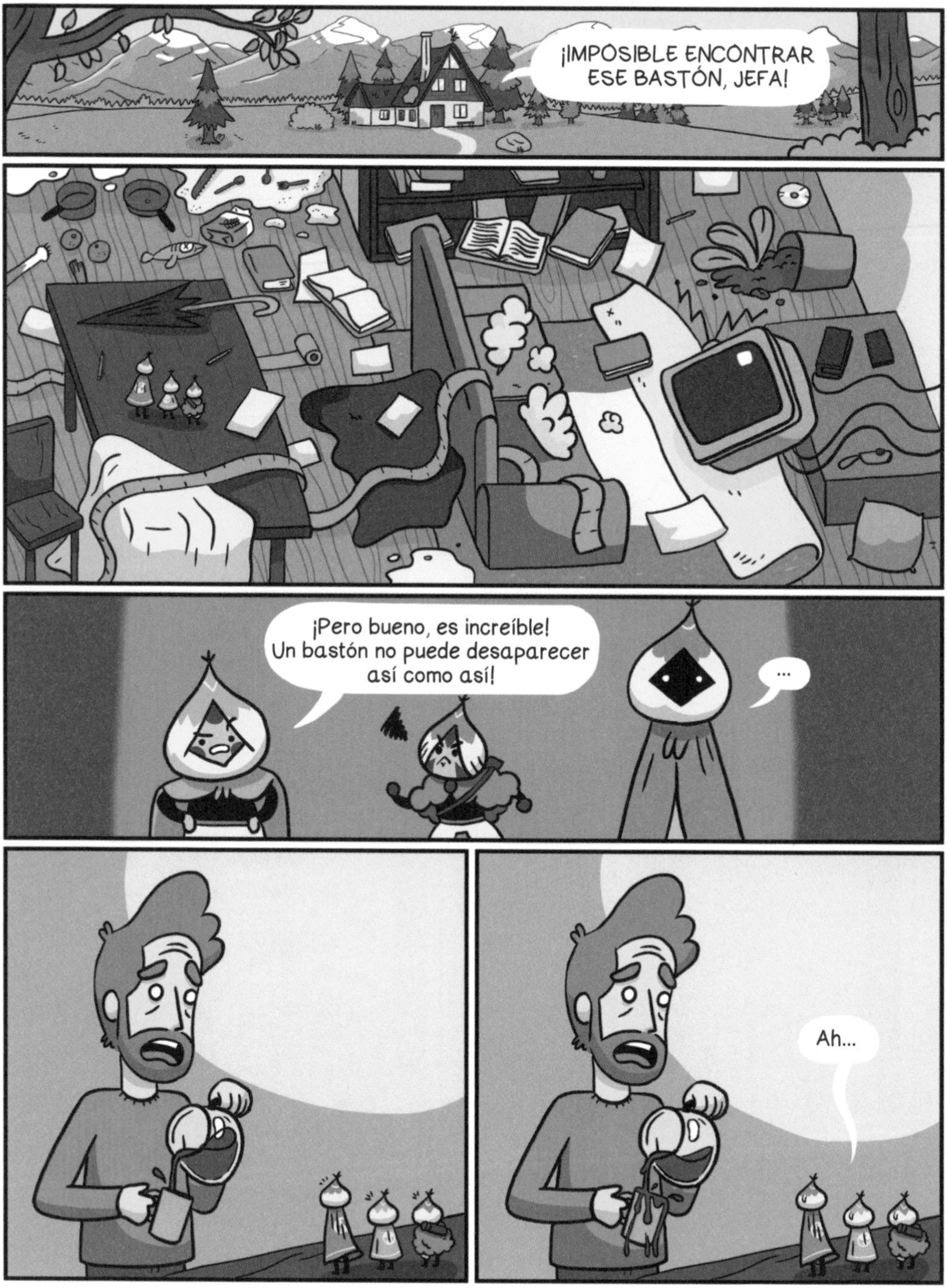
¡IMPOSIBLE ENCONTRAR ESE BASTÓN, JEFA!
¡Pero bueno, es increíble! Un bastón no puede desaparecer así como así!
...
Ah...

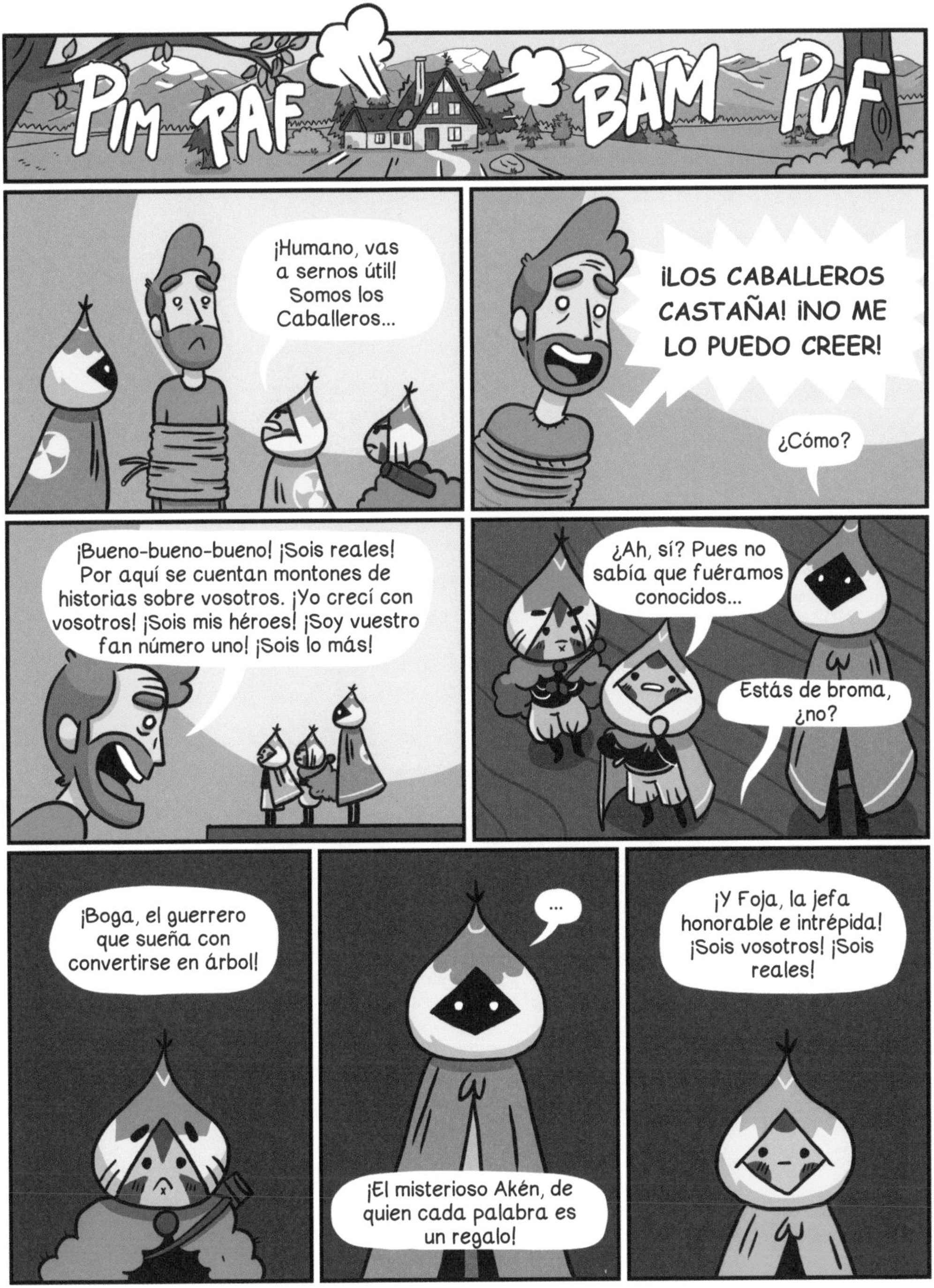
PIM PAF BAM PUF
¡Humano, vas a sernos útil! Somos los Caballeros...
¡LOS CABALLEROS CASTAÑA! ¡NO ME LO PUEDO CREER!
¿Cómo?
¡Bueno-bueno-bueno! ¡Sois reales! Por aquí se cuentan montones de historias sobre vosotros. ¡Yo crecí con vosotros! ¡Sois mis héroes! ¡Soy vuestro fan número uno! ¡Sois lo más!
¿Ah, sí? Pues no sabía que fuéramos conocidos...
Estás de broma, ¿no?
¡Boga, el guerrero que sueña con convertirse en árbol!
...
¡El misterioso Akén, de quien cada palabra es un regalo!
¡Y Foja, la jefa honorable e intrépida! ¡Sois vosotros! ¡Sois reales!

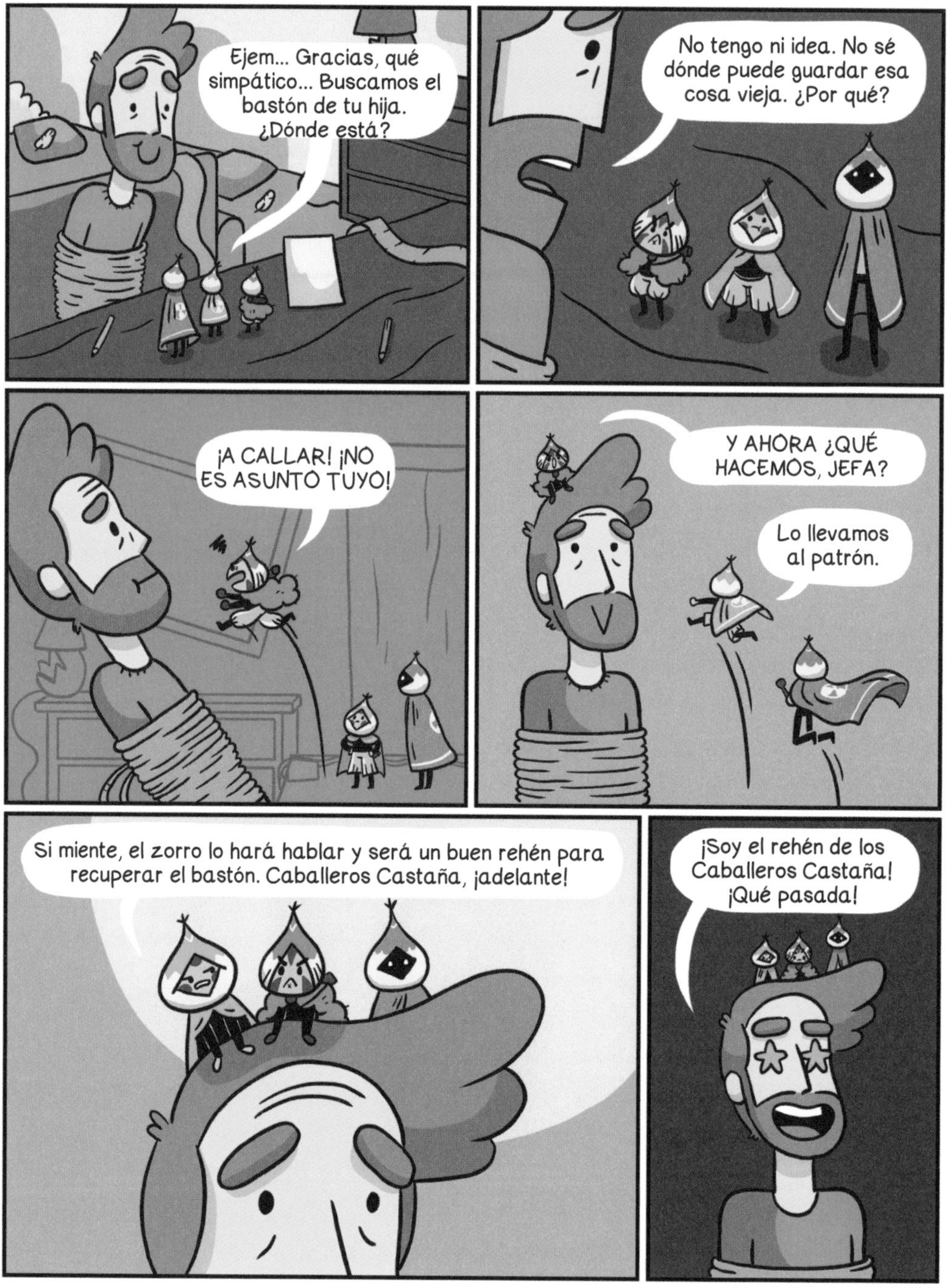
Ejem... Gracias, qué simpático... Buscamos el bastón de tu hija. ¿Dónde está?
No tengo ni idea. No sé dónde puede guardar esa cosa vieja. ¿Por qué?
¡A CALLAR! ¡NO ES ASUNTO TUYO!
Y AHORA ¿QUÉ HACEMOS, JEFA?
Lo llevamos al patrón.
Si miente, el zorro lo hará hablar y será un buen rehén para recuperar el bastón. Caballeros Castaña, ¡adelante!
¡Soy el rehén de los Caballeros Castaña! ¡Qué pasada!

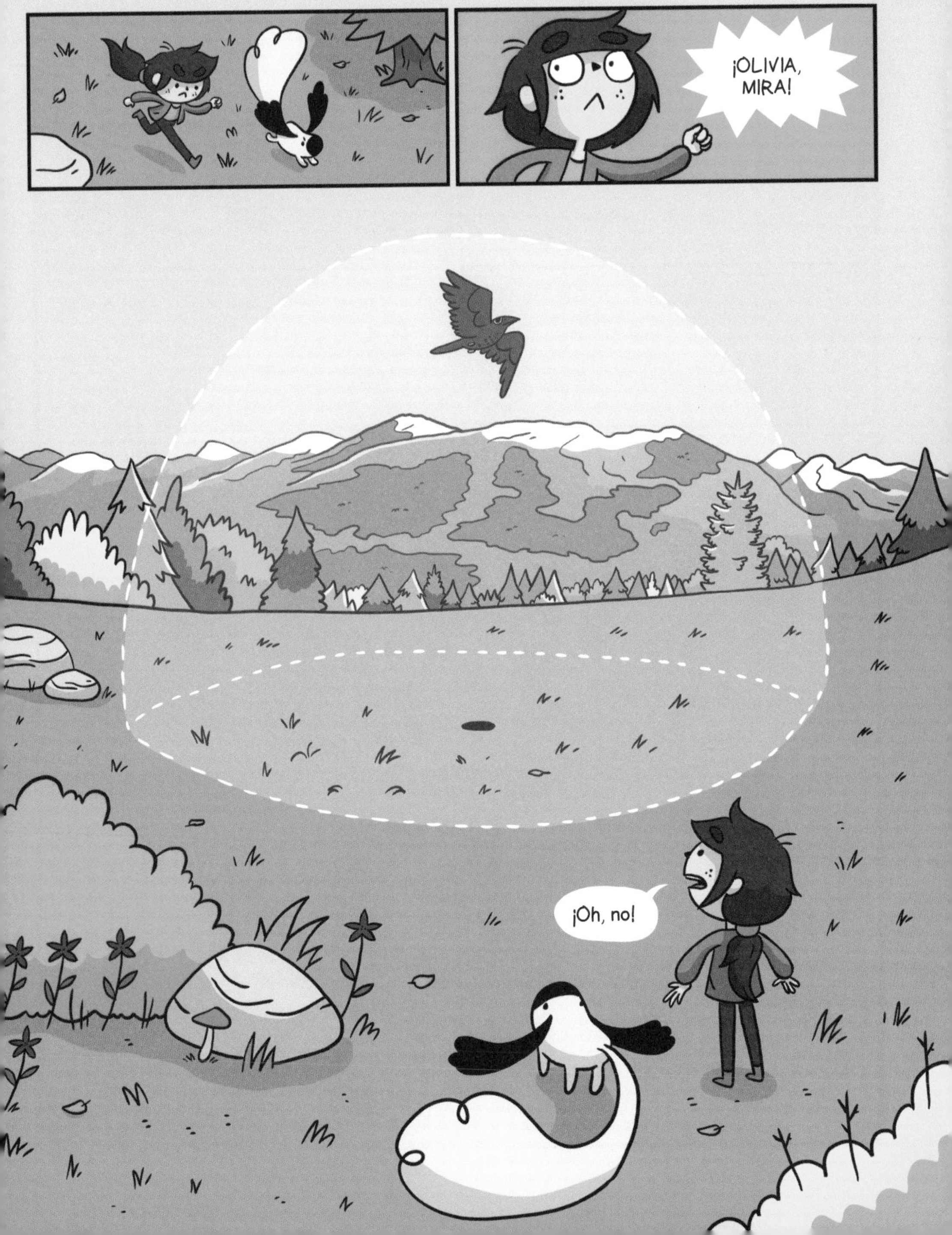
¡OLIVIA, MIRA!
¡Oh, no!

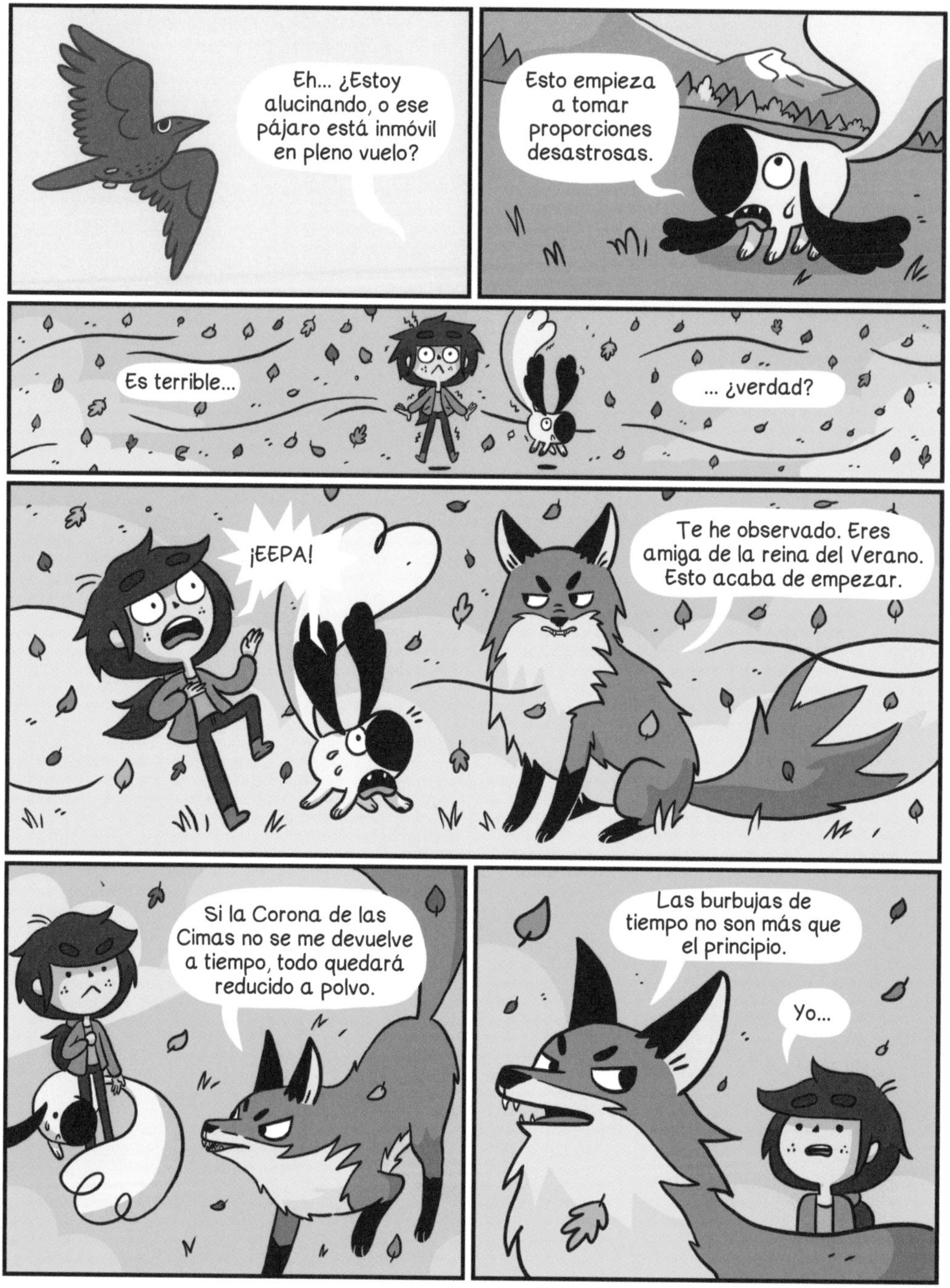
Eh... ¿Estoy alucinando, o ese pájaro está inmóvil en pleno vuelo?
Esto empieza a tomar proporciones desastrosas.
Es terrible...
... ¿verdad?
¡EEPA!
Te he observado. Eres amiga de la reina del Verano. Esto acaba de empezar.
Si la Corona de las Cimas no se me devuelve a tiempo, todo quedará reducido a polvo.
Las burbujas de tiempo no son más que el principio.
Yo...

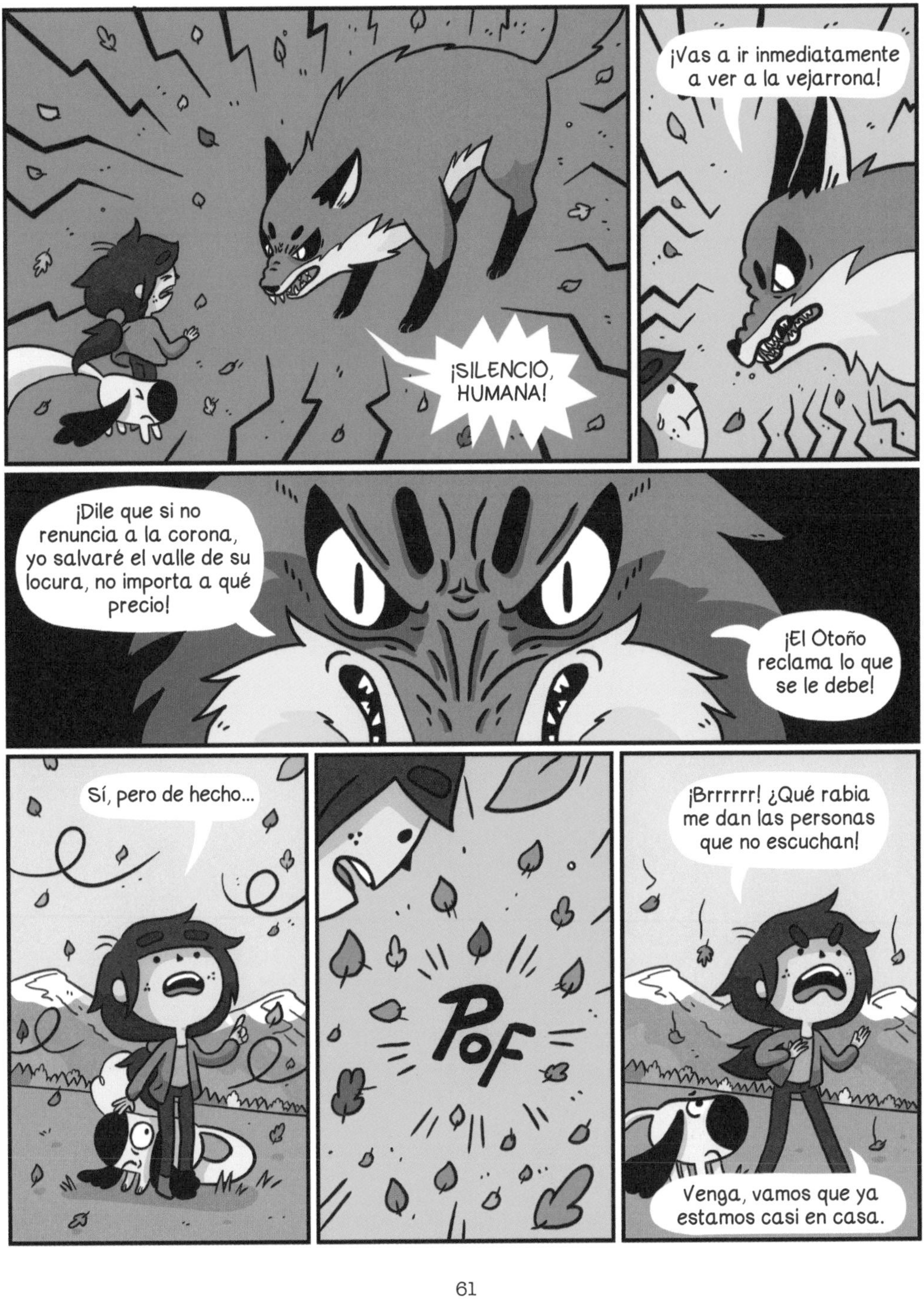

¡SILENCIO, HUMANA!
¡Vas a ir inmediatamente a ver a la vejarrona!
¡Dile que si no renuncia a la corona, yo salvaré el valle de su locura, no importa a qué precio!
¡El Otoño reclama lo que se le debe!
Sí, pero de hecho...
POF
¡Brrrrrr! ¿Qué rabia me dan las personas que no escuchan!
Venga, vamos que ya estamos casi en casa.

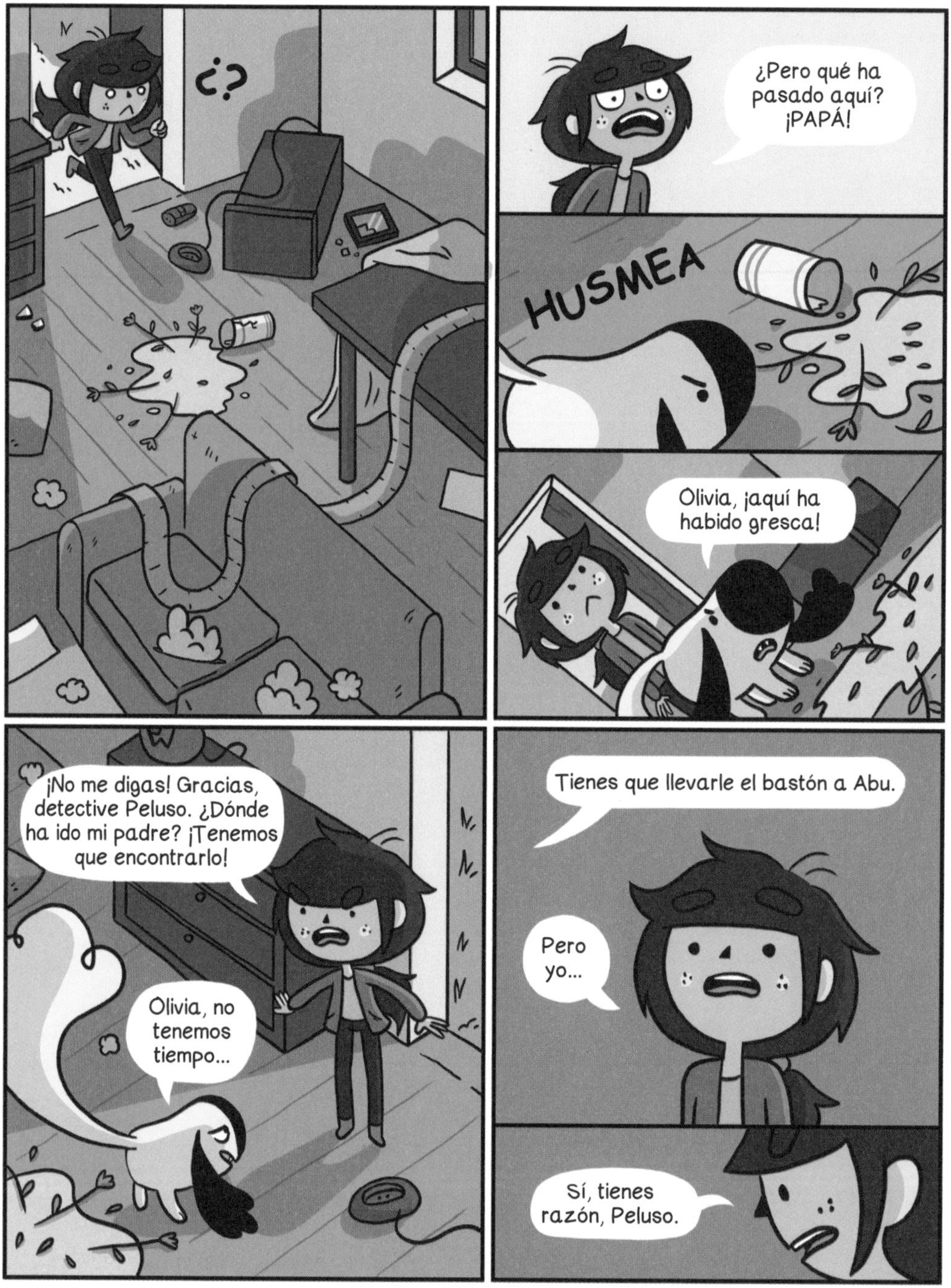
¿?
¿Pero qué ha pasado aquí? ¡PAPÁ!
HUSMEA
Olivia, ¡aquí ha habido gresca!
¡No me digas! Gracias, detective Peluso. ¿Dónde ha ido mi padre? ¡Tenemos que encontrarlo!
Olivia, no tenemos tiempo...
Tienes que llevarle el bastón a Abu.
Pero yo...
Sí, tienes razón, Peluso.

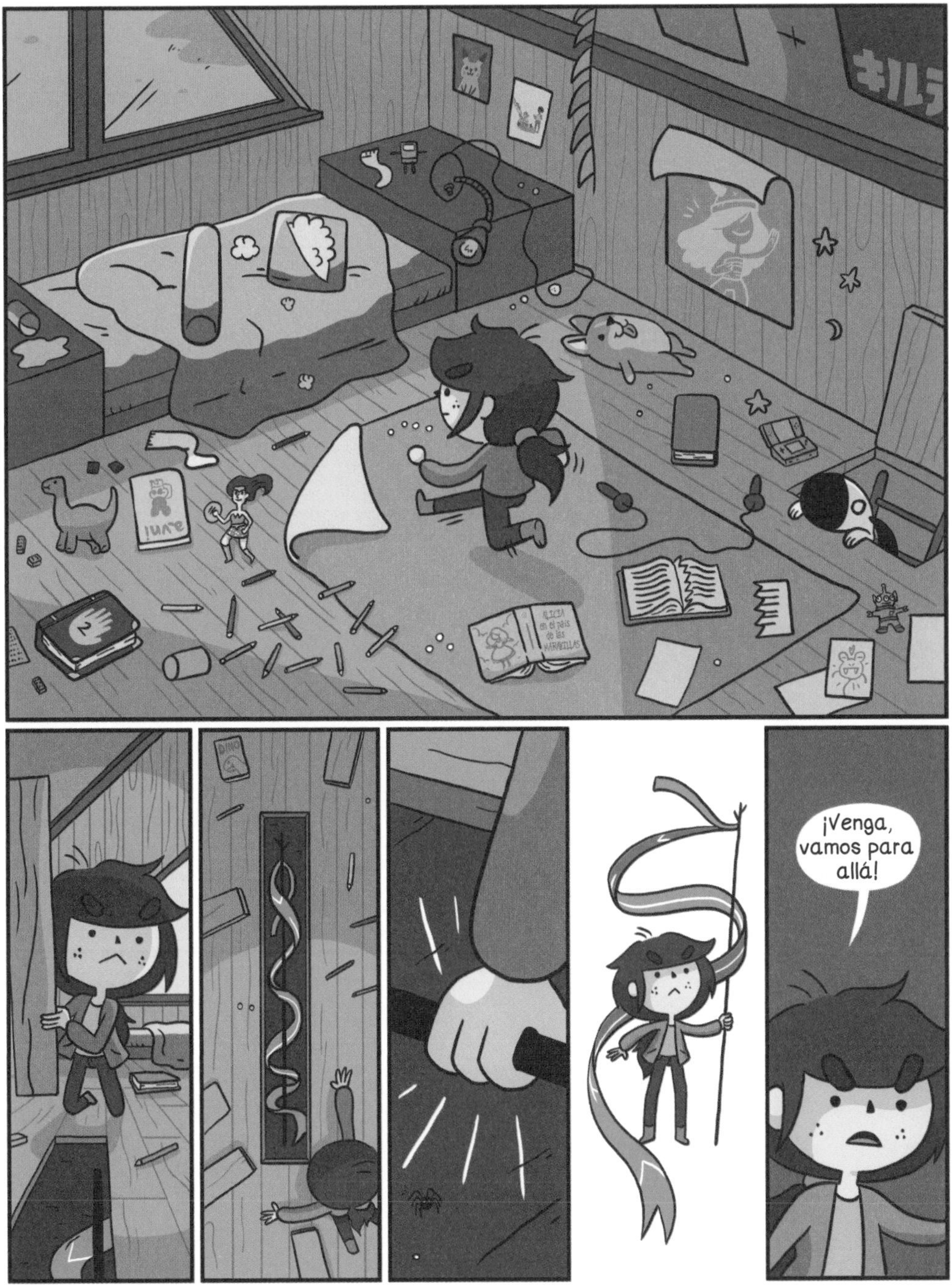
¡Venga, vamos para allá!

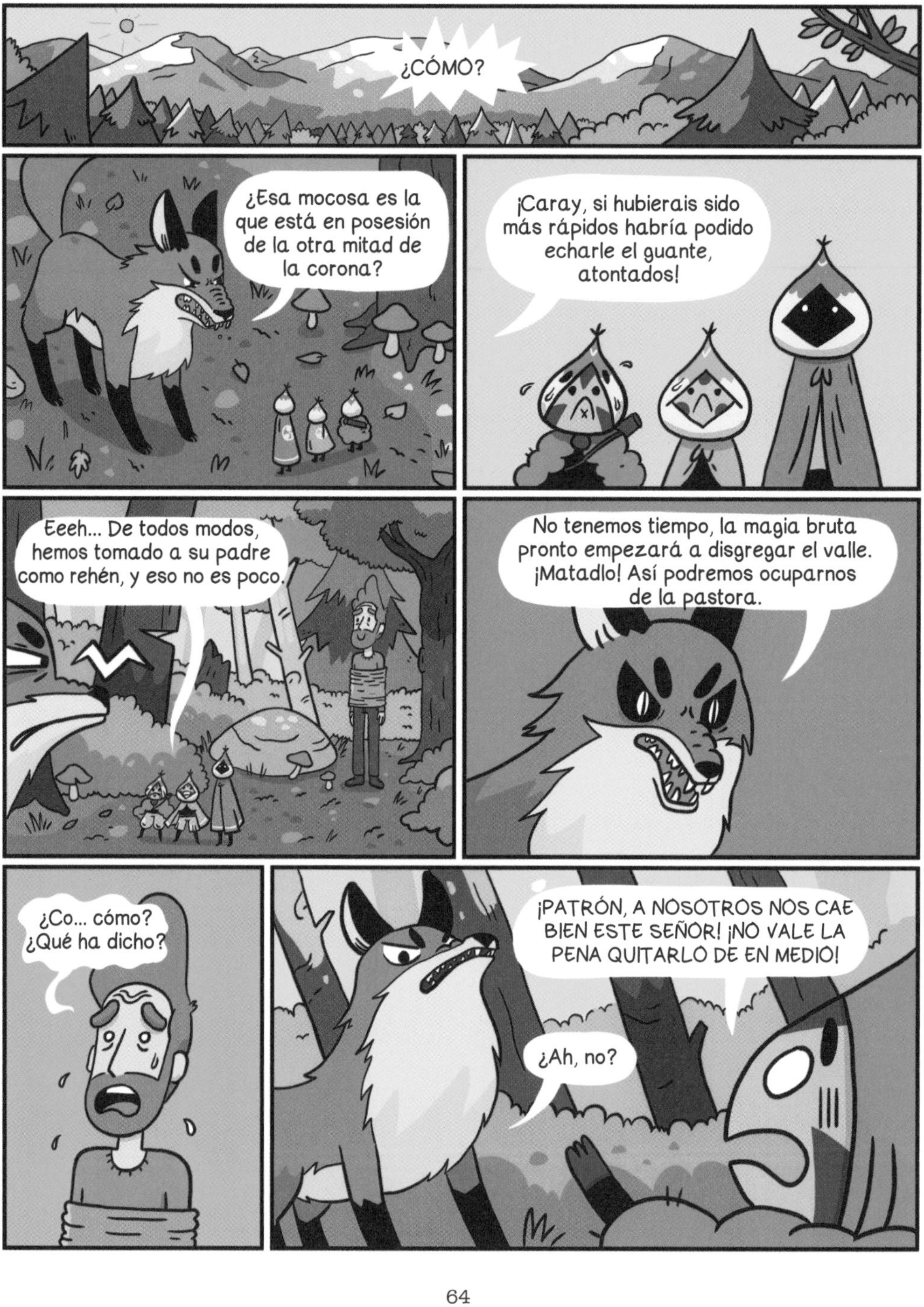
¿CÓMO?
¿Esa mocosa es la que está en posesión de la otra mitad de la corona?
¡Caray, si hubierais sido más rápidos habría podido echarle el guante, atontados!
Eeeh... De todos modos, hemos tomado a su padre como rehén, y eso no es poco.
No tenemos tiempo, la magia bruta pronto empezará a disgregar el valle. ¡Matadlo! Así podremos ocuparnos de la pastora.
¿Co... cómo? ¿Qué ha dicho?
¡PATRÓN, A NOSOTROS NOS CAE BIEN ESTE SEÑOR! ¡NO VALE LA PENA QUITARLO DE EN MEDIO!
¿Ah, no?

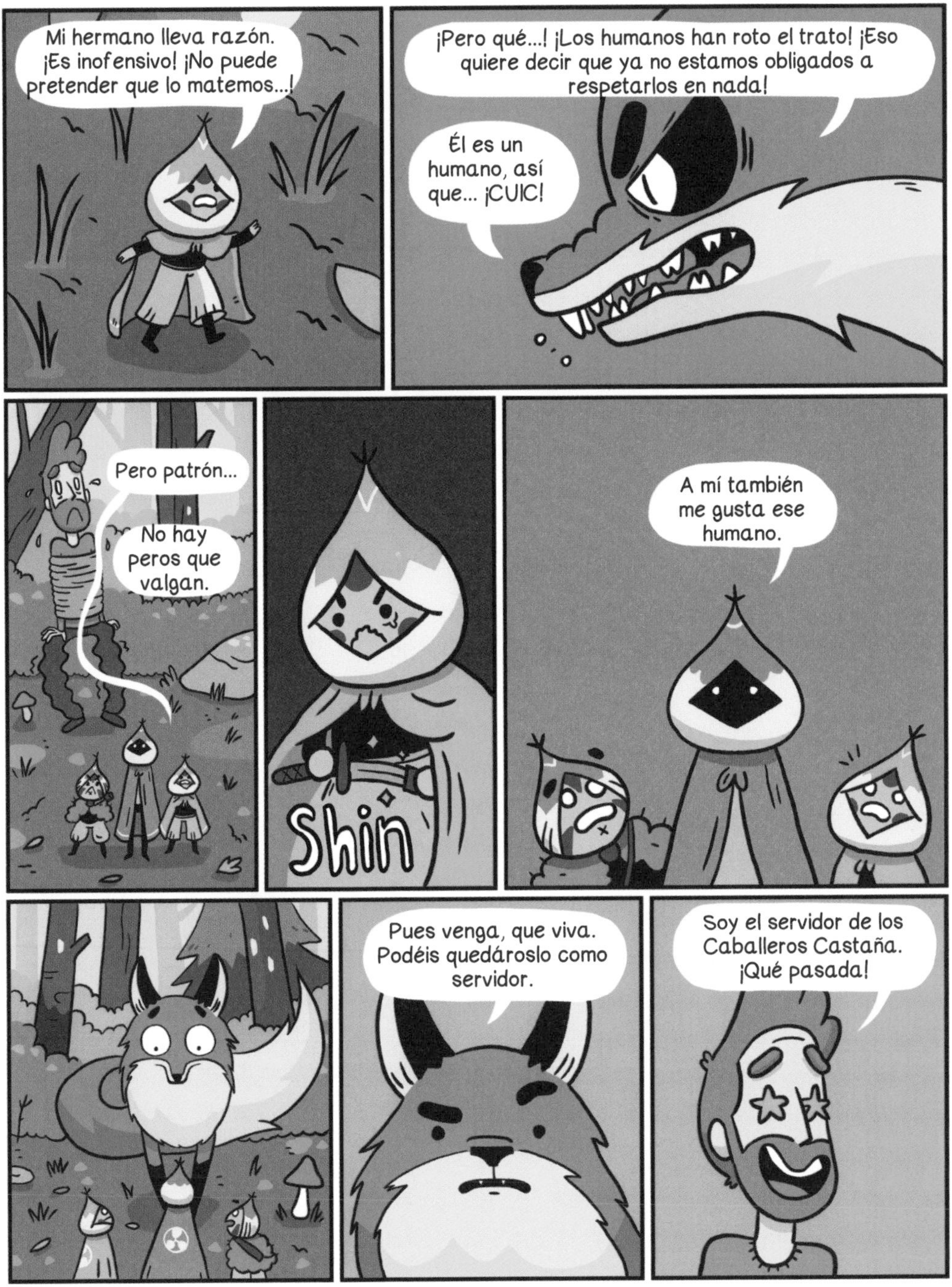
Mi hermano lleva razón. ¡Es inofensivo! ¡No puede pretender que lo matemos...!
¡Pero qué...! ¡Los humanos han roto el trato! ¡Eso quiere decir que ya no estamos obligados a respetarlos en nada!
Él es un humano, así que... ¡CUIC!
Pero patrón...
No hay peros que valgan.
Shin
A mí también me gusta ese humano.
Pues venga, que viva. Podéis quedároslo como servidor.
Soy el servidor de los Caballeros Castaña. ¡Qué pasada!

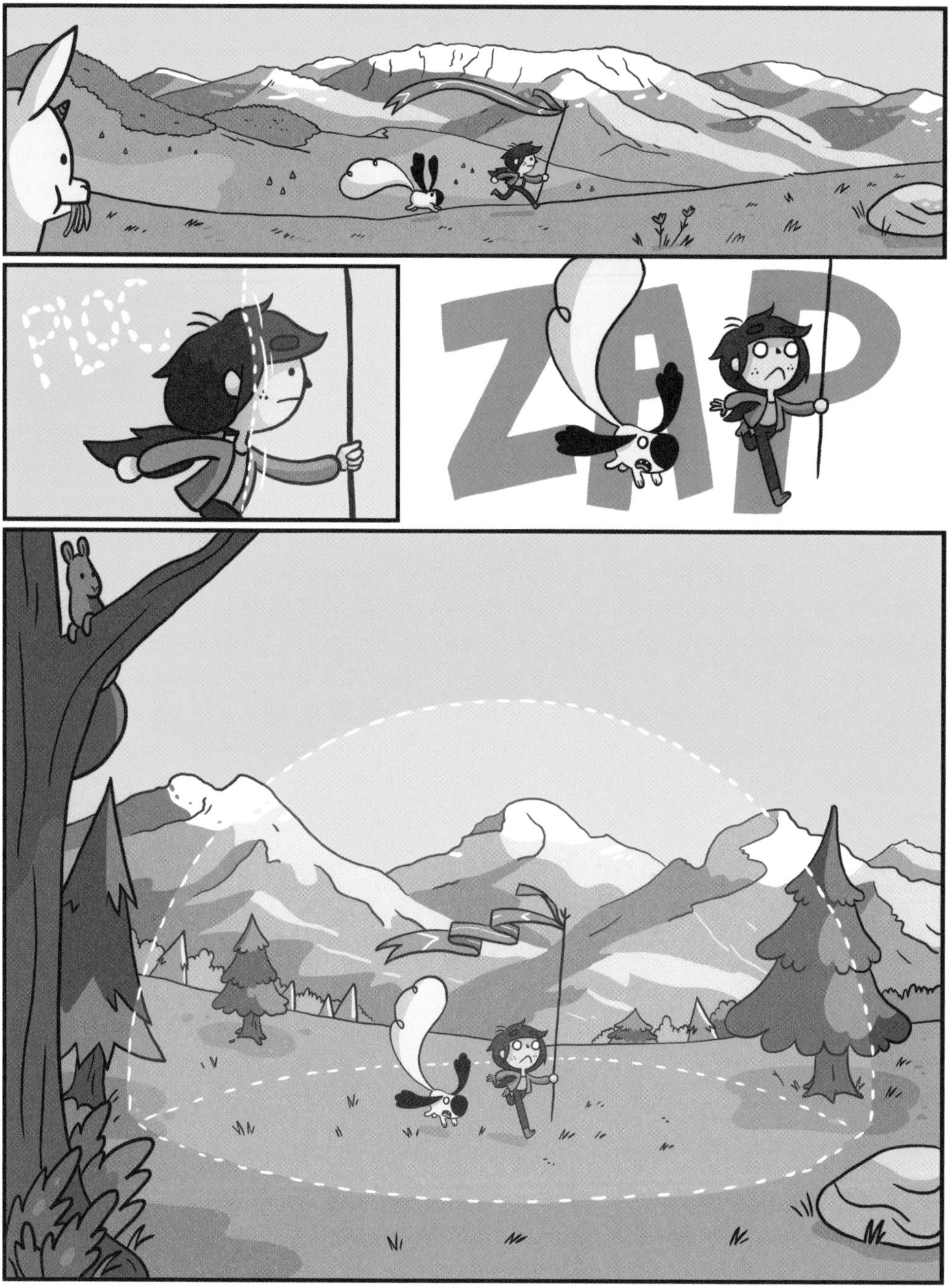
ZAP

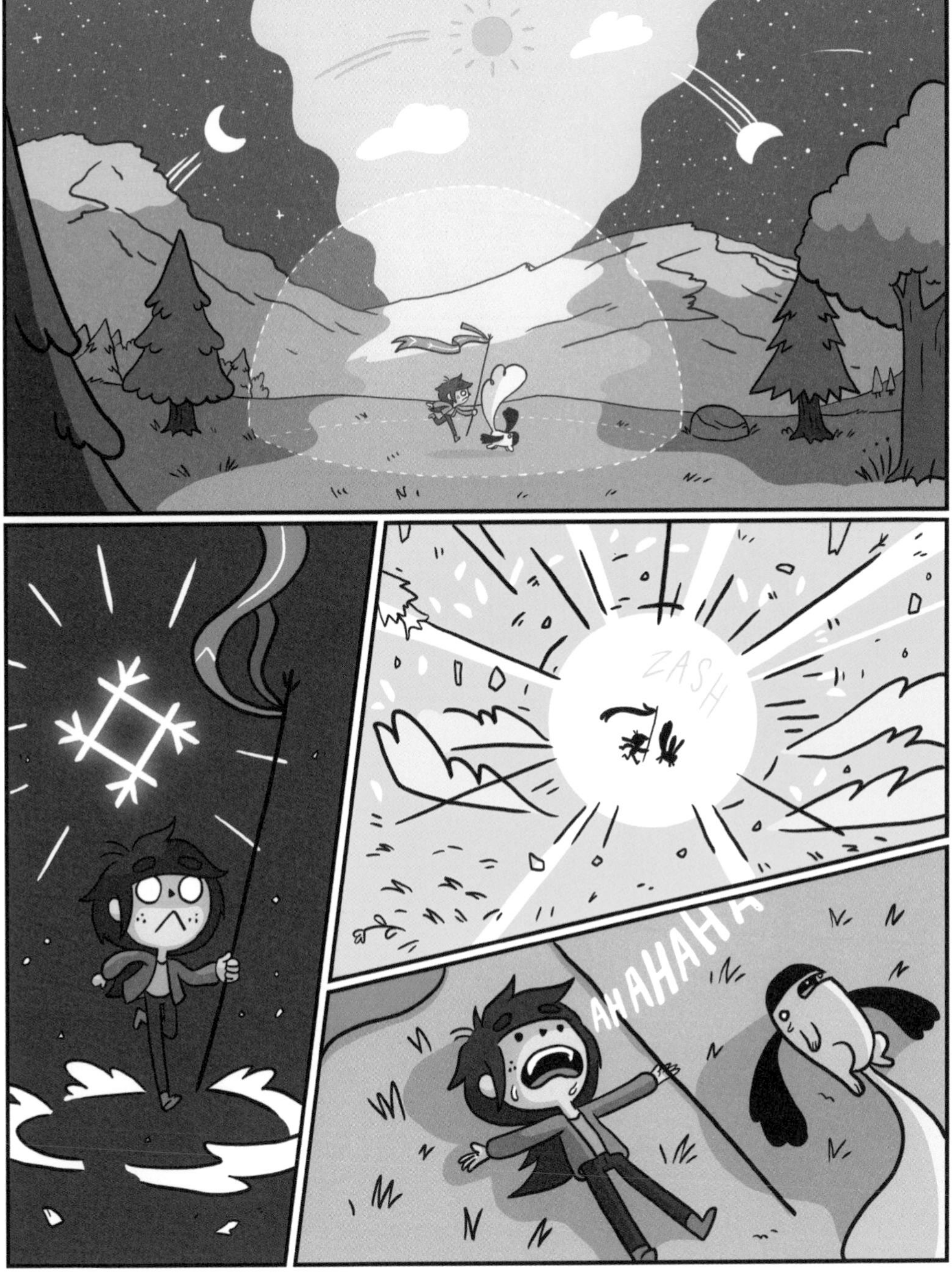
ZASH
AHAHAHAHA

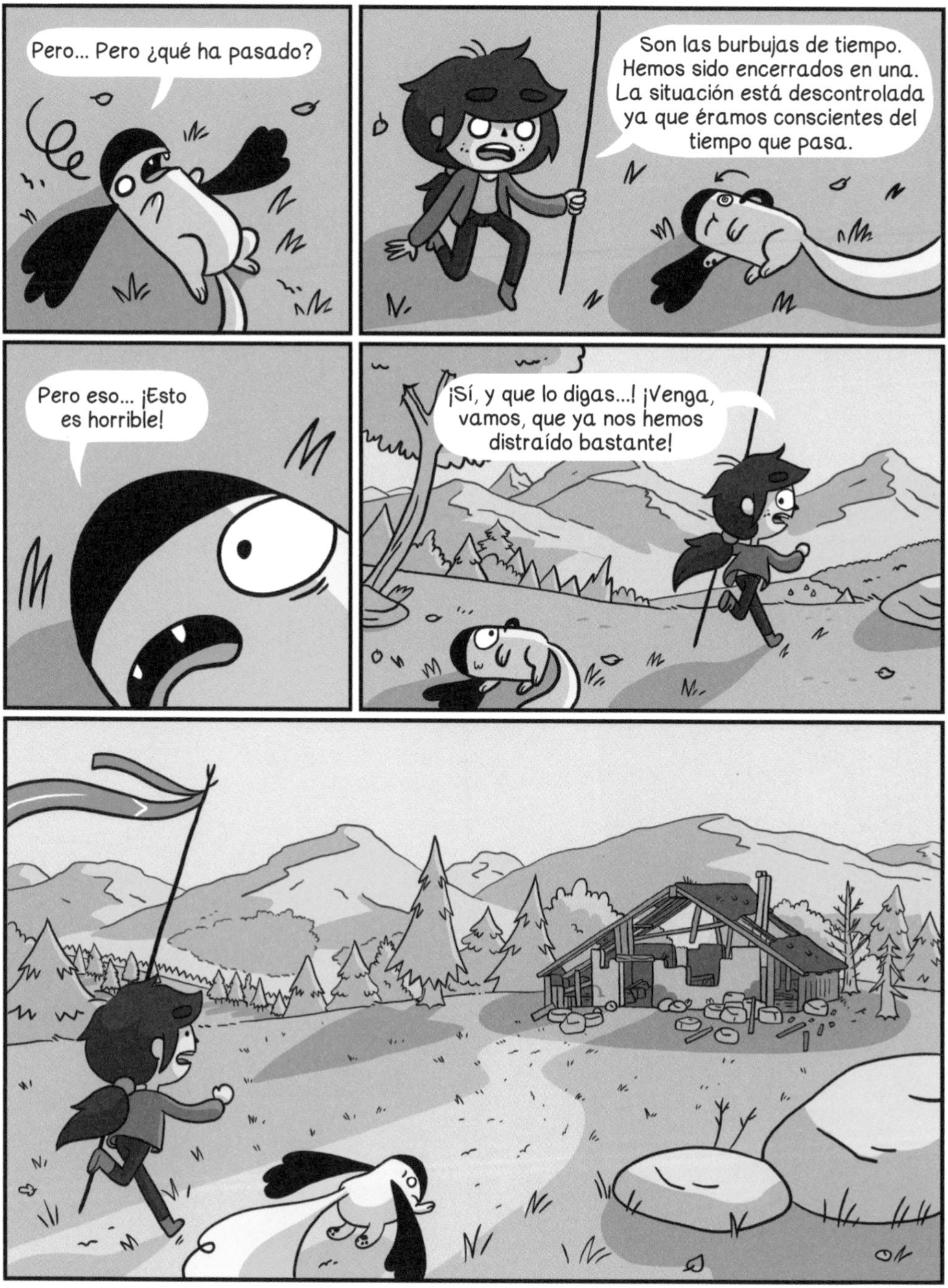
Pero... Pero ¿qué ha pasado?
Son las burbujas de tiempo. Hemos sido encerrados en una. La situación está descontrolada ya que éramos conscientes del tiempo que pasa.
Pero eso... ¡Esto es horrible!
¡Sí, y que lo digas...! ¡Venga, vamos, que ya nos hemos distraído bastante!

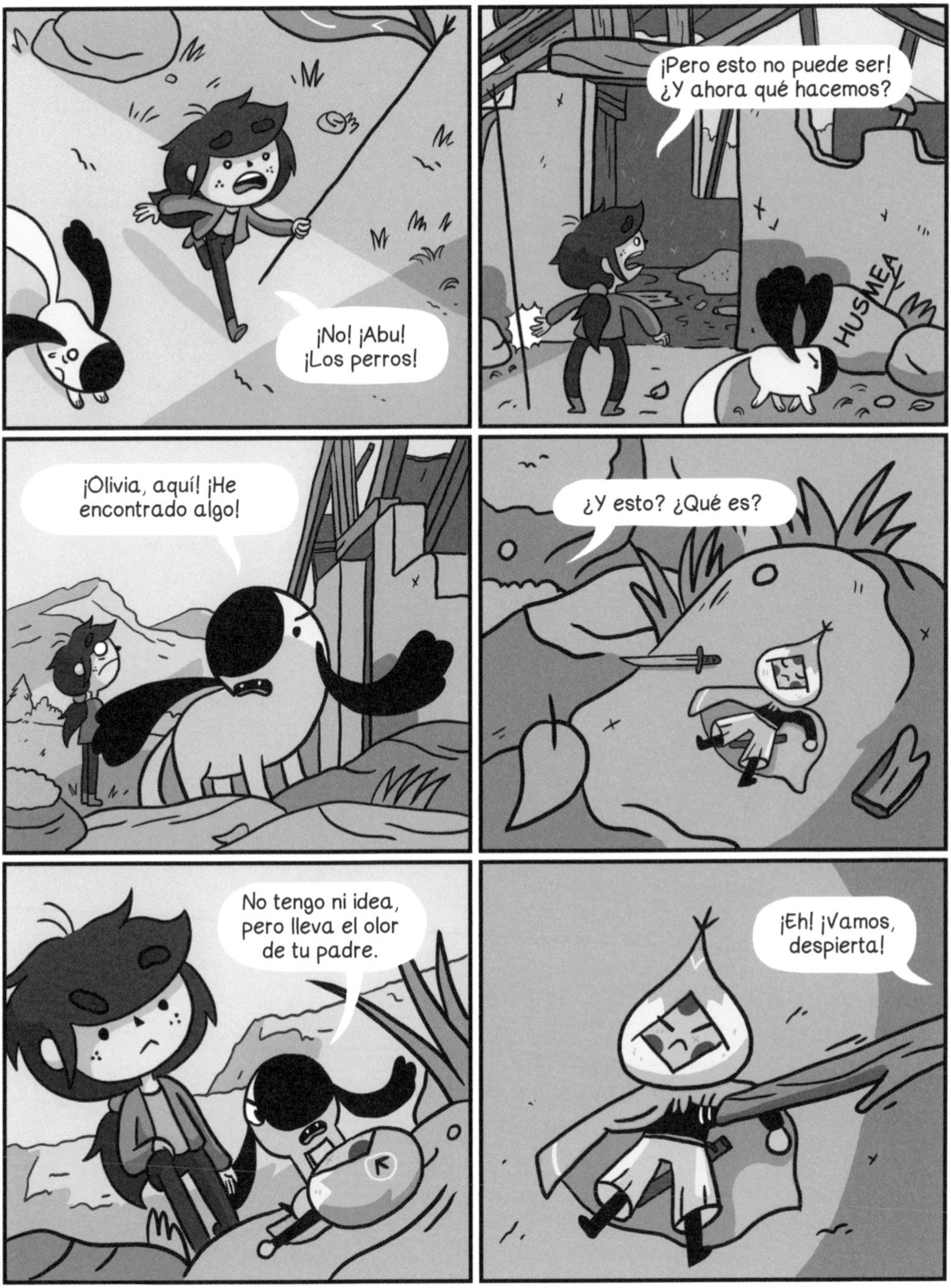
¡No! ¡Abu!
¡Los perros!
¡Pero esto no puede ser!
¿Y ahora qué hacemos?
HUSMEA
¡Olivia, aquí! ¡He
encontrado algo!
¿Y esto? ¿Qué es?
No tengo ni idea,
pero lleva el olor
de tu padre.
¡Eh! ¡Vamos,
despierta!

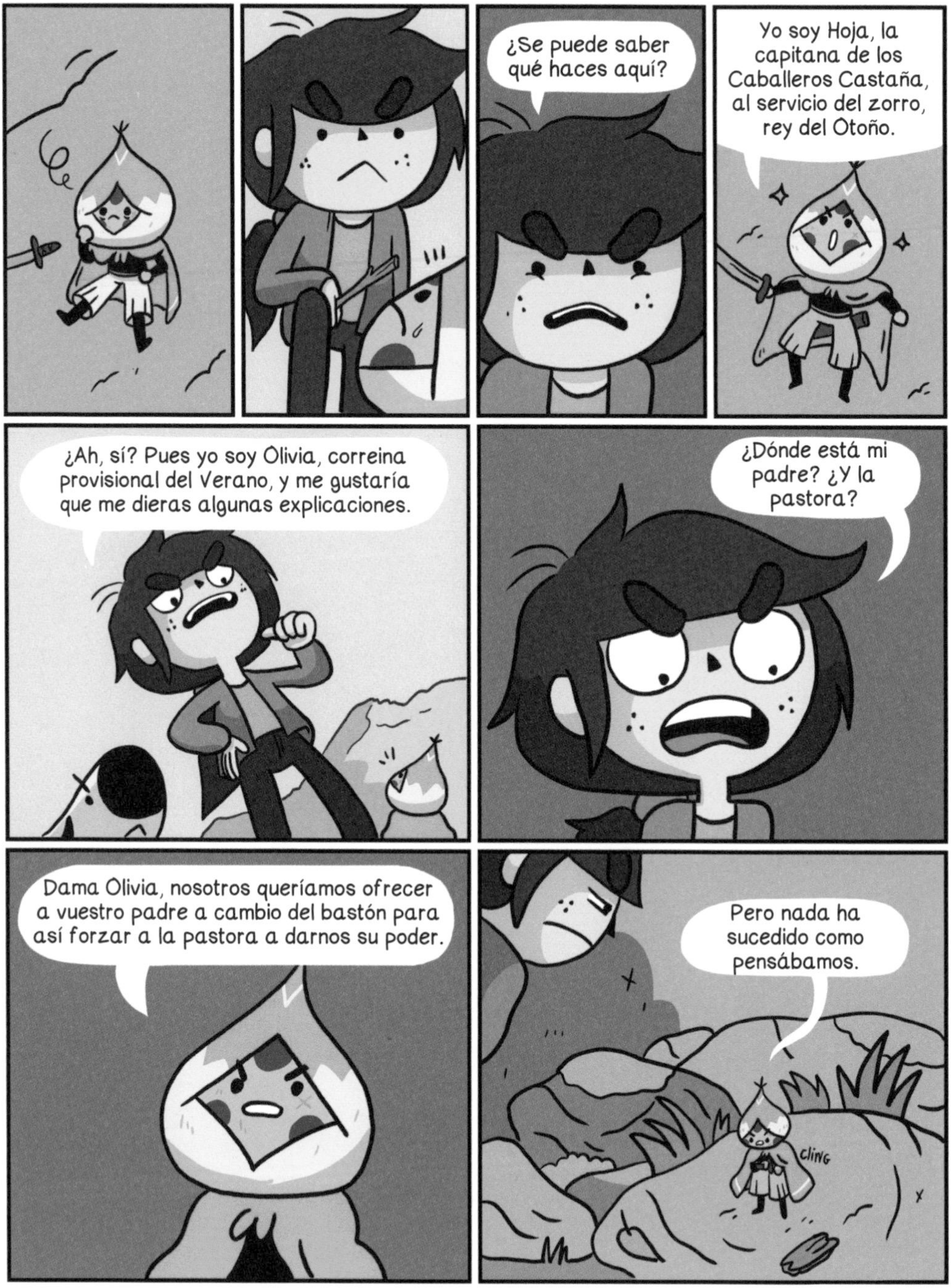
¿Se puede saber qué haces aquí?
Yo soy Hoja, la capitana de los Caballeros Castaña, al servicio del zorro, rey del Otoño.
¿Ah, sí? Pues yo soy Olivia, correina provisional del Verano, y me gustaría que me dieras algunas explicaciones.
¿Dónde está mi padre? ¿Y la pastora?
Dama Olivia, nosotros queríamos ofrecer a vuestro padre a cambio del bastón para así forzar a la pastora a darnos su poder.
Pero nada ha sucedido como pensábamos.
CLING

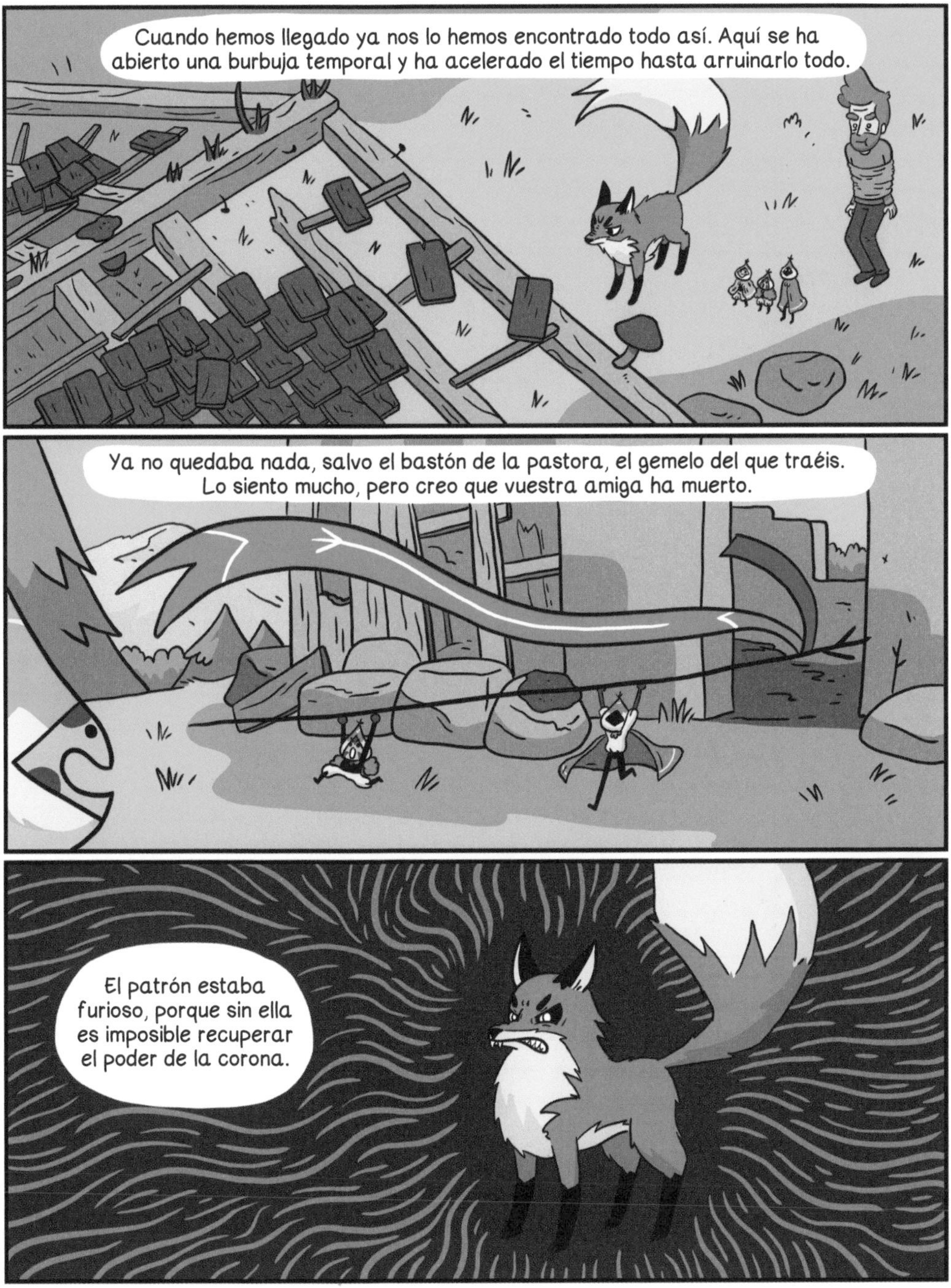
Cuando hemos llegado ya nos lo hemos encontrado todo así. Aquí se ha abierto una burbuja temporal y ha acelerado el tiempo hasta arruinarlo todo.
Ya no quedaba nada, salvo el bastón de la pastora, el gemelo del que traéis. Lo siento mucho, pero creo que vuestra amiga ha muerto.
El patrón estaba furioso, porque sin ella es imposible recuperar el poder de la corona.

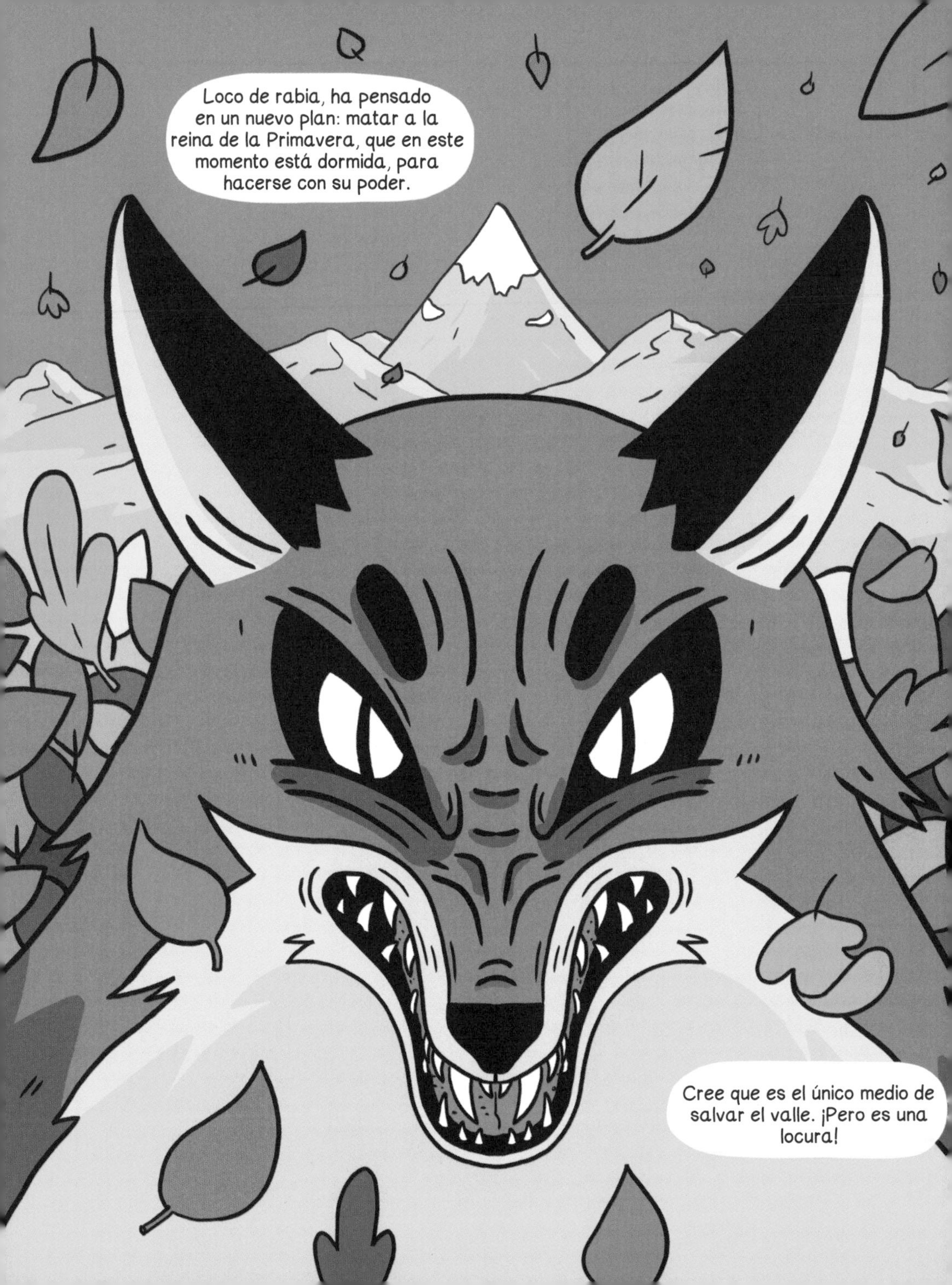
Loco de rabia, ha pensado en un nuevo plan: matar a la reina de la Primavera, que en este momento está dormida, para hacerse con su poder.
Cree que es el único medio de salvar el valle. ¡Pero es una locura!

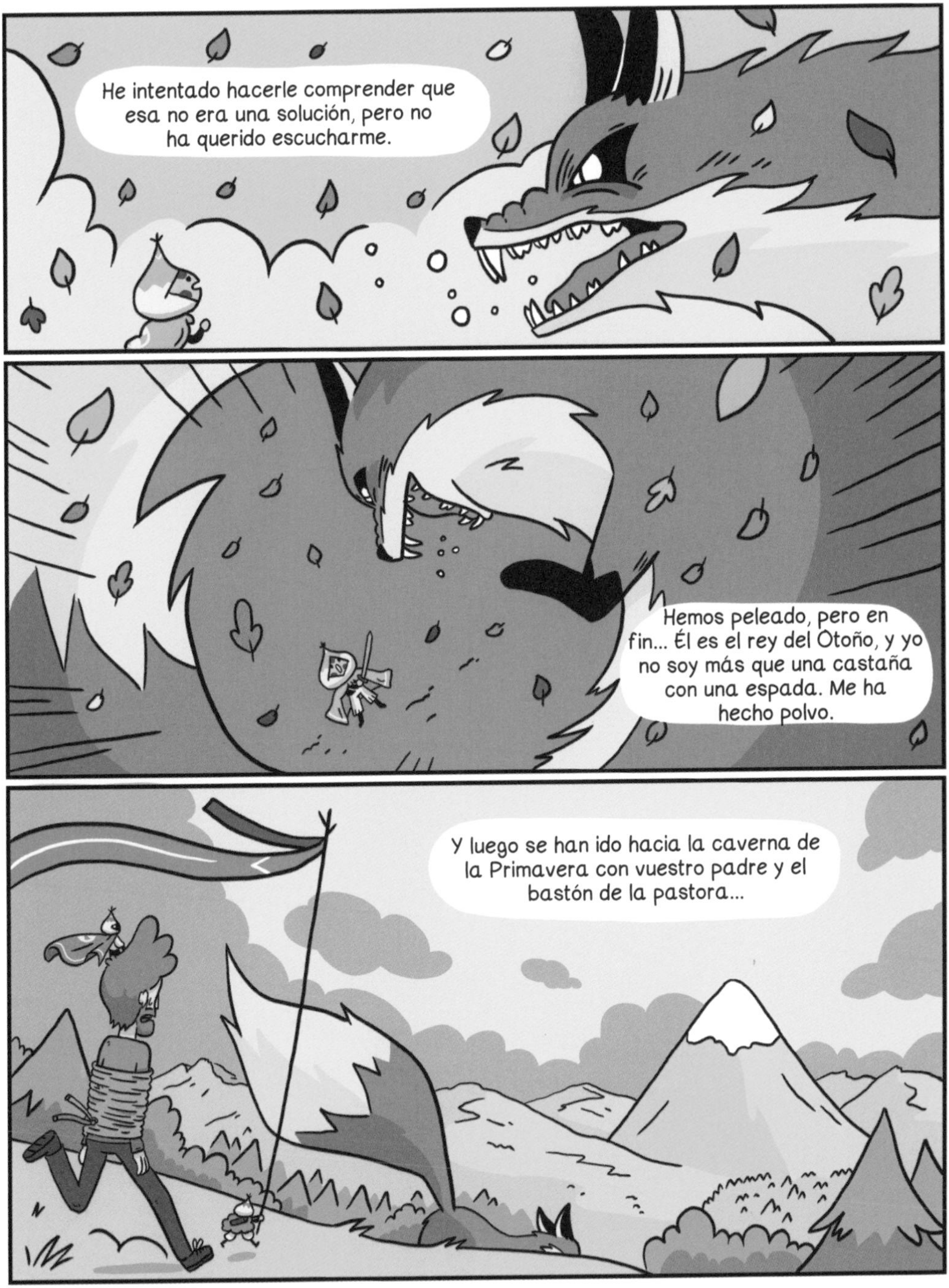
He intentado hacerle comprender que esa no era una solución, pero no ha querido escucharme.
Hemos peleado, pero en fin... Él es el rey del Otoño, y yo no soy más que una castaña con una espada. Me ha hecho polvo.
Y luego se han ido hacia la caverna de la Primavera con vuestro padre y el bastón de la pastora...

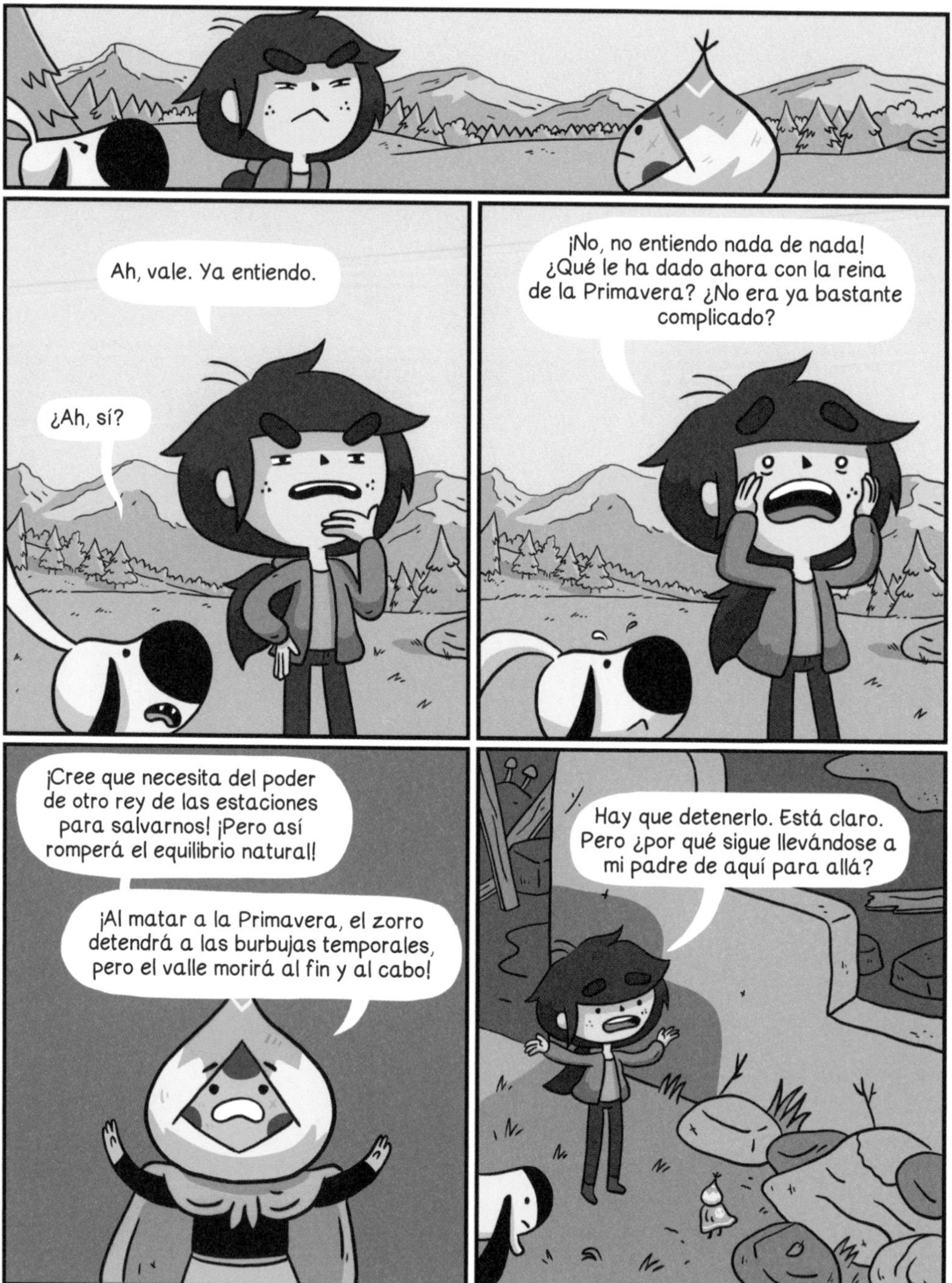
Ah, vale. Ya entiendo.
¿Ah, sí?
¡No, no entiendo nada de nada! ¿Qué le ha dado ahora con la reina de la Primavera? ¿No era ya bastante complicado?
¡Cree que necesita del poder de otro rey de las estaciones para salvarnos! ¡Pero así romperá el equilibrio natural!
¡Al matar a la Primavera, el zorro detendrá a las burbujas temporales, pero el valle morirá al fin y al cabo!
Hay que detenerlo. Está claro. Pero ¿por qué sigue llevándose a mi padre de aquí para allá?

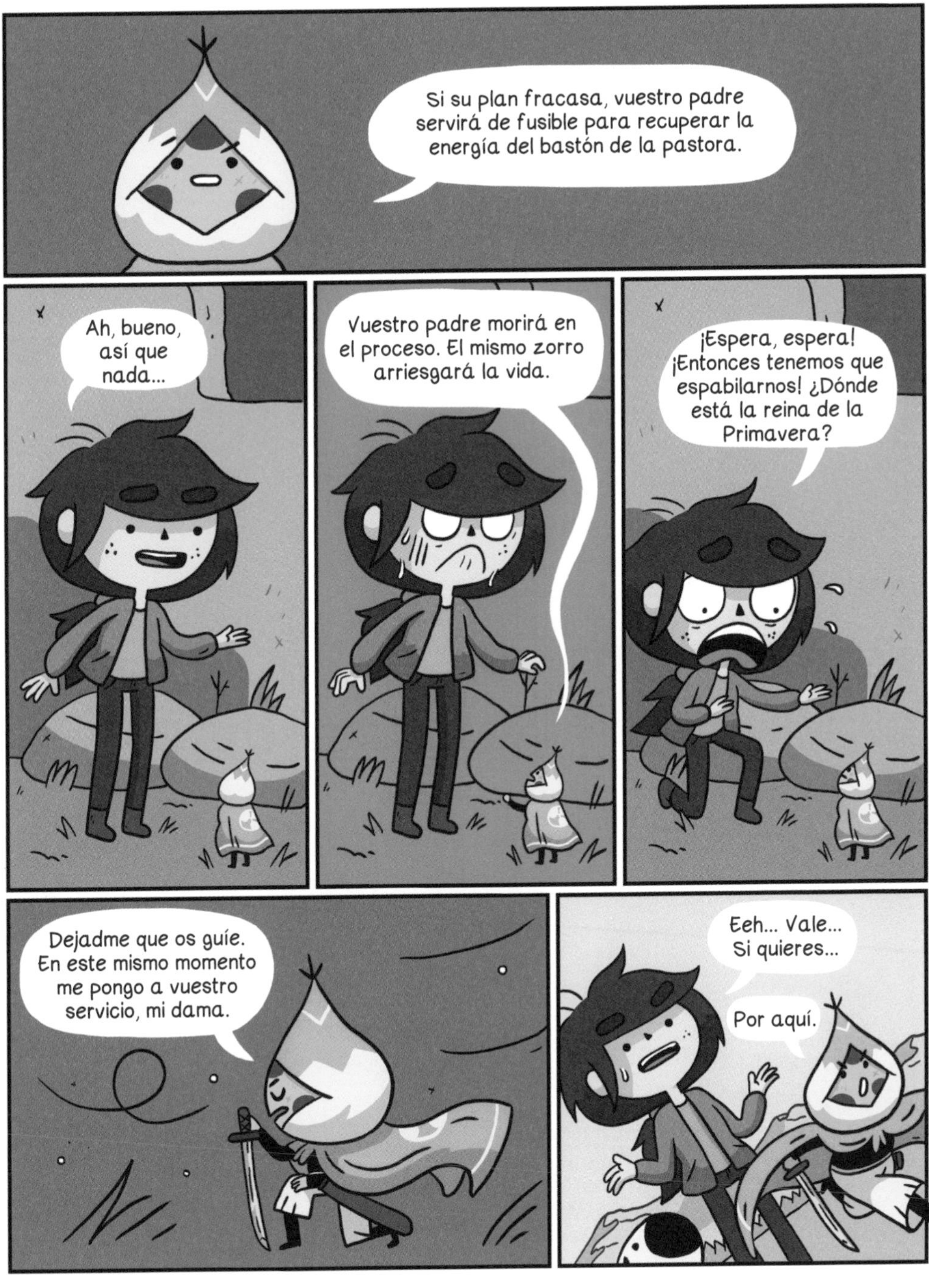
Si su plan fracasa, vuestro padre servirá de fusible para recuperar la energía del bastón de la pastora.
Ah, bueno, así que nada...
Vuestro padre morirá en el proceso. El mismo zorro arriesgará la vida.
¡Espera, espera! ¡Entonces tenemos que espabilarnos! ¿Dónde está la reina de la Primavera?
Dejadme que os guíe. En este mismo momento me pongo a vuestro servicio, mi dama.
Eeh... Vale... Si quieres...
Por aquí.

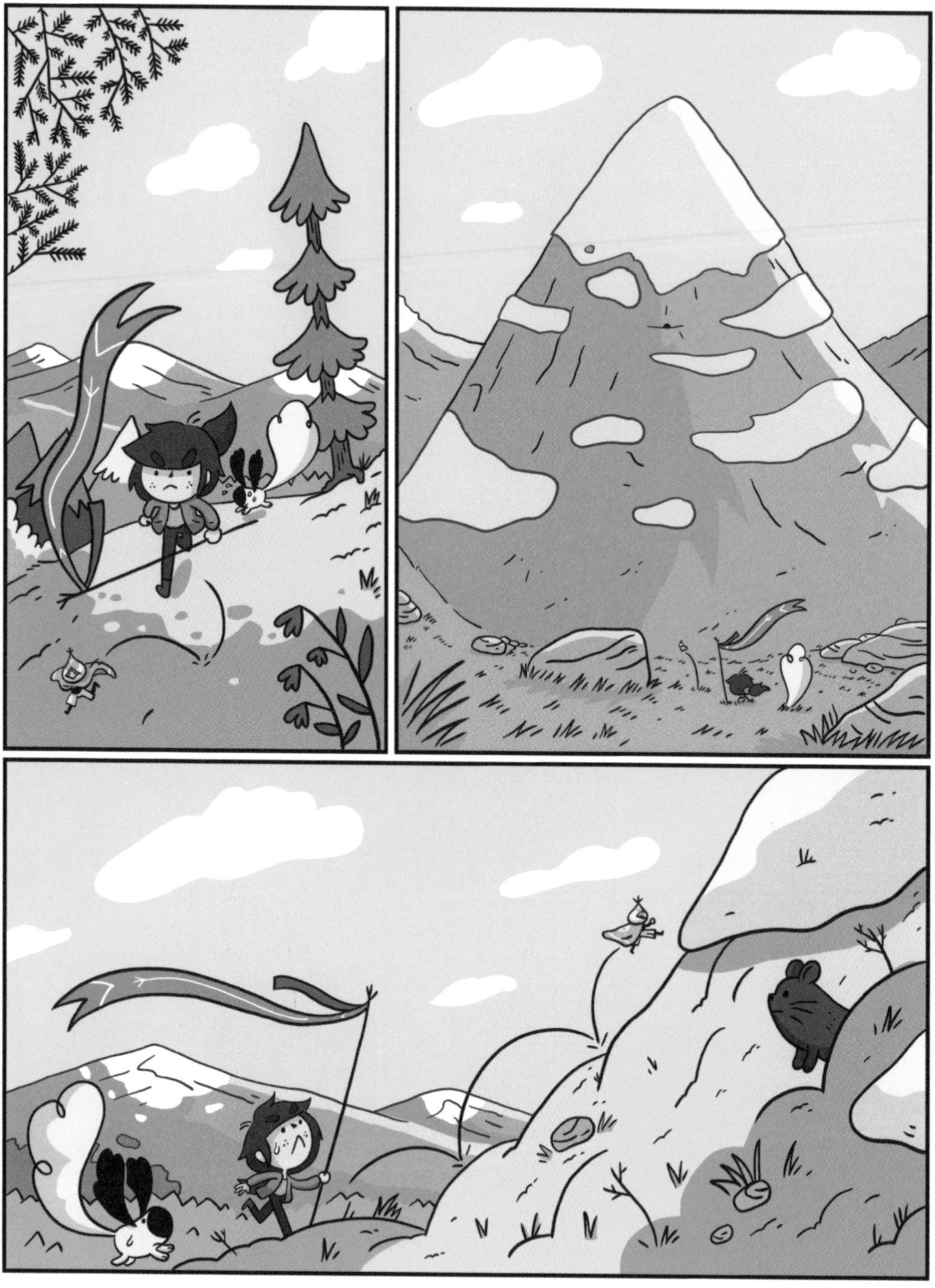

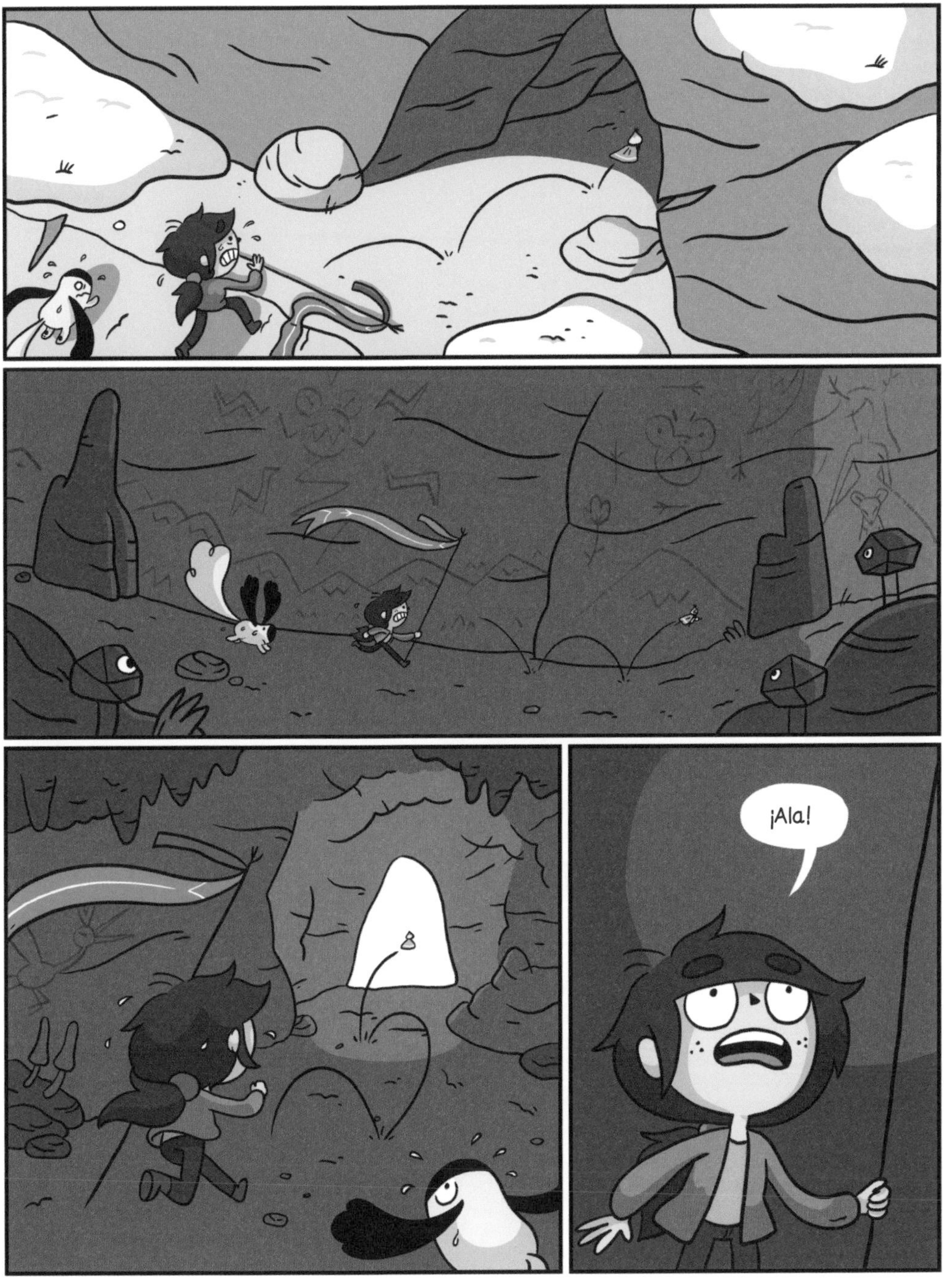
¡Ala!

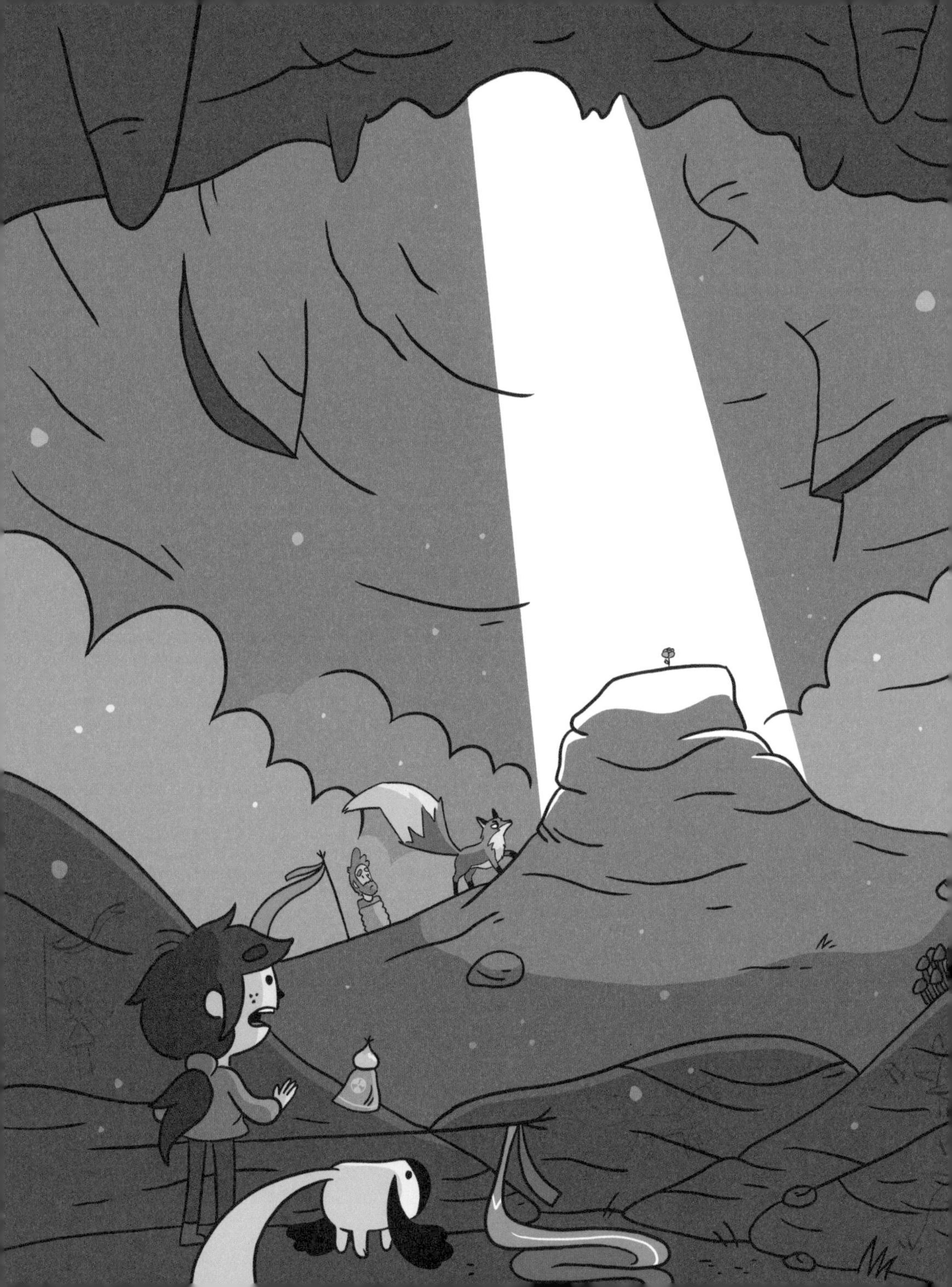

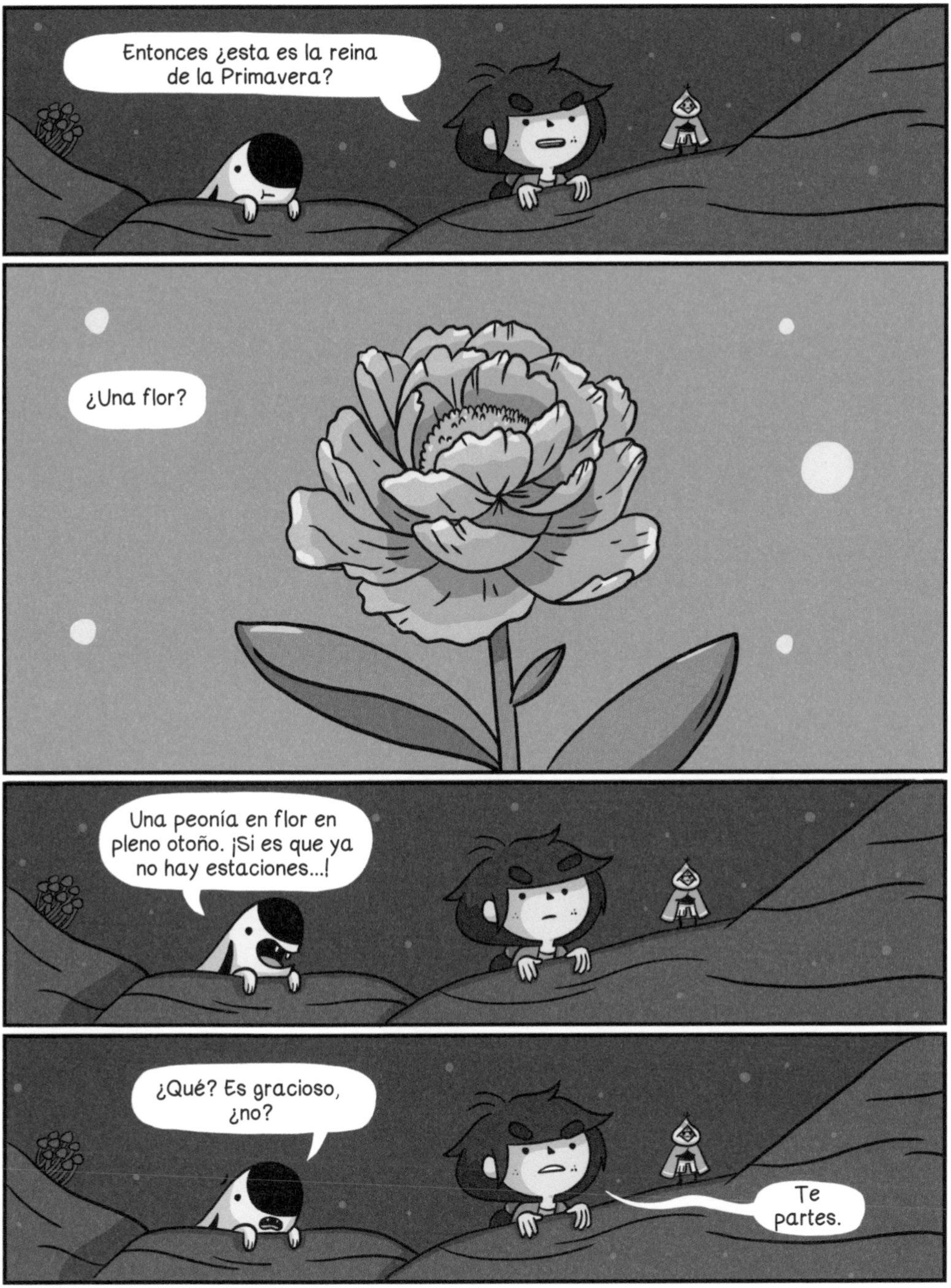
Entonces ¿esta es la reina de la Primavera?
¿Una flor?
Una peonía en flor en pleno otoño. ¡Si es que ya no hay estaciones...!
¿Qué? Es gracioso, ¿no?
Te partes.

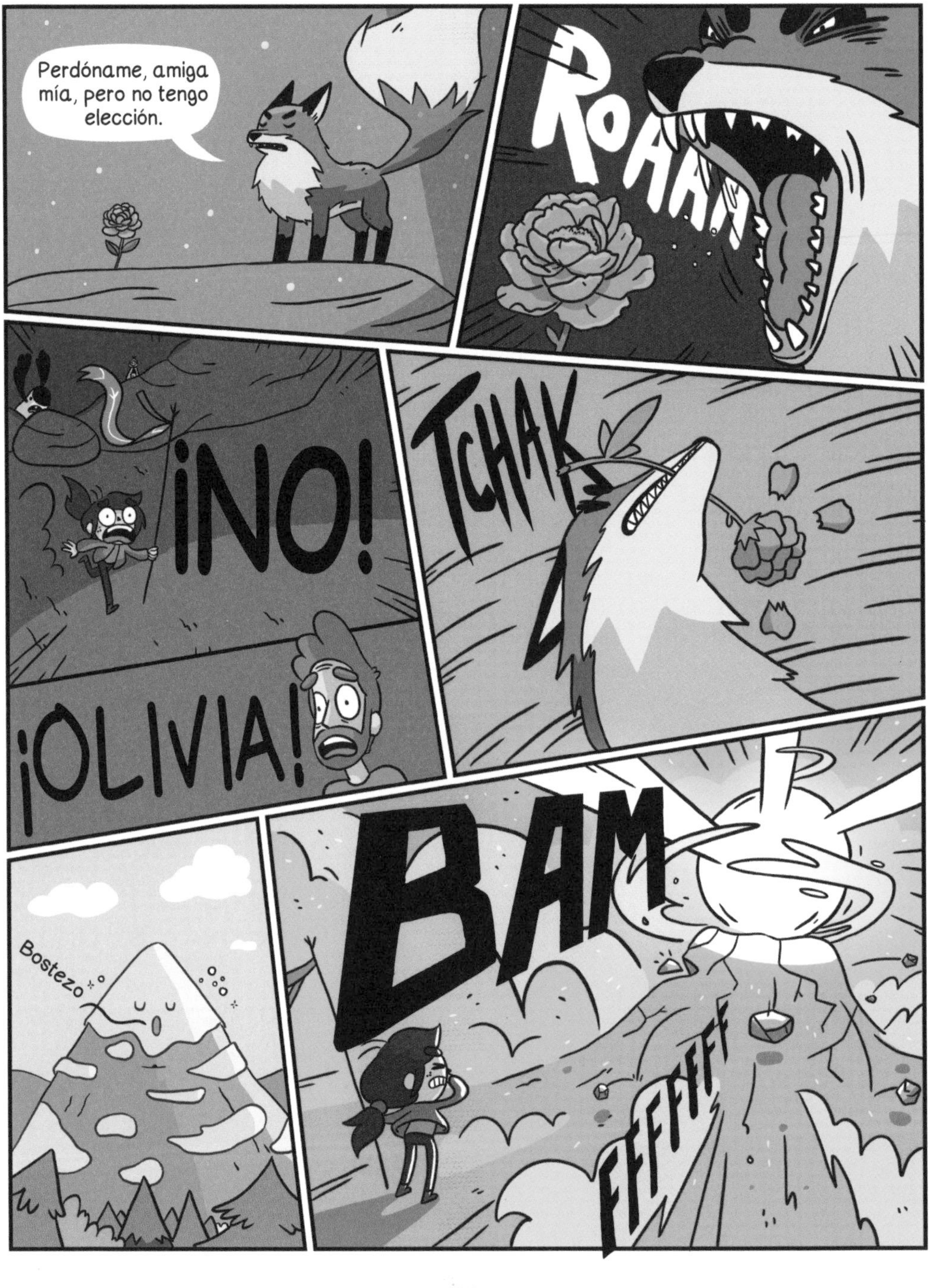
Perdóname, amiga mía, pero no tengo elección.
ROAAAH
¡NO!
¡OLIVIA!
TCHAK
Bostezo
BAM
FFFFFF

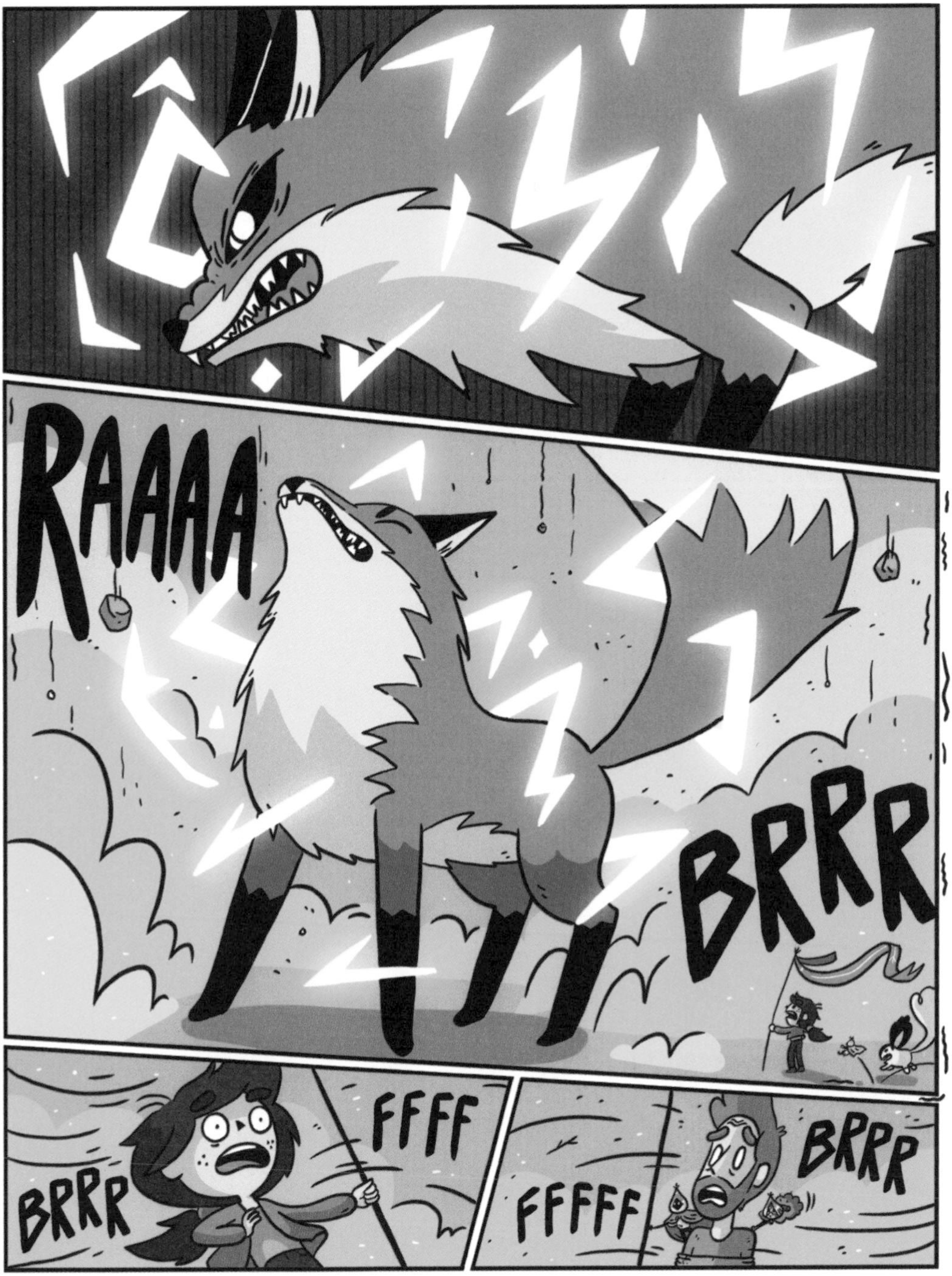
RAAAA
BRRR
FFFF
BRRR
FFFFF
BRRR

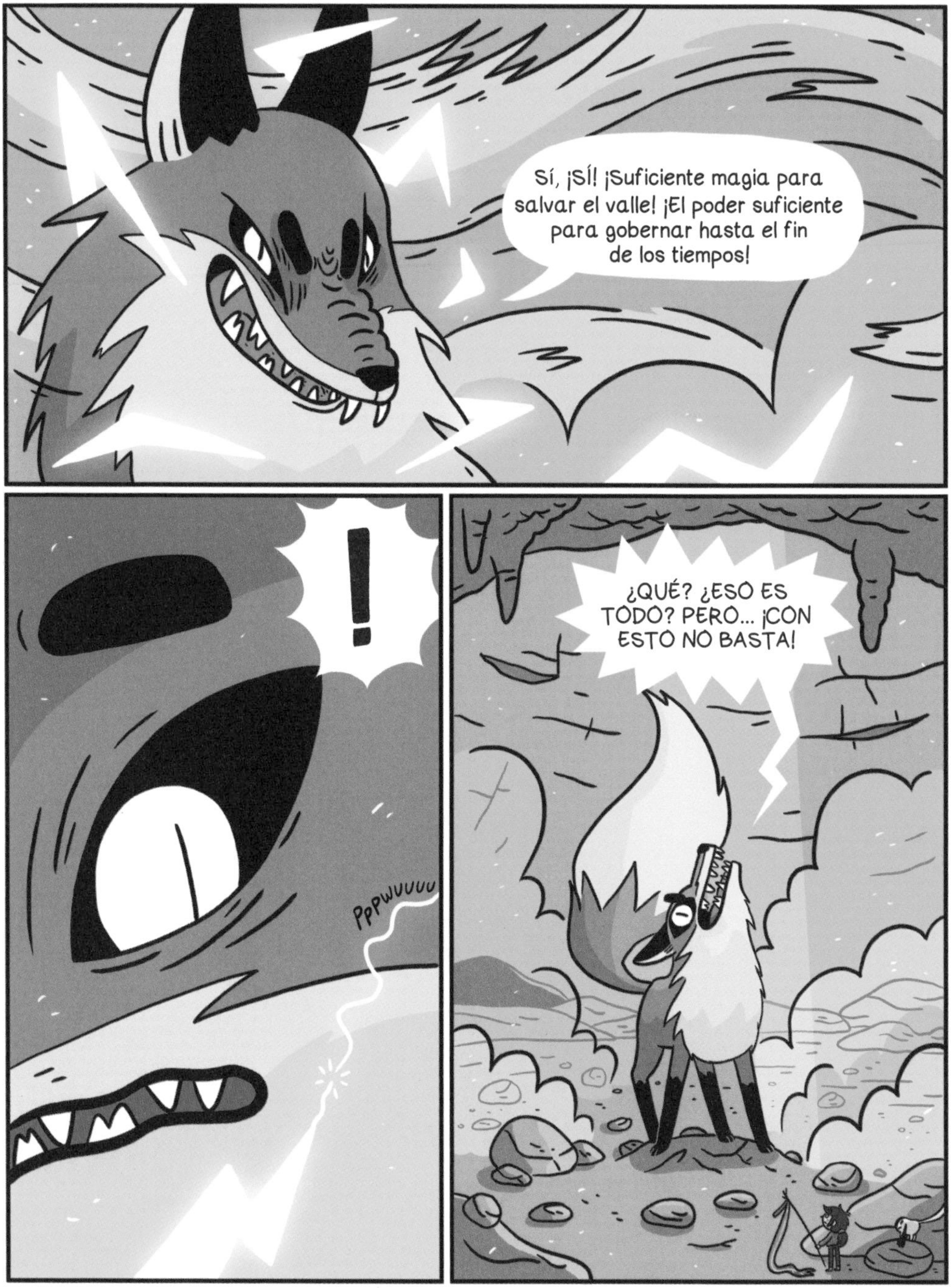
Sí, ¡SÍ! ¡Suficiente magia para salvar el valle! ¡El poder suficiente para gobernar hasta el fin de los tiempos!
!
PPPWUUUU
¿QUÉ? ¿ESO ES TODO? PERO... ¡CON ESTO NO BASTA!

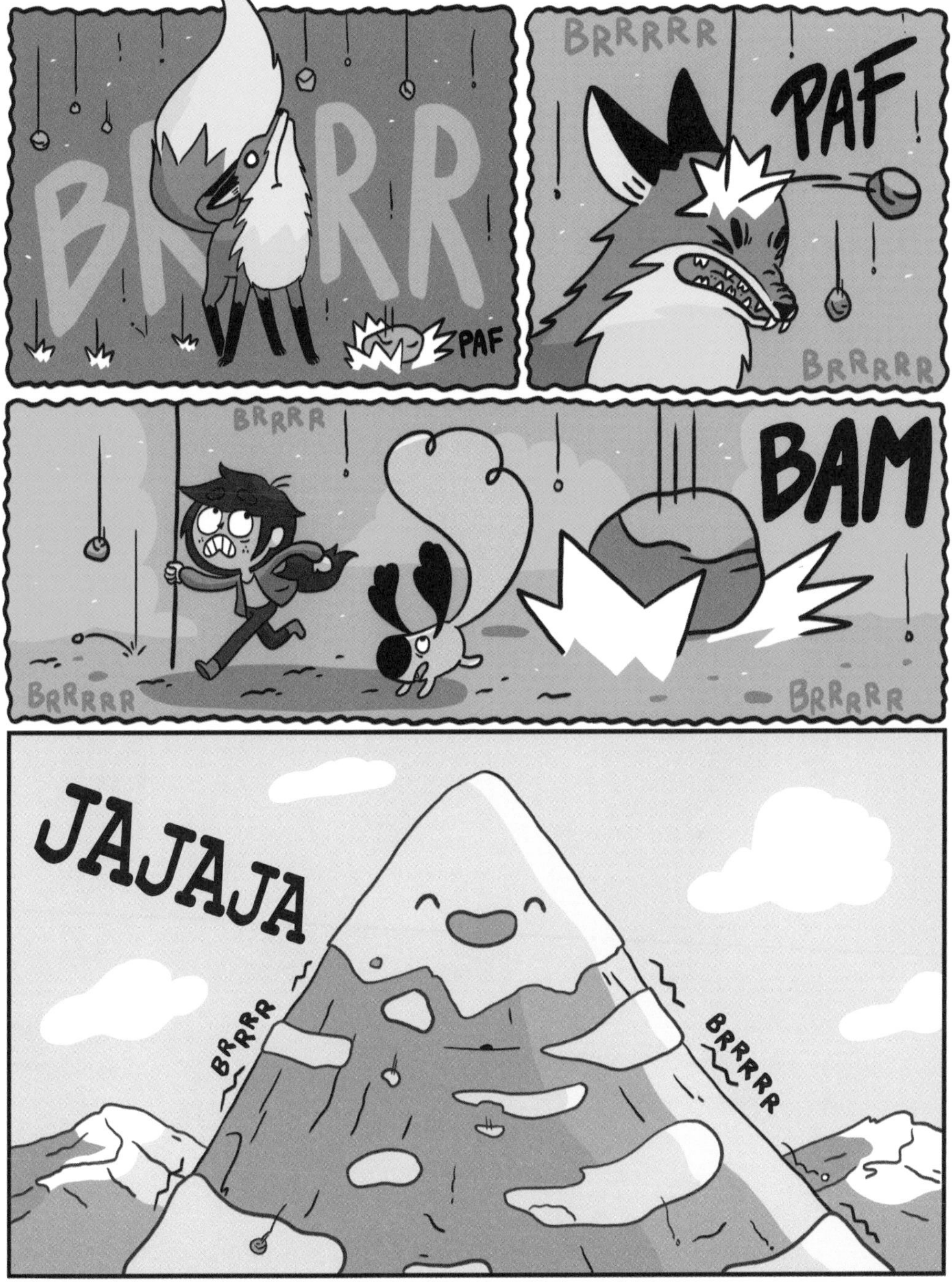
BRRR
PAF
BRRRRR
PAF
BRRRRR
BRRRR
BAM
BRRRRR
BRRRRR
JAJAJA
BRRRR
BRRRRRR

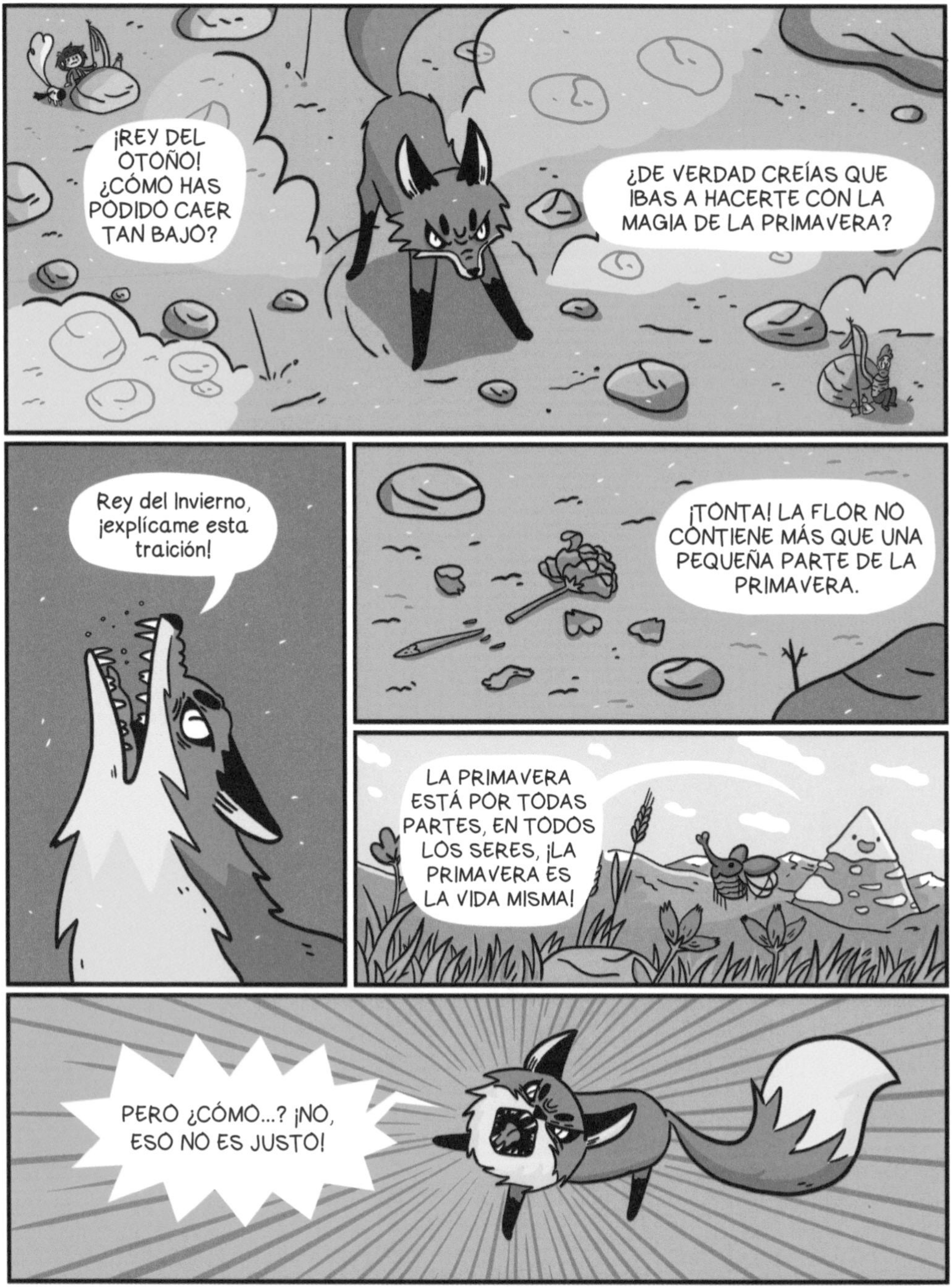
¡REY DEL OTOÑO! ¿CÓMO HAS PODIDO CAER TAN BAJO?
¿DE VERDAD CREÍAS QUE IBAS A HACERTE CON LA MAGIA DE LA PRIMAVERA?
Rey del Invierno, ¡explícame esta traición!
¡TONTA! LA FLOR NO CONTIENE MÁS QUE UNA PEQUEÑA PARTE DE LA PRIMAVERA.
LA PRIMAVERA ESTÁ POR TODAS PARTES, EN TODOS LOS SERES, ¡LA PRIMAVERA ES LA VIDA MISMA!
PERO ¿CÓMO...? ¡NO, ESO NO ES JUSTO!

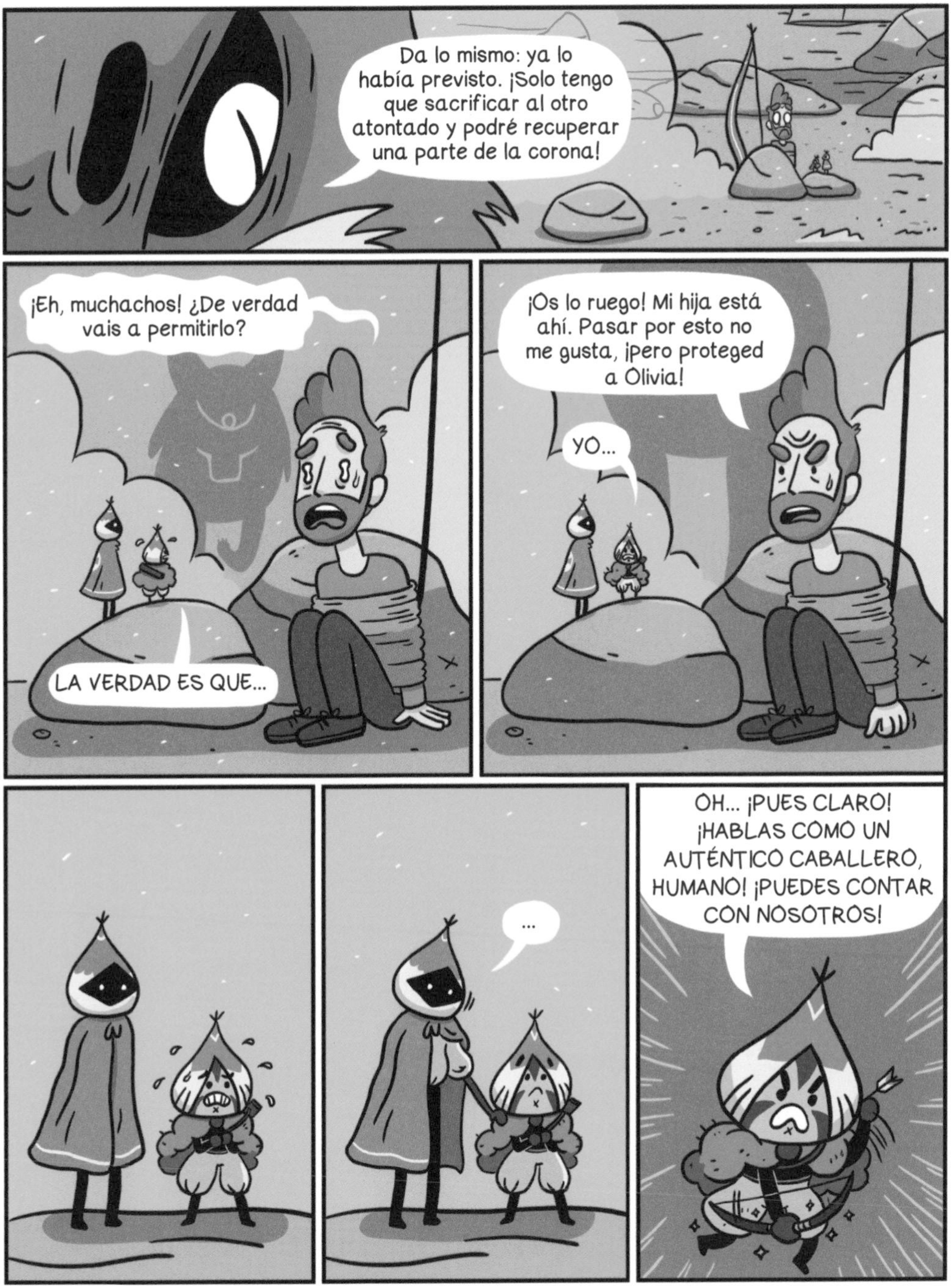
Da lo mismo: ya lo había previsto. ¡Solo tengo que sacrificar al otro atontado y podré recuperar una parte de la corona!
¡Eh, muchachos! ¿De verdad vais a permitirlo?
LA VERDAD ES QUE...
¡Os lo ruego! Mi hija está ahí. Pasar por esto no me gusta, ¡pero proteged a Olivia!
YO...
...
OH... ¡PUES CLARO! ¡HABLAS COMO UN AUTÉNTICO CABALLERO, HUMANO! ¡PUEDES CONTAR CON NOSOTROS!

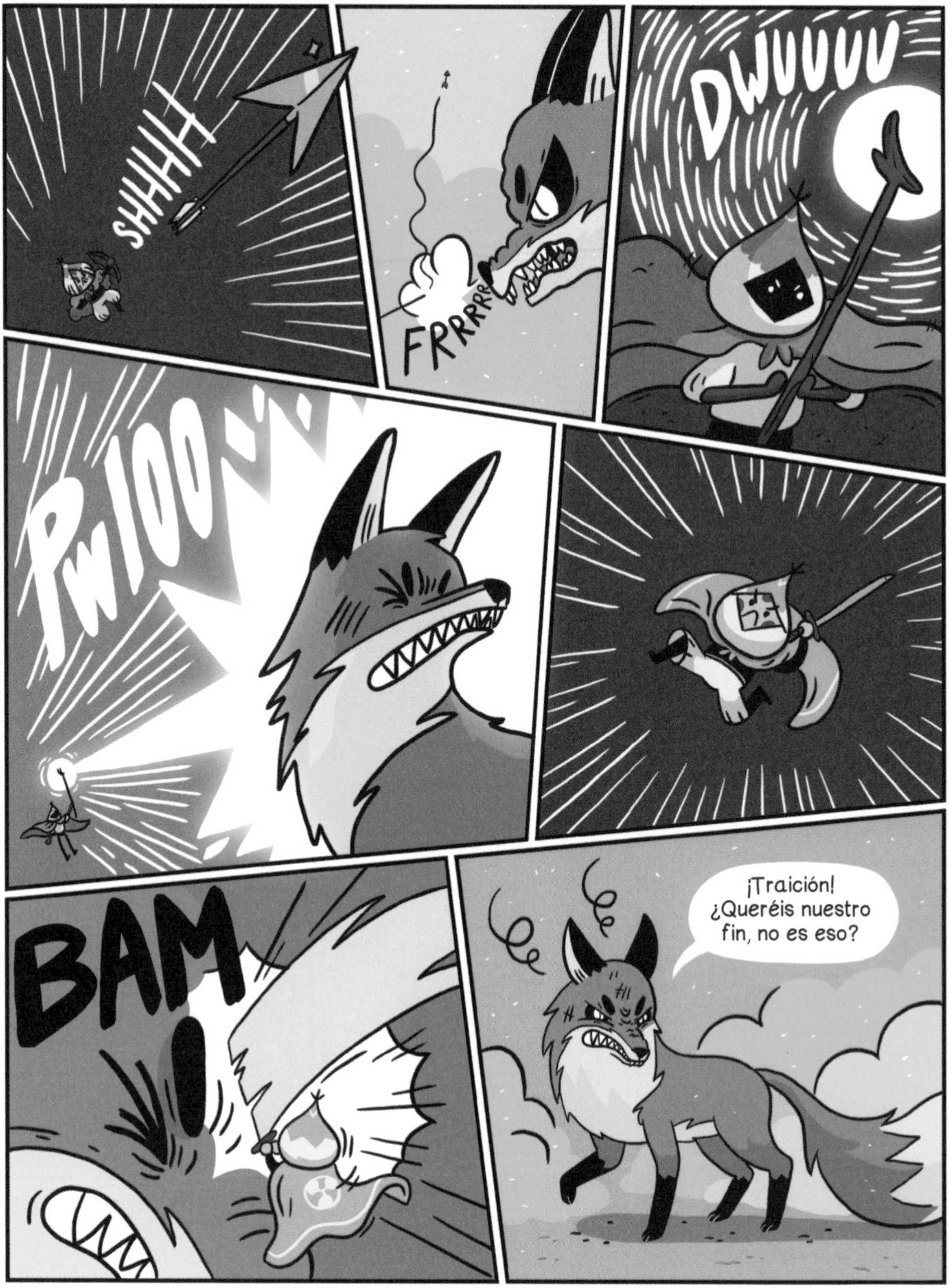
SHHHH
FRRRRR
DWUUUU
PWIOO
BAM
¡Traición!
¿Queréis nuestro fin, no es eso?

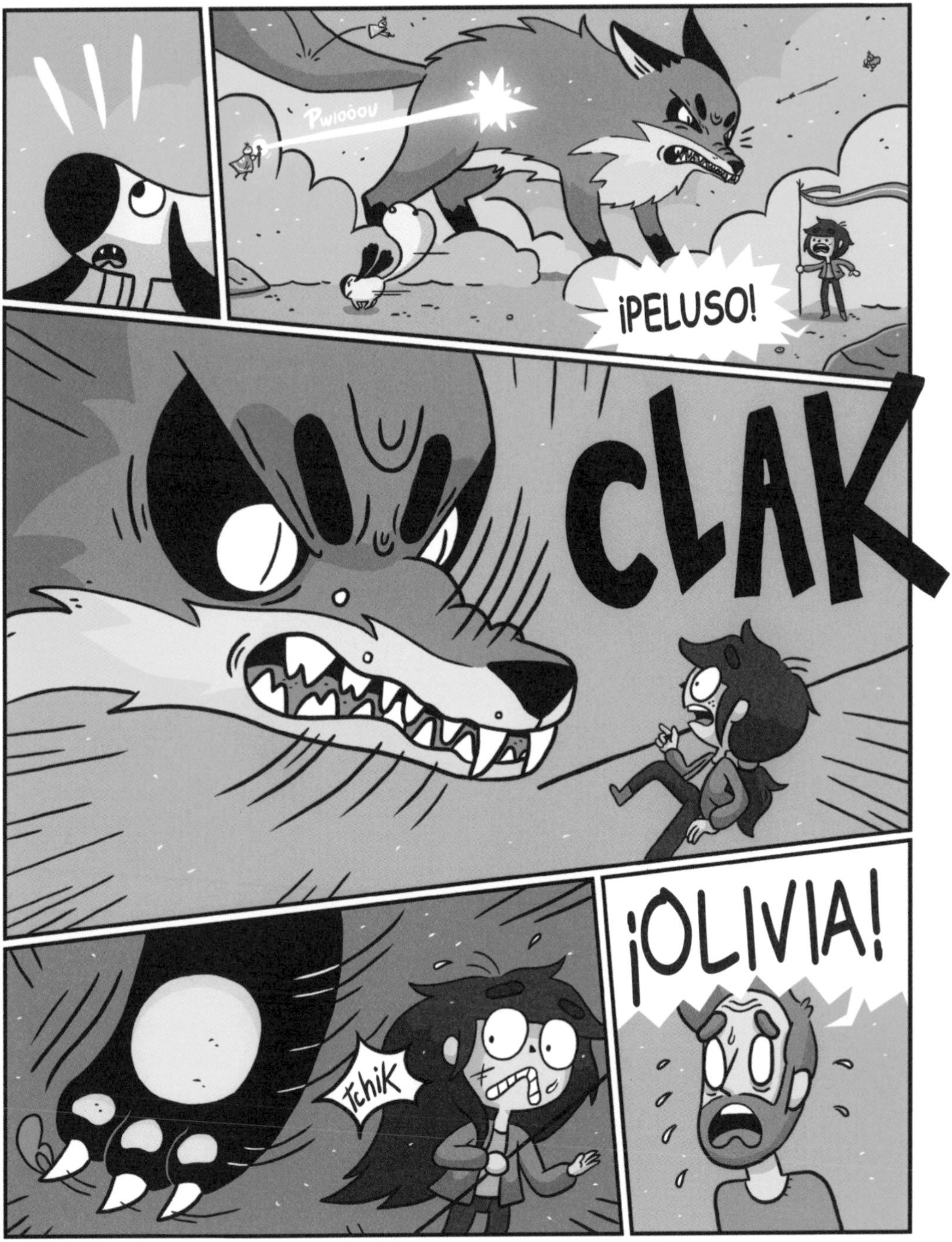

PWIOOOU
¡PELUSO!
CLAK
¡OLIVIA!
TCHIK

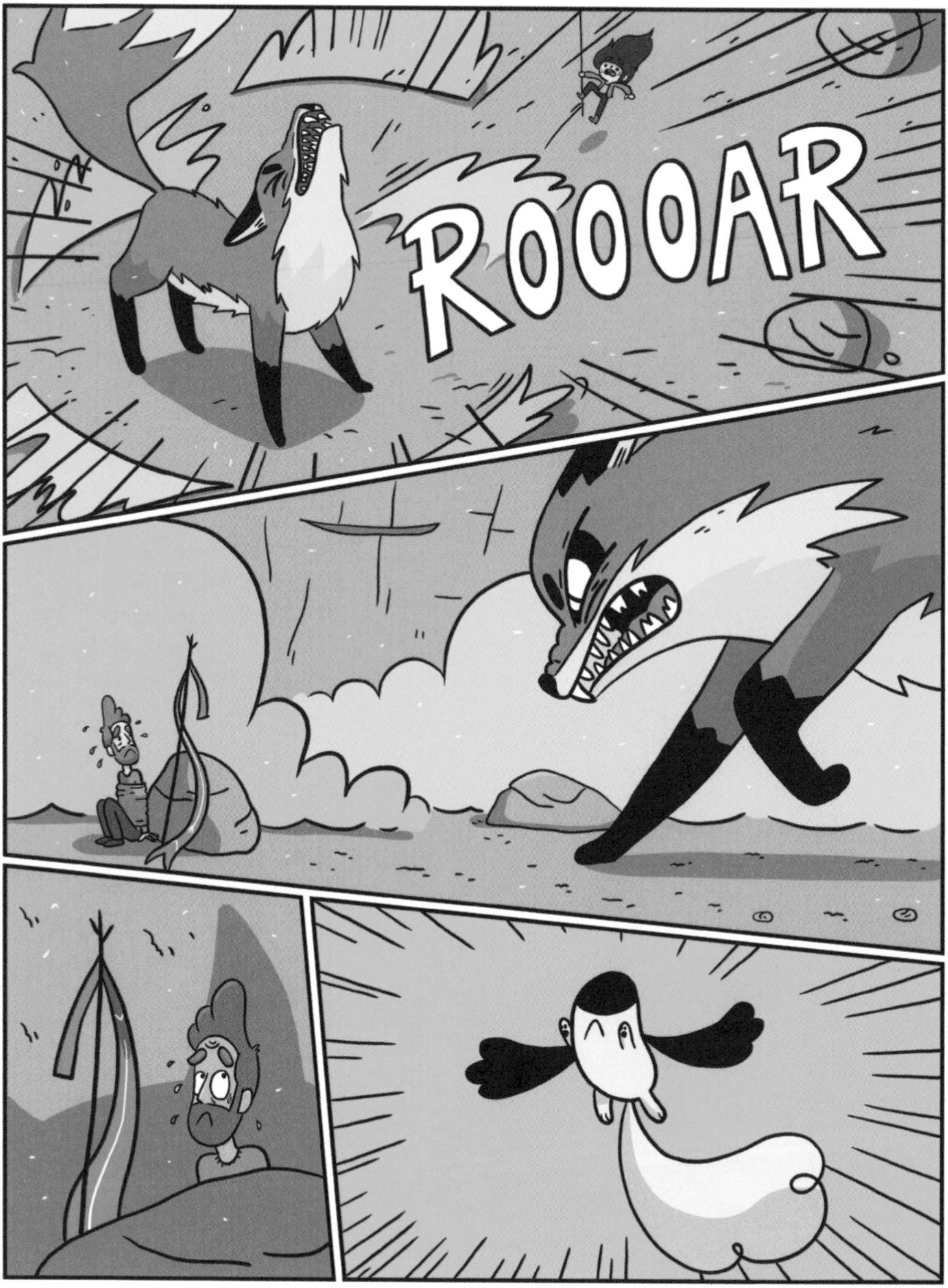
ROOOAR

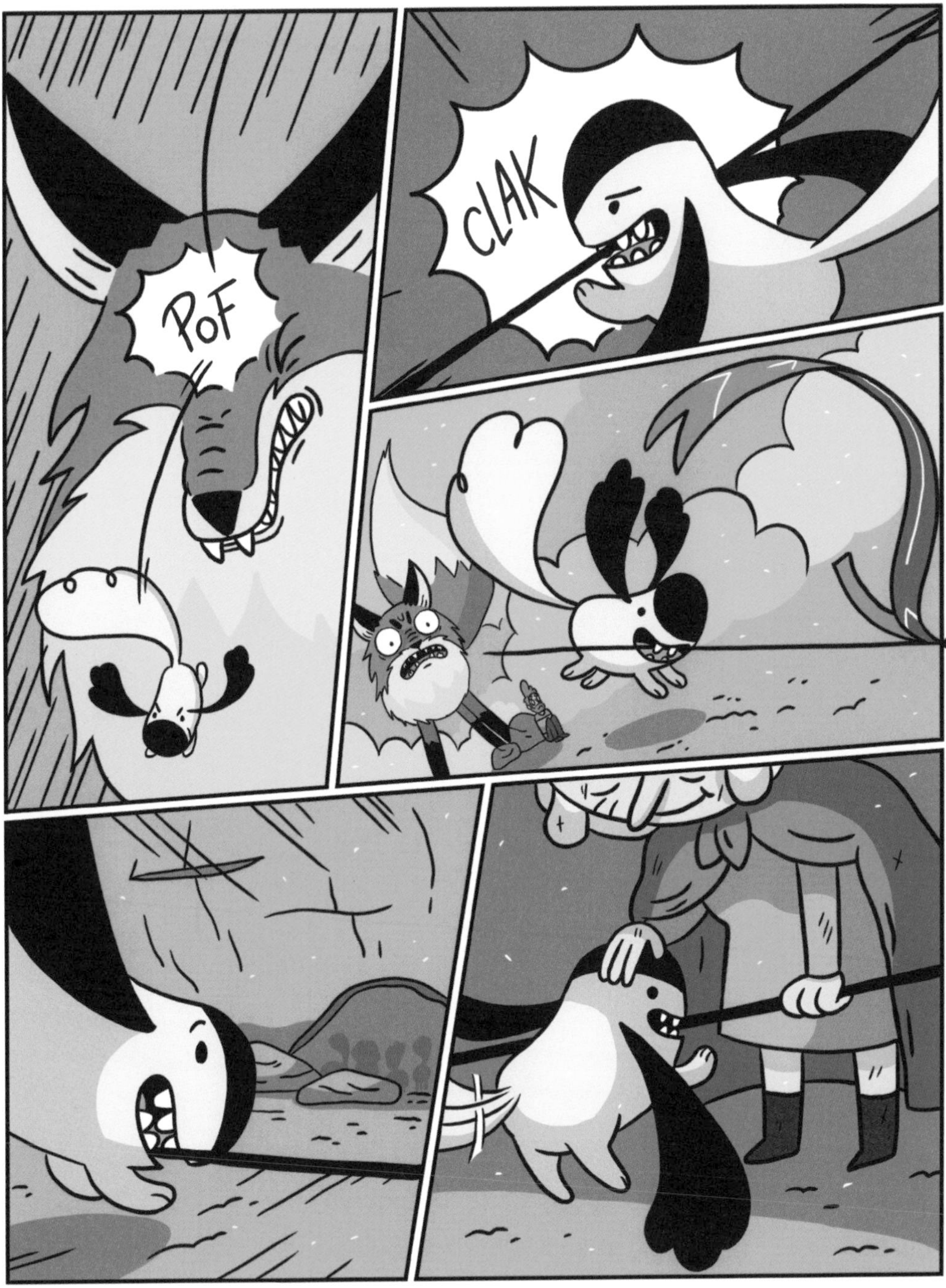
PoF
ClAK

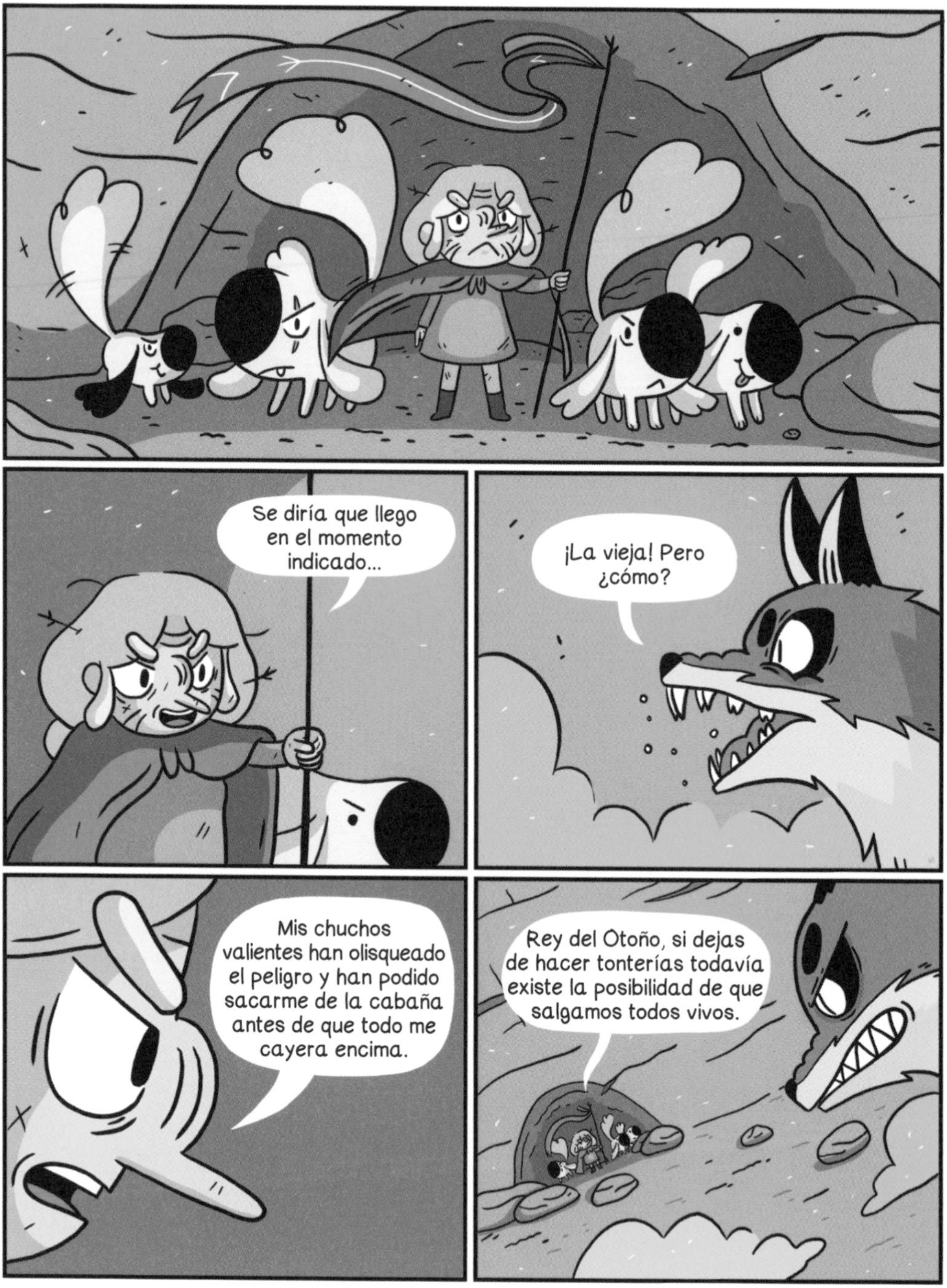
Se diría que llego en el momento indicado...
¡La vieja! Pero ¿cómo?
Mis chuchos valientes han olisqueado el peligro y han podido sacarme de la cabaña antes de que todo me cayera encima.
Rey del Otoño, si dejas de hacer tonterías todavía existe la posibilidad de que salgamos todos vivos.

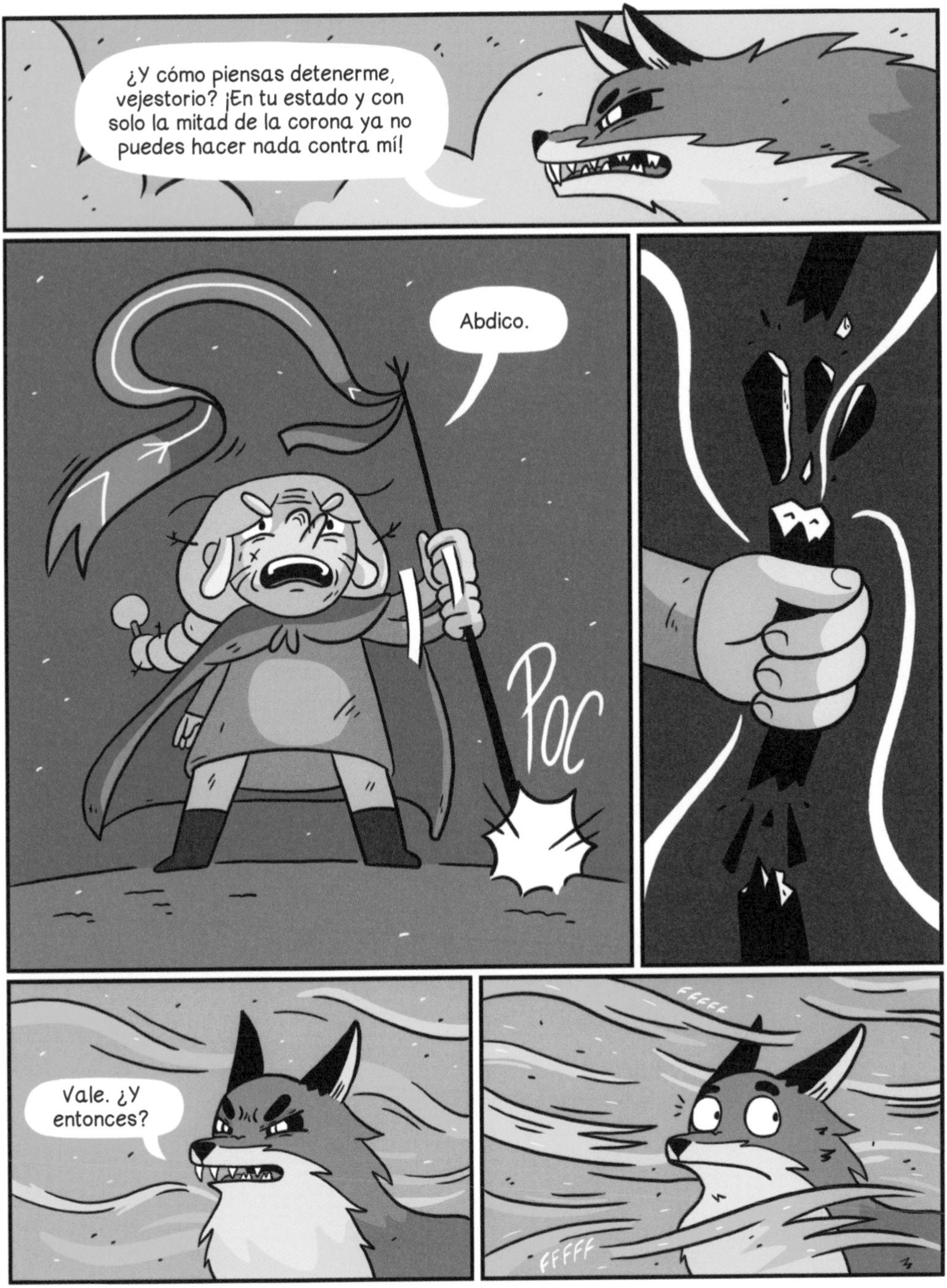
¿Y cómo piensas detenerme, vejestorio? ¡En tu estado y con solo la mitad de la corona ya no puedes hacer nada contra mí!
Abdico.
POC
Vale. ¿Y entonces?
FFFFF
FFFFF

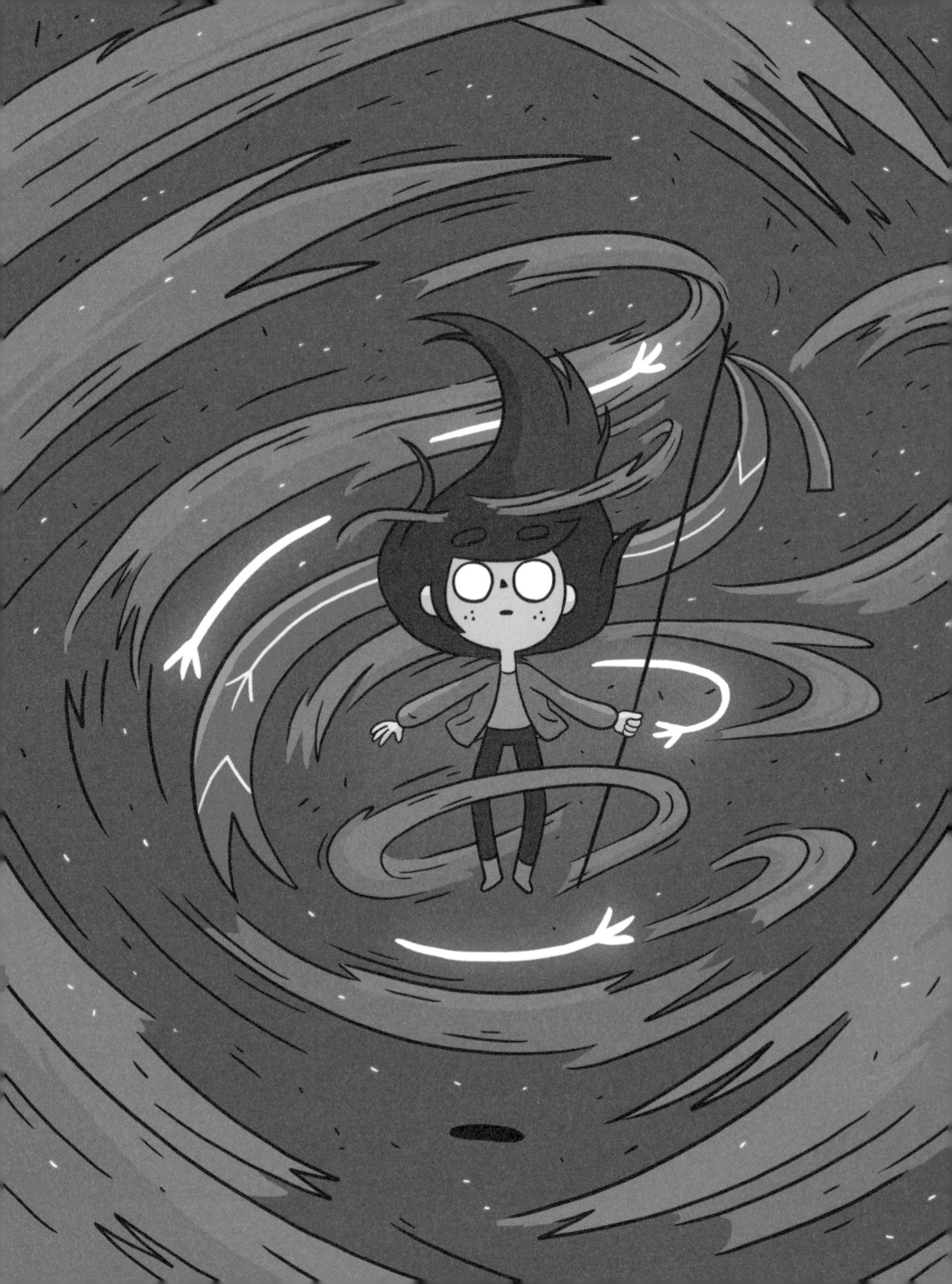

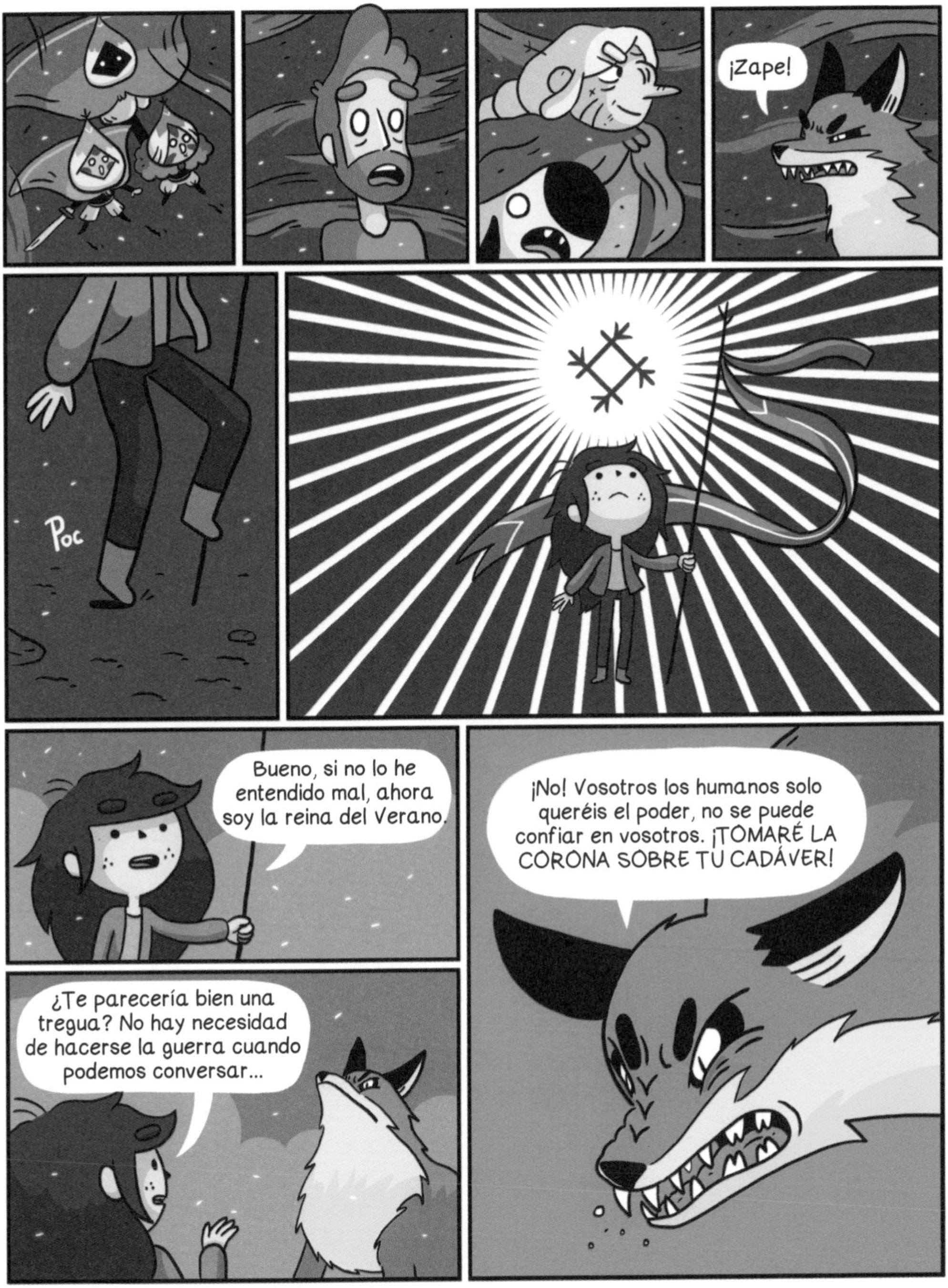
¡Zape!
Poc
Bueno, si no lo he entendido mal, ahora soy la reina del Verano.
¿Te parecería bien una tregua? No hay necesidad de hacerse la guerra cuando podemos conversar...
¡No! Vosotros los humanos solo queréis el poder, no se puede confiar en vosotros. ¡TOMARÉ LA CORONA SOBRE TU CADÁVER!

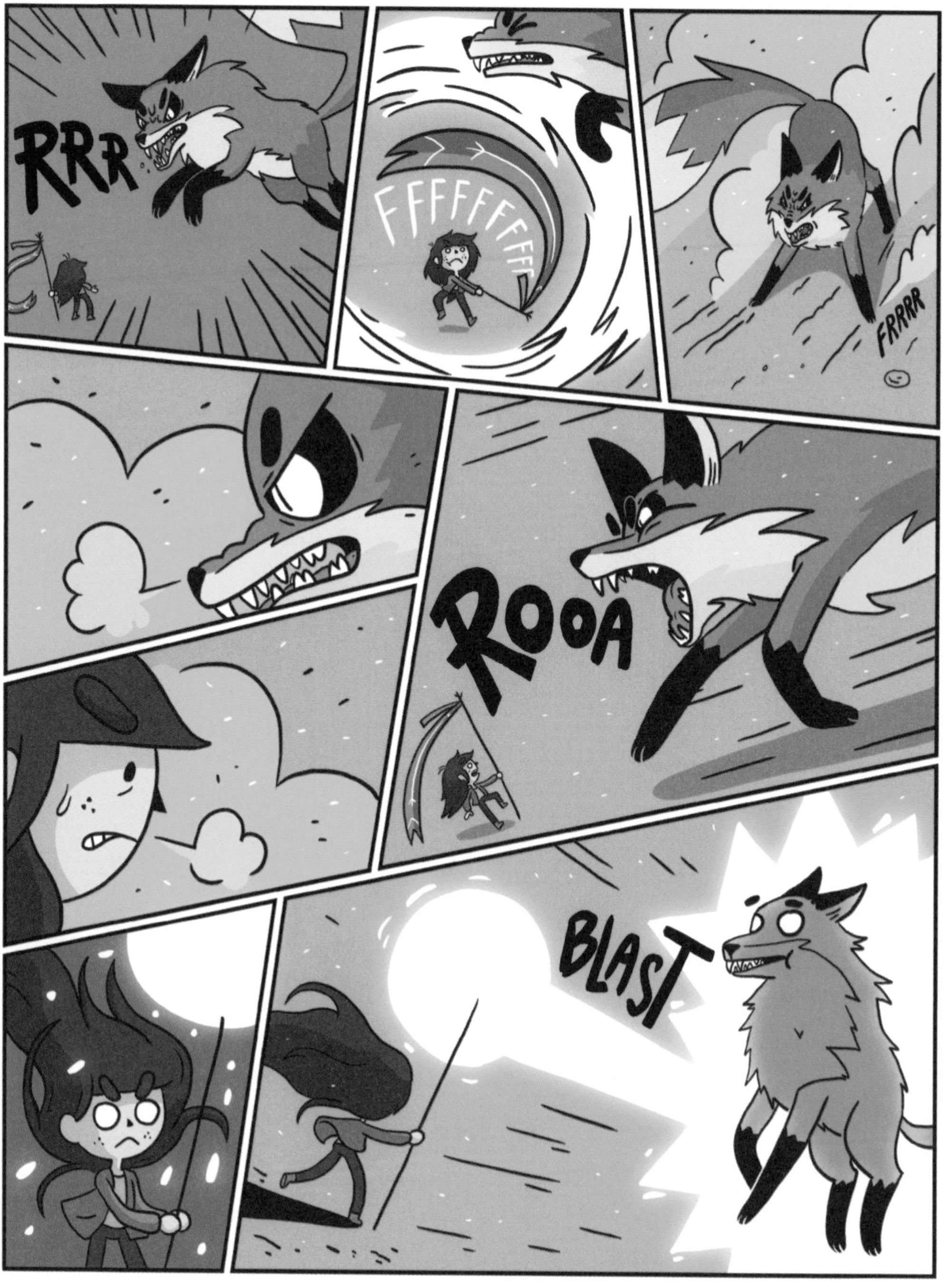
RRR
FFFFFFFFFFF
FRRRR
ROOA
BLAST

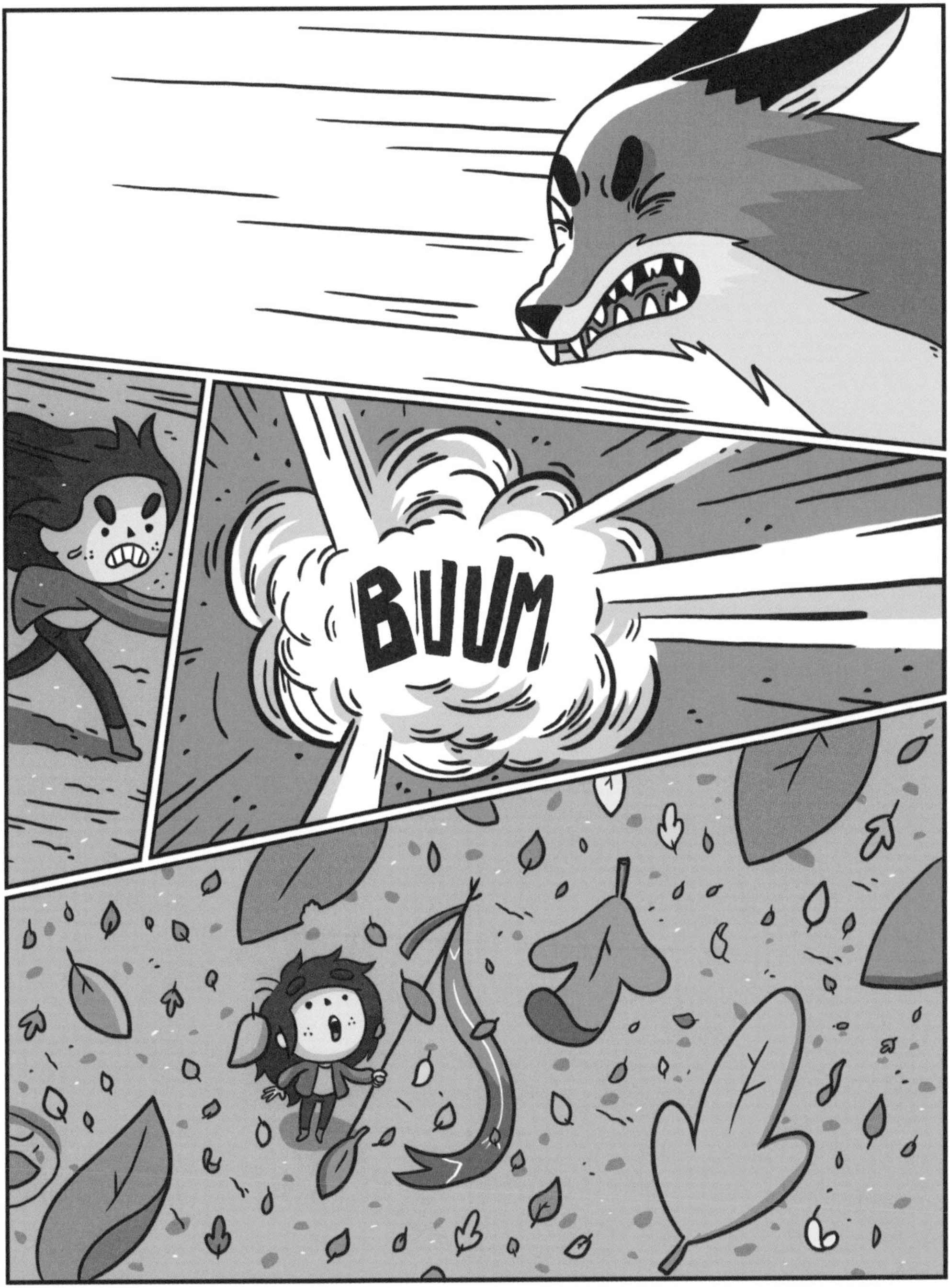
BUUM

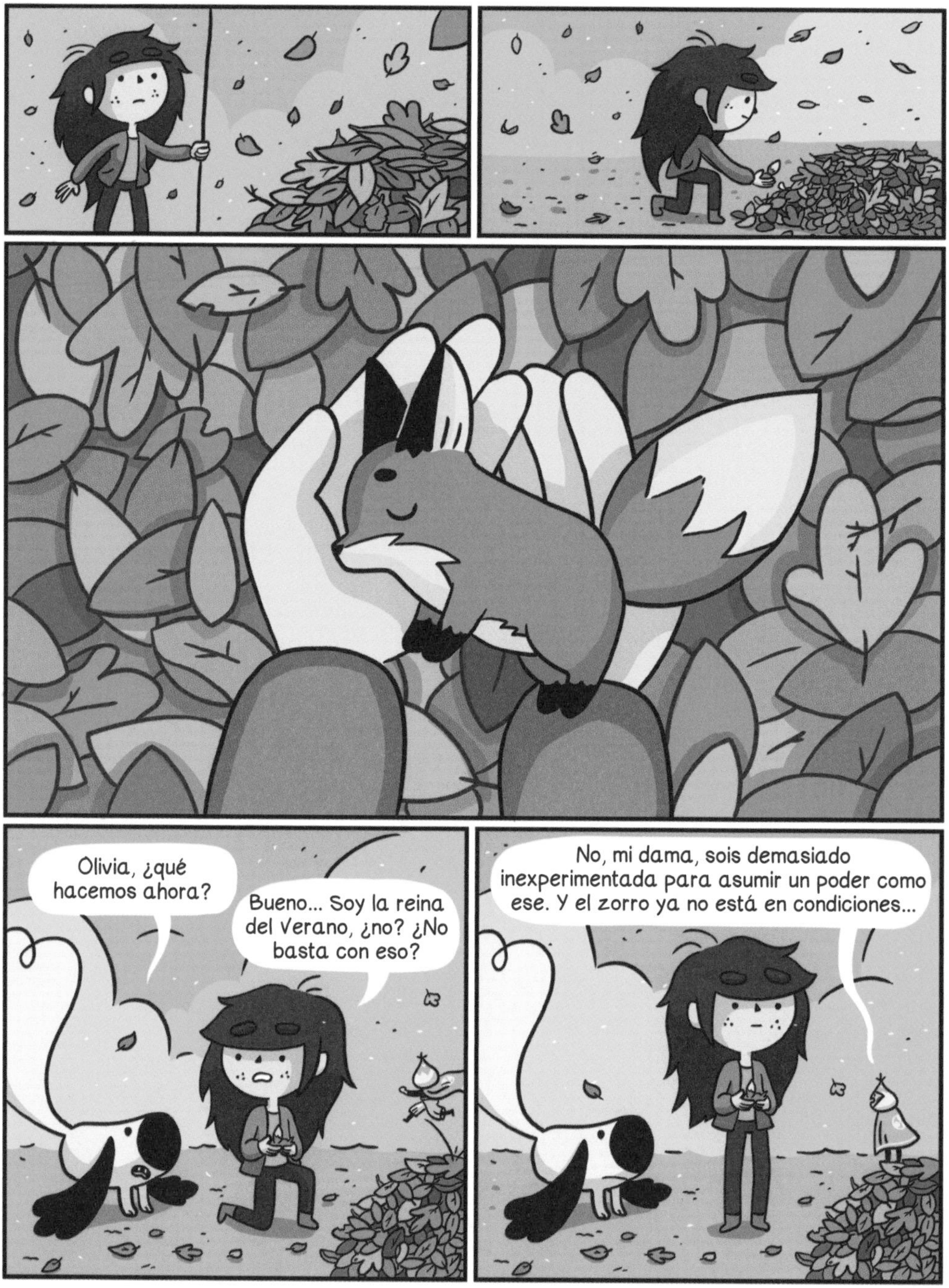
Olivia, ¿qué hacemos ahora?
Bueno... Soy la reina del Verano, ¿no? ¿No basta con eso?
No, mi dama, sois demasiado inexperimentada para asumir un poder como ese. Y el zorro ya no está en condiciones...

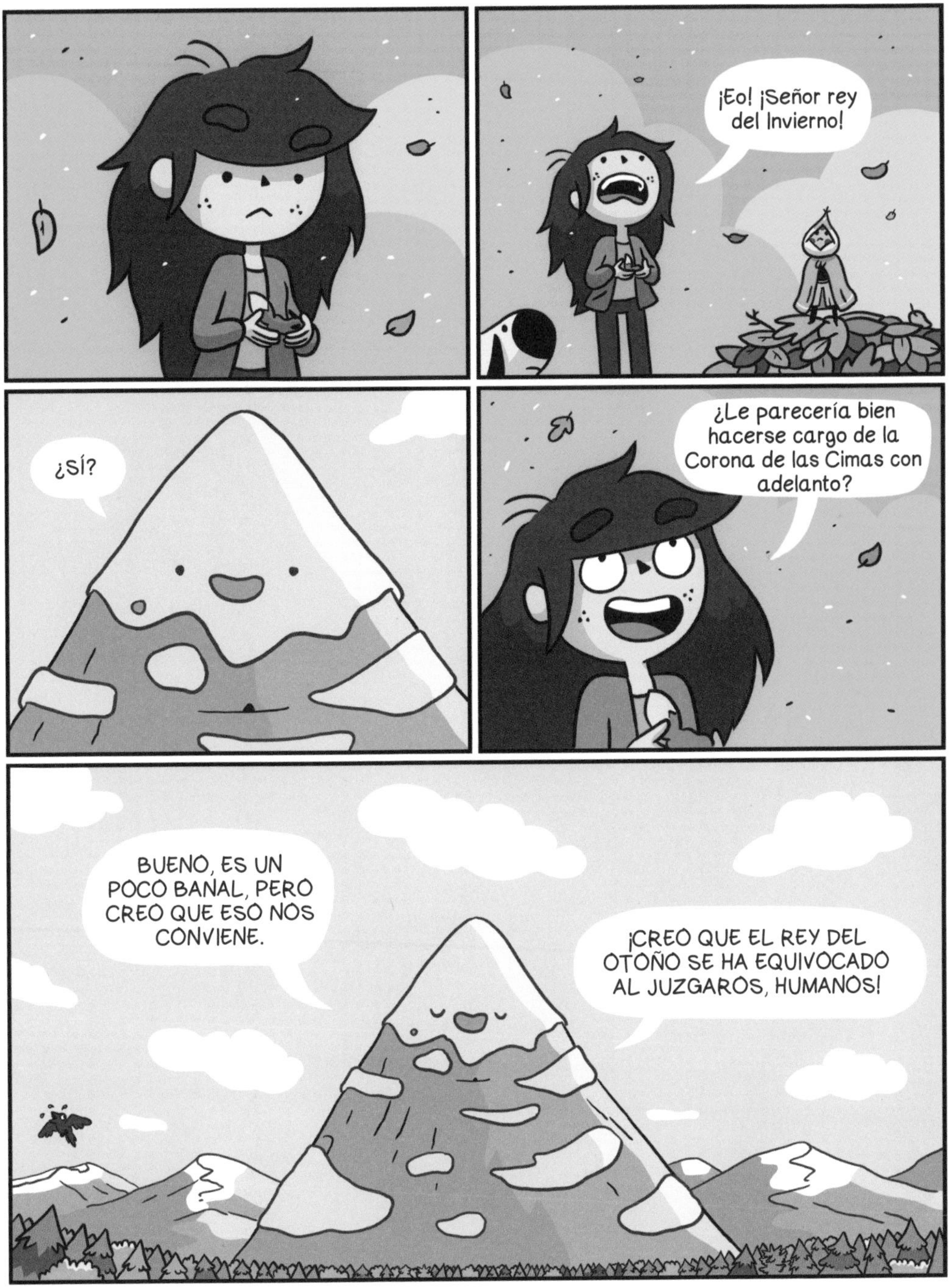
¡Eo! ¡Señor rey del Invierno!
¿SÍ?
¿Le parecería bien hacerse cargo de la Corona de las Cimas con adelanto?
BUENO, ES UN POCO BANAL, PERO CREO QUE ESO NOS CONVIENE.
¡CREO QUE EL REY DEL OTOÑO SE HA EQUIVOCADO AL JUZGAROS, HUMANOS!

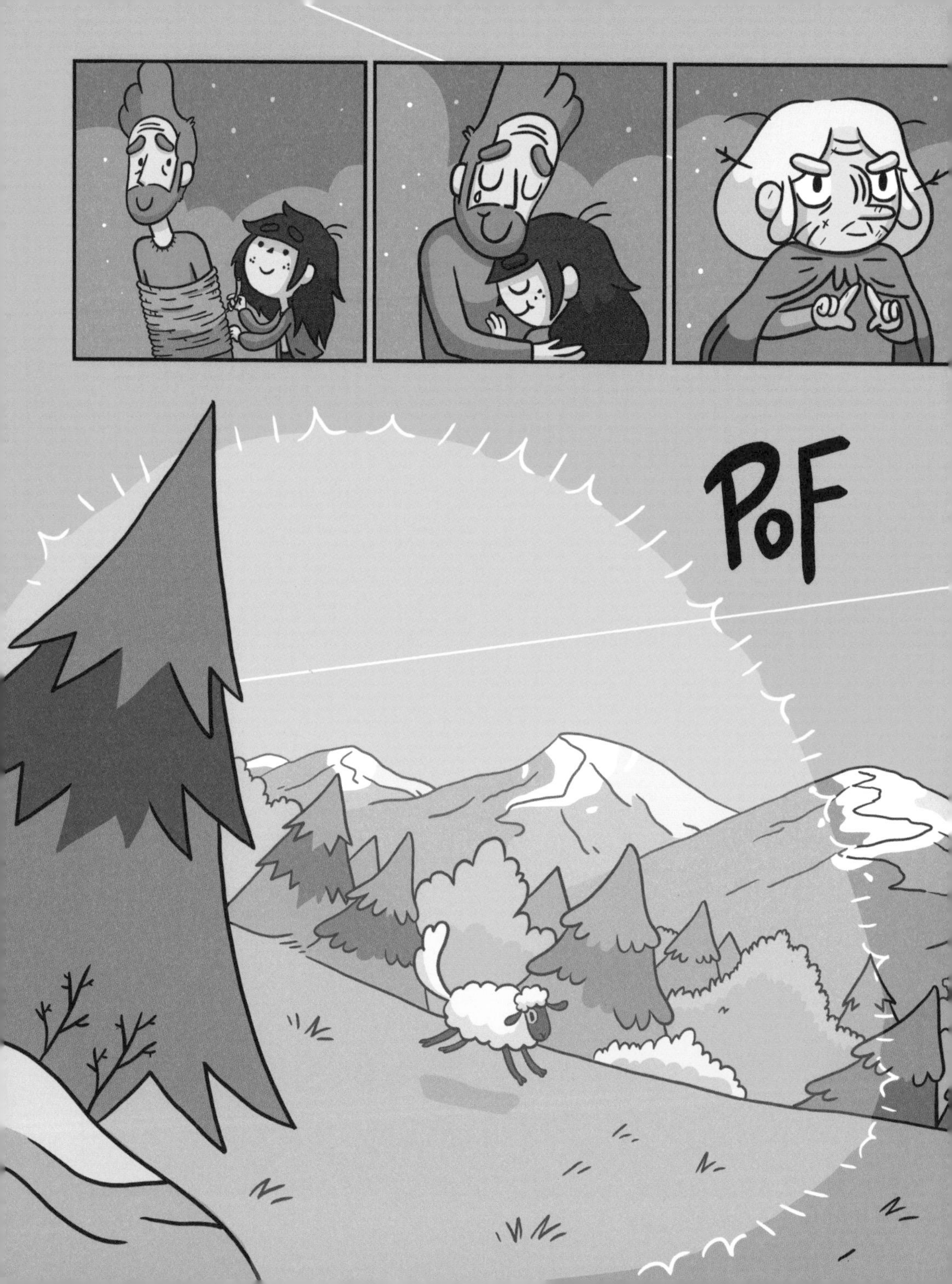
PoF

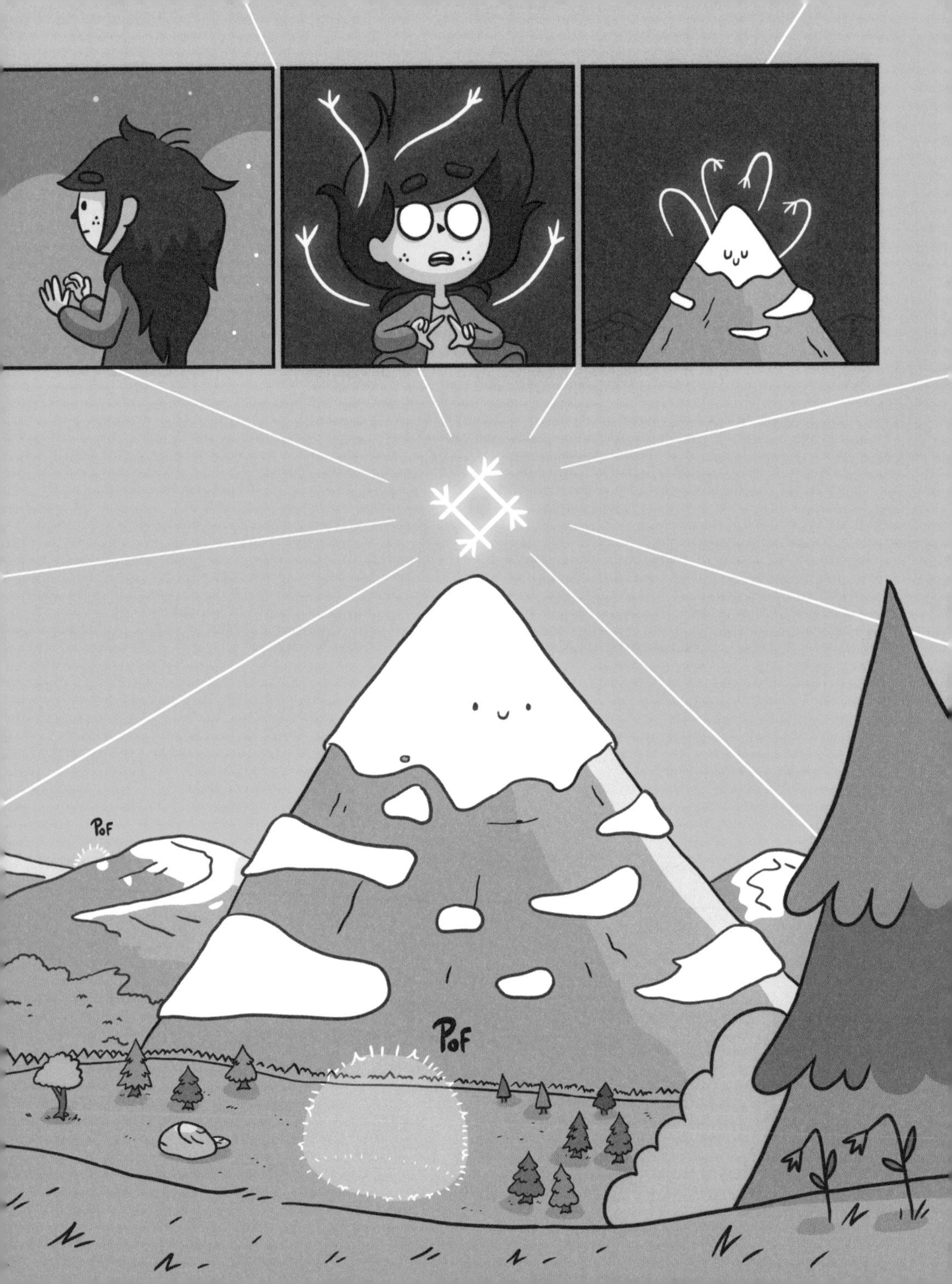
POF
POF

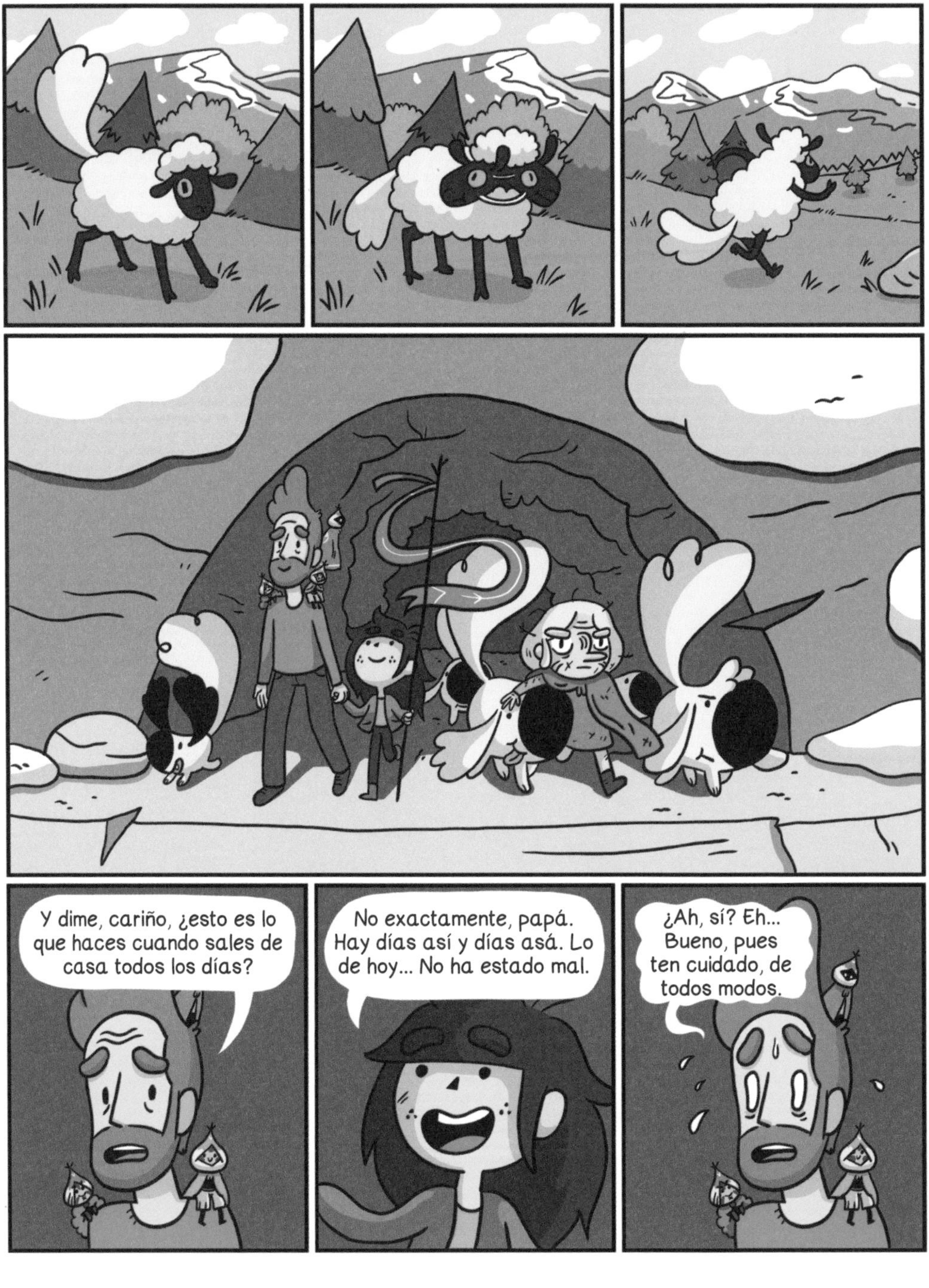
Y dime, cariño, ¿esto es lo que haces cuando sales de casa todos los días?
No exactamente, papá. Hay días así y días asá. Lo de hoy... No ha estado mal.
¿Ah, sí? Eh... Bueno, pues ten cuidado, de todos modos.

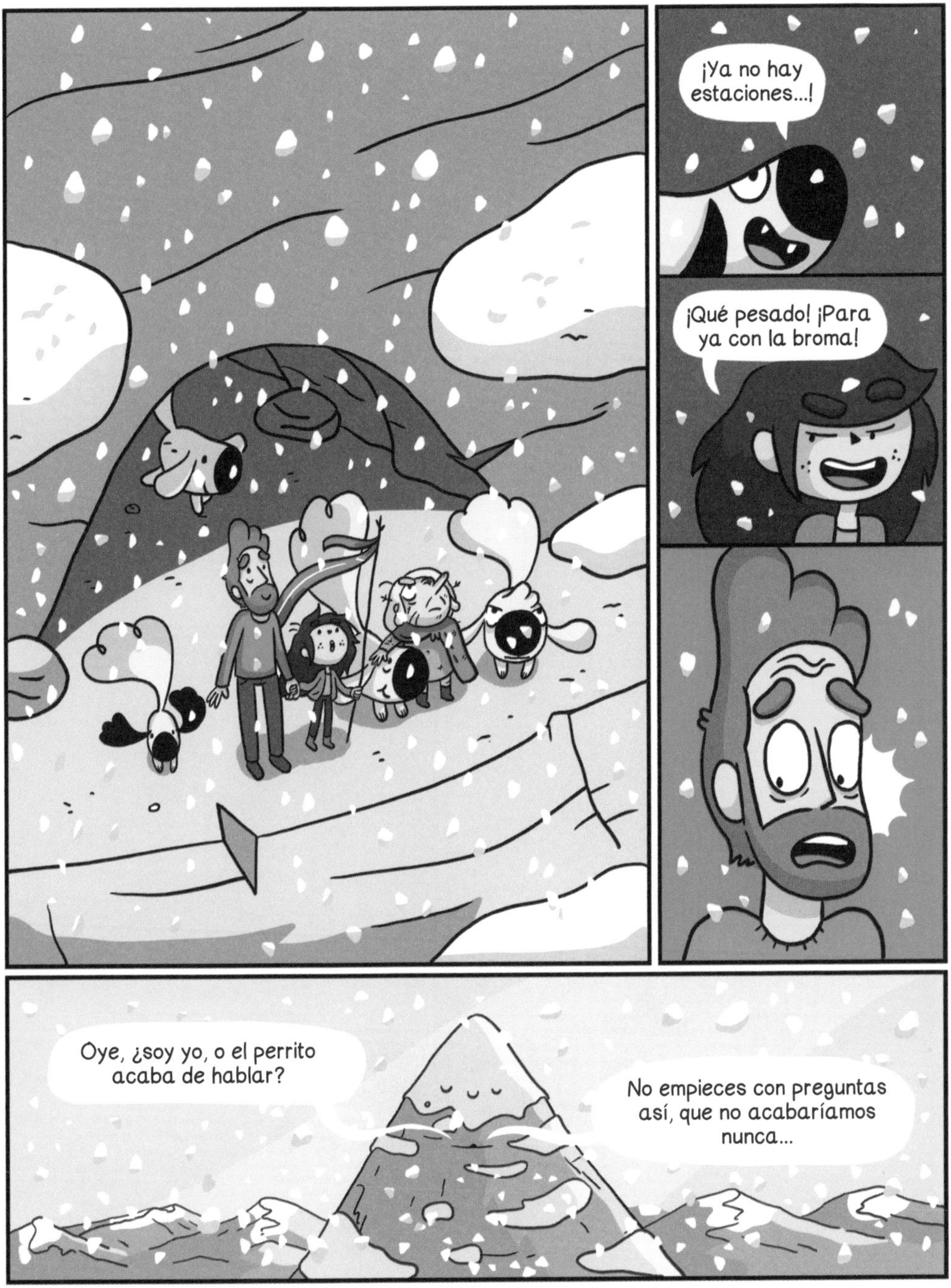
¡Ya no hay estaciones...!
¡Qué pesado! ¡Para ya con la broma!
Oye, ¿soy yo, o el perrito acaba de hablar?
No empieces con preguntas así, que no acabaríamos nunca...

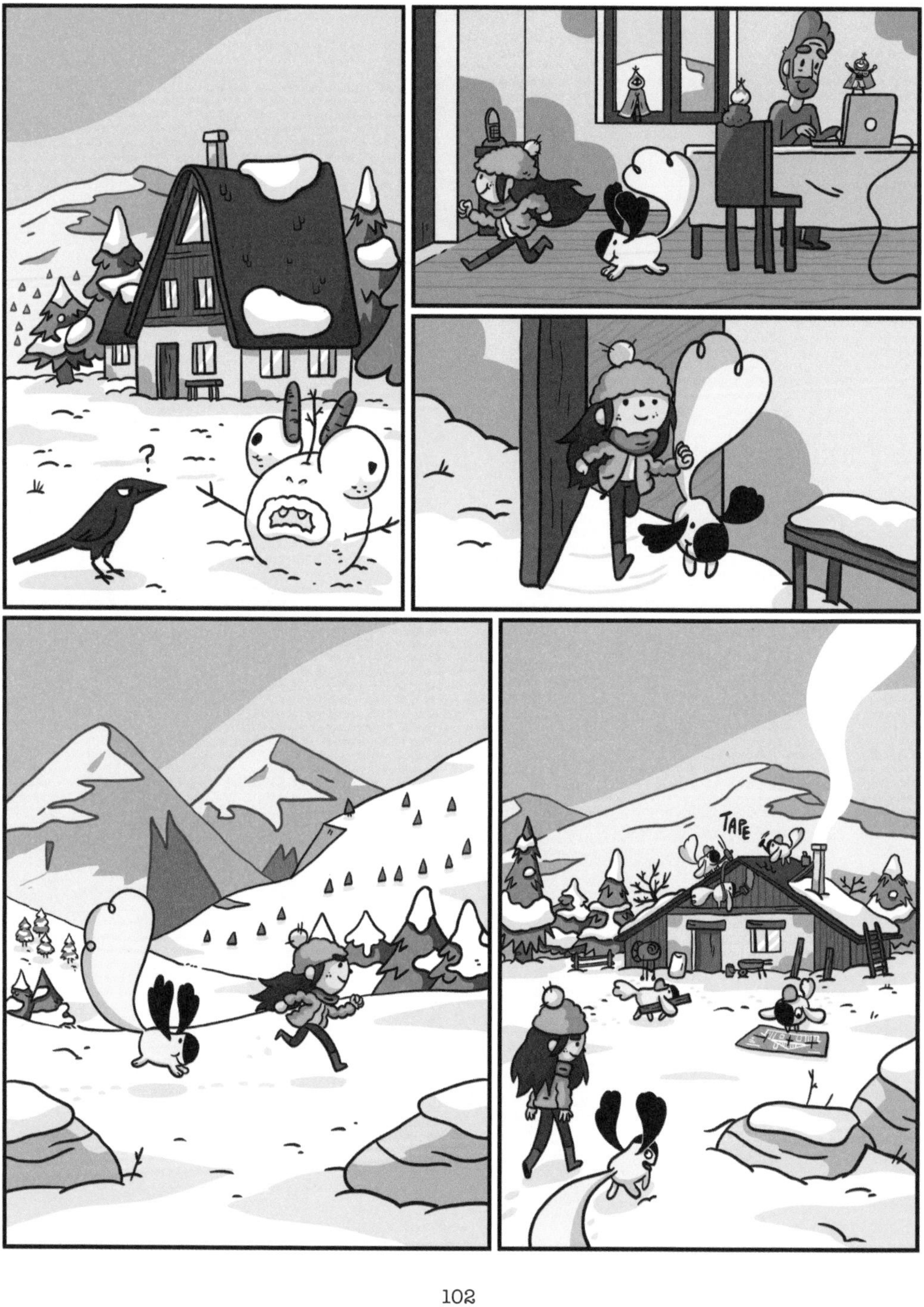
?
TAPE

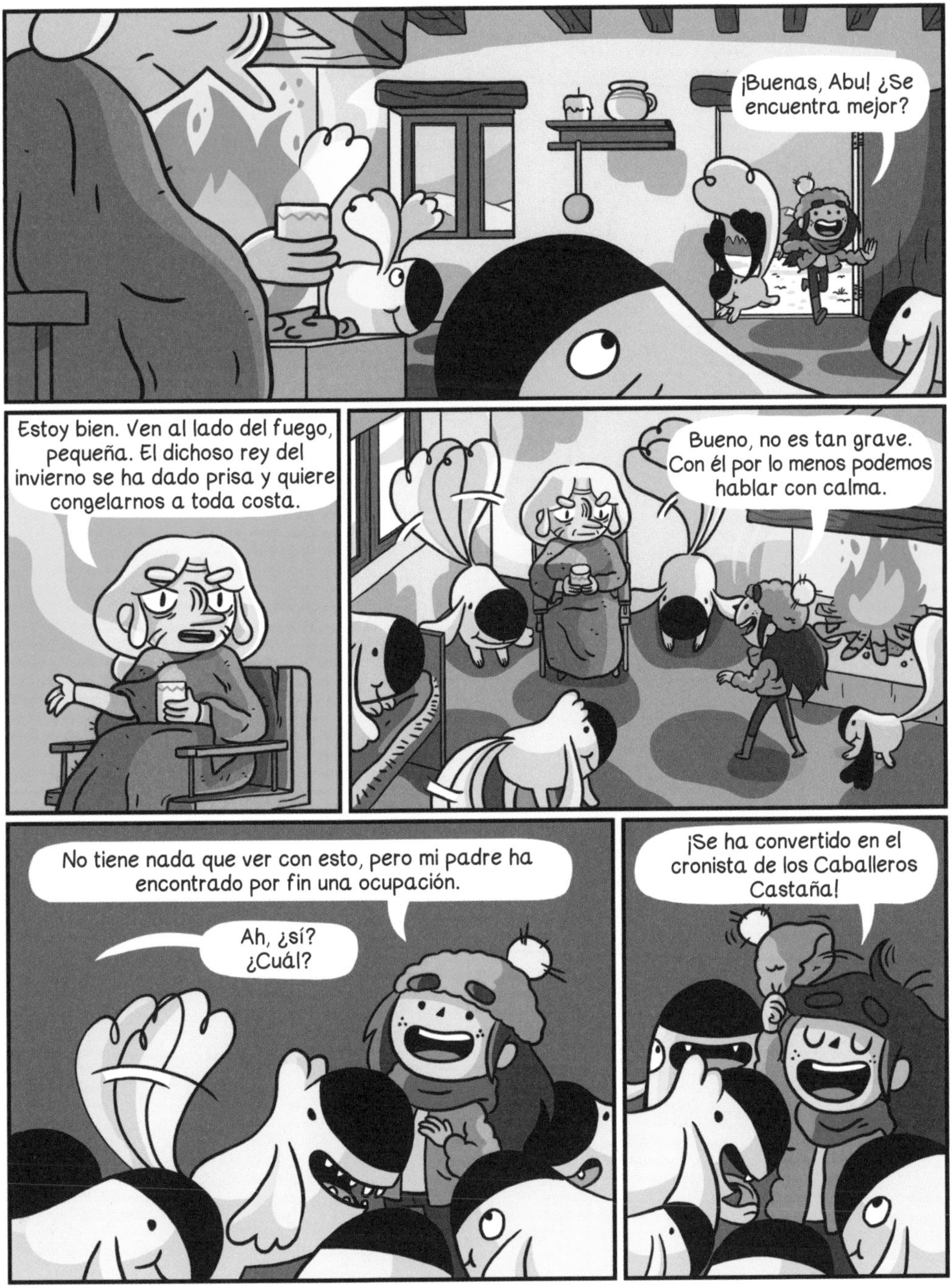
¡Buenas, Abu! ¿Se encuentra mejor?
Estoy bien. Ven al lado del fuego, pequeña. El dichoso rey del invierno se ha dado prisa y quiere congelarnos a toda costa.
Bueno, no es tan grave. Con él por lo menos podemos hablar con calma.
No tiene nada que ver con esto, pero mi padre ha encontrado por fin una ocupación.
Ah, ¿sí? ¿Cuál?
¡Se ha convertido en el cronista de los Caballeros Castaña!

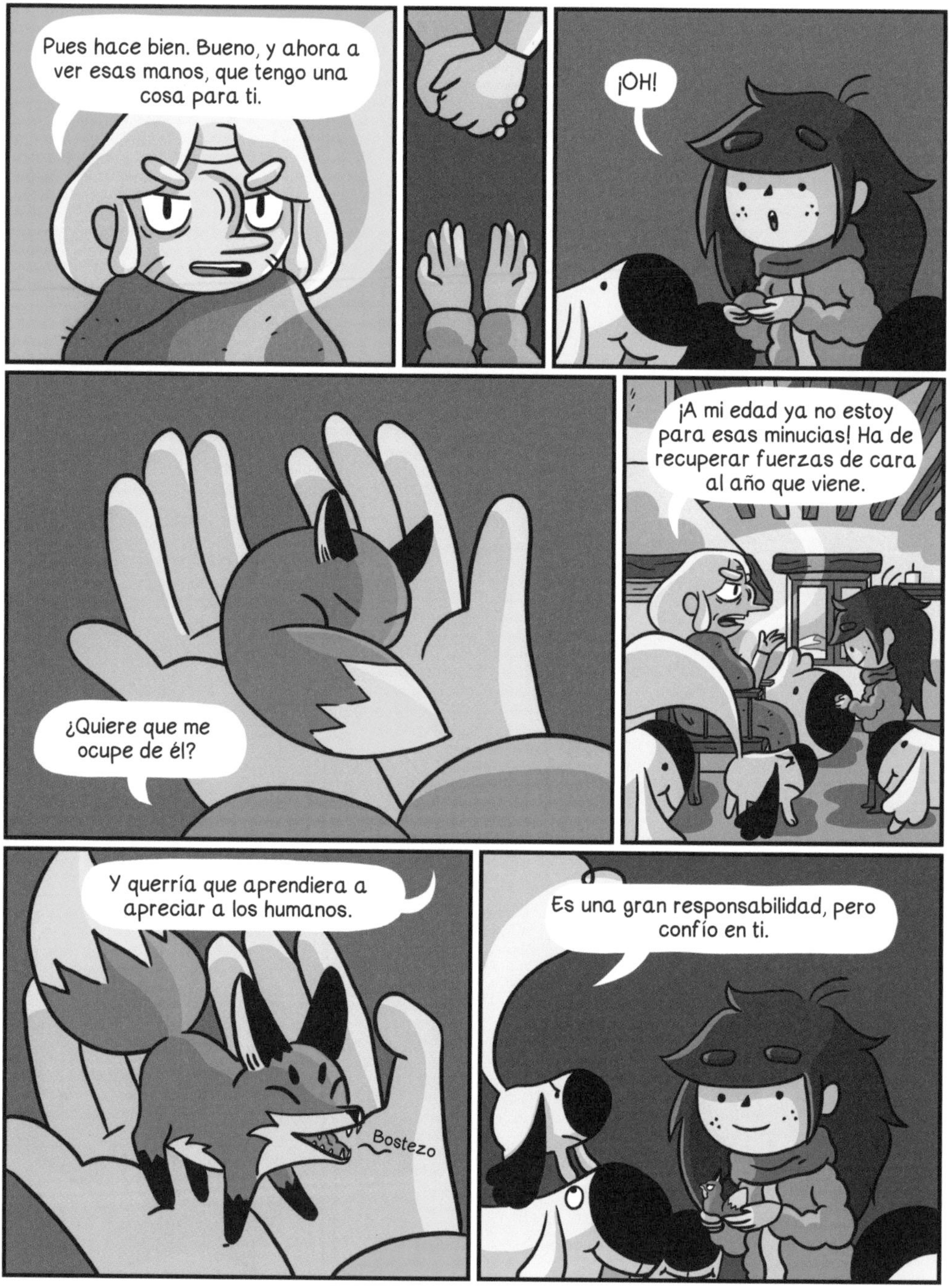
Pues hace bien. Bueno, y ahora a ver esas manos, que tengo una cosa para ti.
¡OH!
¿Quiere que me ocupe de él?
¡A mi edad ya no estoy para esas minucias! Ha de recuperar fuerzas de cara al año que viene.
Y querría que aprendiera a apreciar a los humanos.
Bostezo
Es una gran responsabilidad, pero confío en ti.

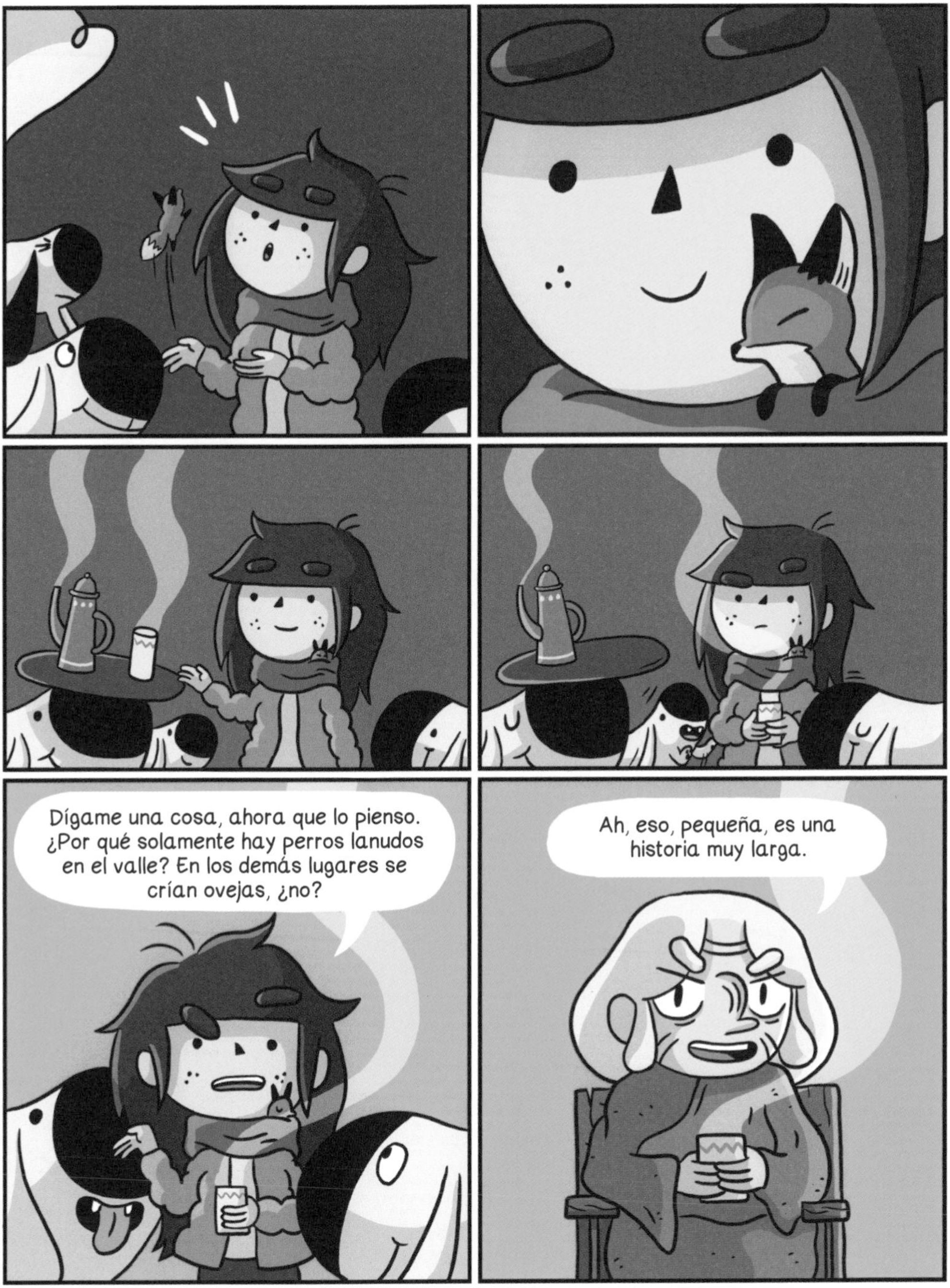
Dígame una cosa, ahora que lo pienso. ¿Por qué solamente hay perros lanudos en el valle? En los demás lugares se crían ovejas, ¿no?
Ah, eso, pequeña, es una historia muy larga.

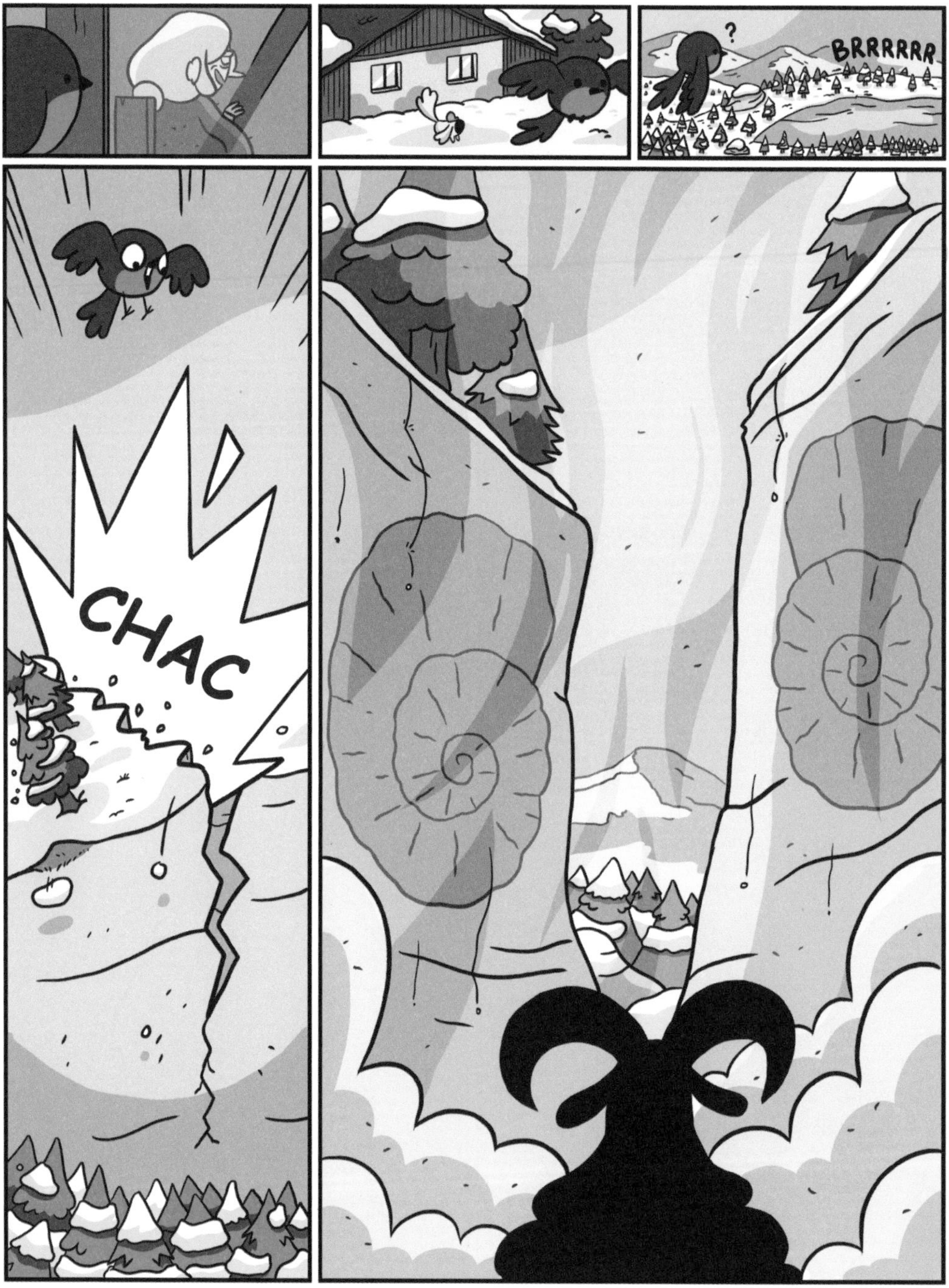
?
BRRRRRR
CHAC

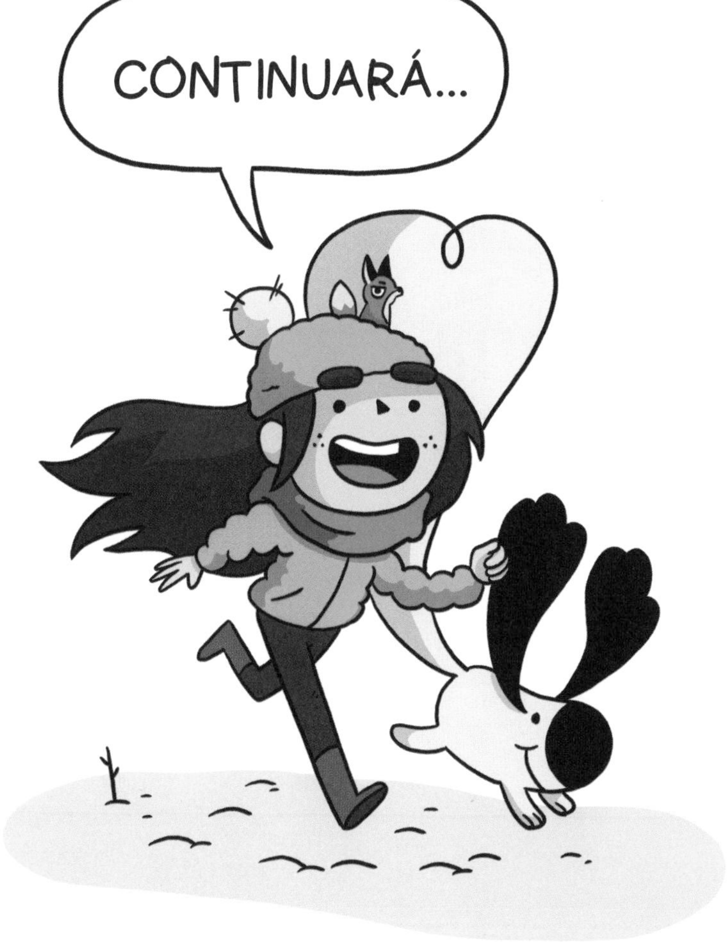
CONTINUARÁ...

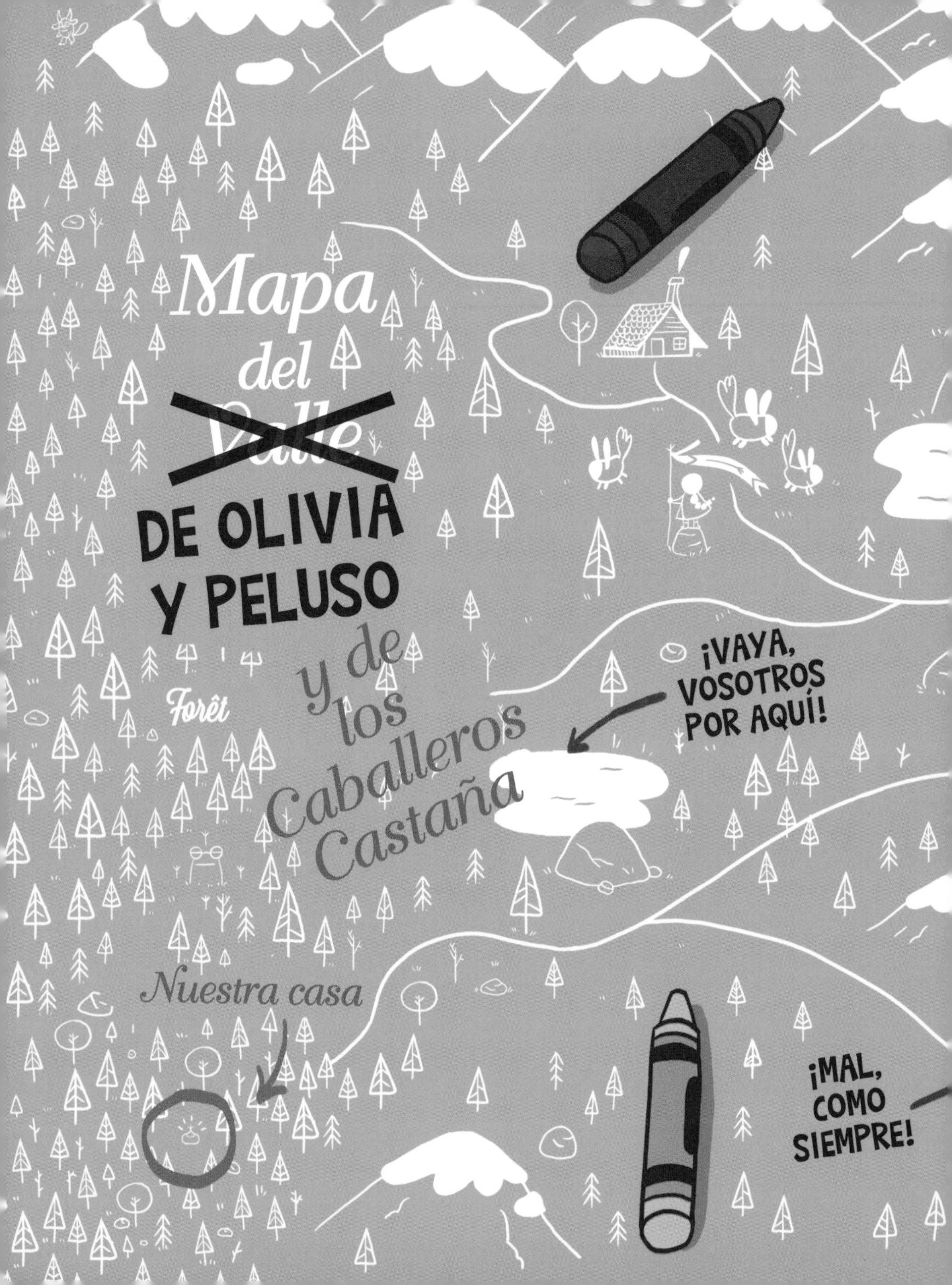

Mapa del ~~Valle~~
DE OLIVIA Y PELUSO
y de los Caballeros Castaña
Forêt
¡VAYA, VOSOTROS POR AQUÍ!
Nuestra casa
¡MAL, COMO SIEMPRE!

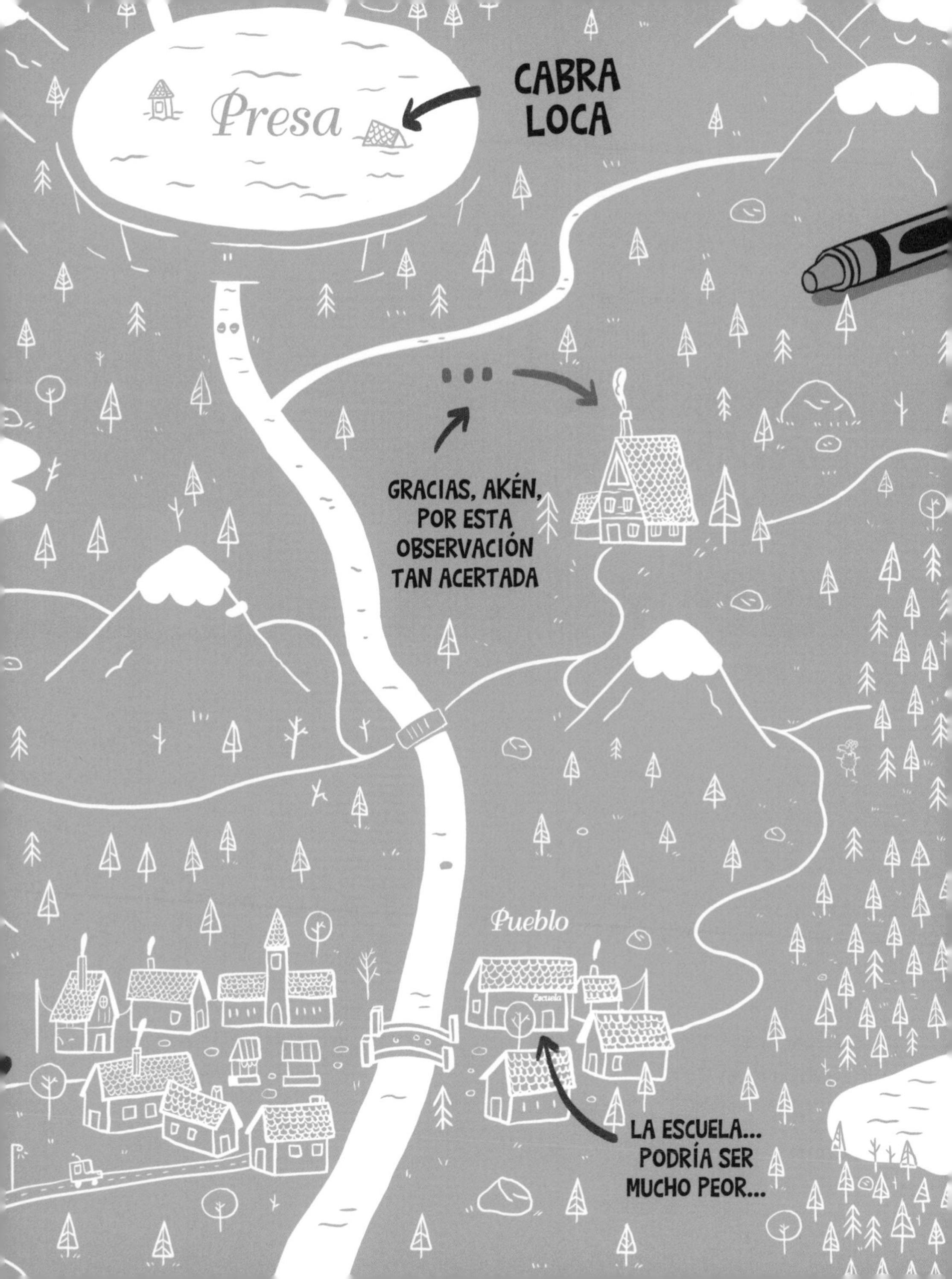
Presa
CABRA LOCA
GRACIAS, AKÉN, POR ESTA OBSERVACIÓN TAN ACERTADA
Pueblo
Escuela
LA ESCUELA... PODRÍA SER MUCHO PEOR...

UNA NUEVA AVENTURA EN LA MONTAÑA TE ESTÁ ESPERANDO.
¡DIVIÉRTETE CON LA INGENIOSA OLIVIA!

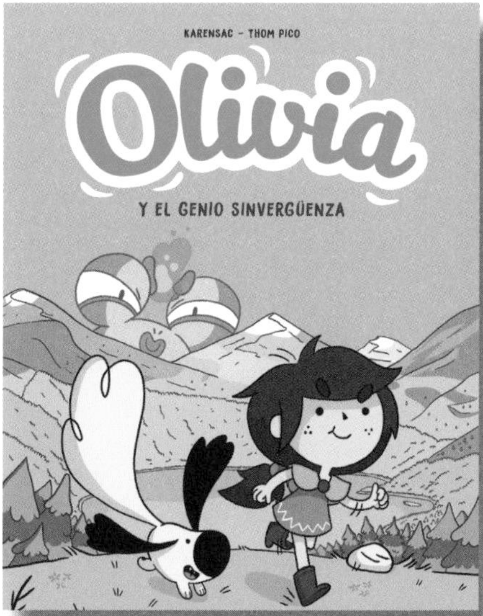
KARENSAC - THOM PICO
Olivia
Y EL GENIO SINVERGÜENZA

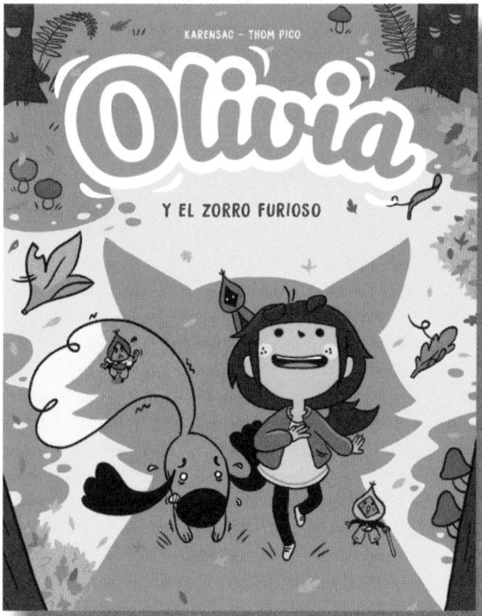
KARENSAC - THOM PICO
Olivia
Y EL ZORRO FURIOSO